楊家将《ようかしょう》（上）

北方謙三

PHP 文庫

○本表紙図柄＝ロゼッタ・ストーン（大英博物館蔵）
○本表紙デザイン＋紋章＝上田晃郷

目次

北漢末期（10世紀後半）

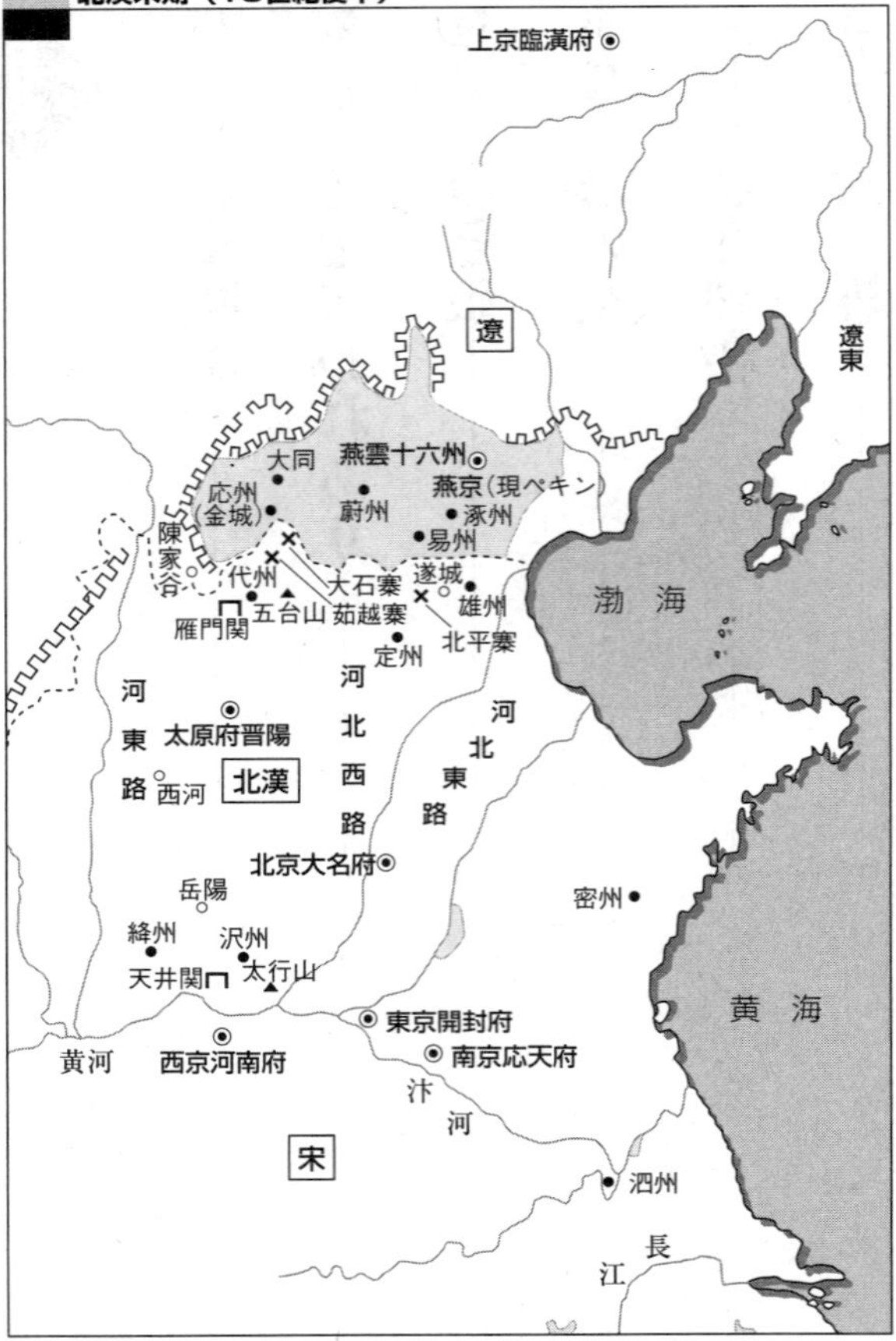
上京臨潢府
遼
遼東
大同
燕雲十六州
応州
(金城)
蔚州
燕京(現ペキン)
涿州
易州
陳家谷
代州
大石寨
遂城
雄州
渤海
雁門関
五台山
茹越寨
北平寨
定州
河東路
太原府晋陽
河北西路
河北東路
西河
北漢
北京大名府
密州
岳陽
絳州
沢州
天井関
太行山
黄海
東京開封府
南京応天府
黄河
西京河南府
汴河
宋
泗州
長江

◎登場人物一覧

楊家《ようか》の人々

楊業《ようぎょう》――楊家の長。楊令公《れいこう》とも呼ばれる。

長男延平《えんぺい》―楊業の長男。母は呂氏《りょ》。

二郎延定《じろうえんてい》―楊業の次男。

三郎延輝《さぶろうえんき》―楊業の三男。母は呂氏。

四郎延朗《しろうえんろう》―楊業の四男。

五郎延徳《ごろうえんとく》―楊業の五男。

六郎延昭《りくろうえんしょう》―楊業の六男。母は佘賽花《しゃさいか》。

七郎延嗣《しちろうえんし》―楊業の七男。

八娘《はちじょう》――楊業の上の娘。母は佘賽花。

九妹《きゅうまい》――楊業の下の娘。母は佘賽花。

呂氏《りょ》――楊業の最初の妻。

佘賽花《しゃさいか》――楊業の二人目の妻。

李麗《りれい》――楊業の身の周りの世話をする女性。代州《だいしゅう》の館に住む。

楊家家臣

王貴《おうき》――楊業の側近。文官。

張文《ちょうぶん》――楊家の部将。

柴敢《さいかん》――六郎のもとで働く将校。

北漢《ほくかん》

劉鈞《りゅうきん》――帝《みかど》。

郭有儀《かくゆうぎ》――廷臣。

宋斉丘《そうせいきゅう》――廷臣。

丁貴《ていき》――廷臣。

宋《そう》

趙光義《ちょうこうぎ》―帝。太宗《たいそう》。

趙匡胤《ちょうきょういん》――先帝。太祖《たいそ》。
八王《はちおう》――先帝・趙匡胤の息子。
七王《しちおう》――帝の息子。
潘仁美《はんじんび》――宋軍生え抜《は》きの将軍。
高懐徳《こうかいとく》――潘仁美に次ぐ将軍。
高懐亮《こうかいりょう》――高懐徳の弟。
曹彬《そうひん》――禁軍の将。
呼延賛《こえんさん》――太行山《たいこうざん》を本拠地に独立していたが、宋に帰順した将軍。
劉君其《りゅうくんき》――将軍。
賀懐浦《がかいほ》――将軍。
田重《でんちょう》――将軍。
劉廷翰《りゅうていかん》――遂城《すいじょう》の守将。
趙普《ちょうふ》――老臣。丞相《じょうしょう》。
張斉賢《ちょうせいけん》――丞相。
劉保《りゅうほ》――礼部郎中《れいぶろうちゅう》。文官。
寇準《こうじゅん》――若い文官。
牛思進《ぎゅうししん》――若い文官。
黒山《こくざん》――黒山出身の間者の頭領。

遼《りょう》

蕭太后《しょうたいこう》――皇太后。現帝の祖母。
瓊峨姫《けいがき》――蕭太后の娘。
穆宗《ぼくそう》――先々帝。蕭太后の夫。若くして崩御。
景宗《けいそう》――先帝。幼名は賢《けん》。若くして崩御。
聖宗《せいそう》――帝。幼名は隆緒《りゅうちょ》。二歳で即位。
耶律奚低《やりつけいてい》――大将。
耶律沙《やりつさ》――将軍。耶律奚低の副官。
耶律斜軫《やりつしゃしん》――耶律沙に次ぐ将軍。
耶律学古《やりつがくこ》――将軍。

耶律休哥《やりつきゅうか》― 将軍。「白き狼」と呼ばれる。
麻哩阿吉《まりあきつ》― 耶律休哥の副官。
郭興《かくこう》――― 禁軍を率いる最古参の将軍。
華勝《かしょう》――― 若い将軍。
金秀《きんしゅう》――― 若い将軍。
劉宇《りゅうう》――― 易州《えきしゅう》の指揮官。
劉厚徳《りゅうこうとく》―― 涿州《たくしゅう》の指揮官。
韓匡嗣《かんきょうし》―― 燕王《えんおう》。
王欽招吉《おうきんしょうきつ》― 蕭太后の側近。軍監。
蕭天佑《しょうてんゆう》―― 左相。
蕭陀頼《しょうだらい》―― 右相。

楊家将《ようかしょう》（上）

第一章　いま時が

一

声があがった時、騎馬隊は丘の稜線に姿を現わしていた。見事な横列である。そのまま逆落《さかお》としにかかるが、隊列に乱れはなかった。丘の下を通過中だった騎馬隊は、敏速な動きで小さくかたまった。

楊延平《ようえんぺい》は、思わず手綱《たづな》を握りしめた。

横列で逆落としをかけていた騎馬隊の中央が前に出て、両端が退《さ》がった。楔《くさび》のような隊形で、実際、下の百騎を鮮やかに二つに割った。駈《か》け抜ける。反転した時は、小さくかたまっていた。二つに割れた相手方の、片方にぶつかる。圧倒的に押したが、残りの半数に背後から襲われた。押しきれず、半数が丘を駈けあがり、反転したものの、厳しい逆落としはかけられなかった。味方が、敵に押し包まれている。縦列で突っこみ、押し包まれていた味方とともに、離脱するのが精一杯だった。

丘の下で、両軍が対峙《たいじ》する恰好《かっこう》になった。一度ぶつかり合ったが、こうなると勝負はつきにくい。

「やめ」

楊延平は、そばの従者に言った。鉦《かね》が打ち鳴らされる。

三郎延輝《さぶろうえんき》と七郎延嗣《しちろうえんし》が、並んで楊延平がいる丘に駈けてくる。

「分けたな。あれで膠着《こうちゃく》だ」

延平は言ったが、調練用の棒ではなく、実際に武器を持っていたら、あの逆落としの楔の隊形が、すべてを決したかもしれない。

判断もいいし、その通りに兵も動く。

「両軍とも、よくやった。七郎の逆落としは見事だったし、三郎が兵を小さくまとめたのも機敏だった」

「分けかあ。兄上は、やっぱり実戦を積んでいるからな」

七郎が、息を弾《はず》ませながら言う。三郎は、ちょっと強張《こわば》った表情をしていた。横列の隊形が楔のようになった時は、肌が粟立《あわだ》っただろう。実戦だったら負け、と思っているかもしれない。

「七郎、愉《たの》しいか？」

延平が言うと、七郎は白い歯を見せて笑い、大きく頷《うなず》いた。

先年の、宋《そう》との戦《いくさ》には、七郎は加わることができなかった。行きたいと言い張ったが、父が許さなかったのだ。

大して面白い戦ではなかった。楊家《ようか》軍は、帝《みかど》に命じられて沢州《たくしゅう》まで南下し、宋軍と対峙した。三度のぶつかり合いはともにこちらが勝ったが、潰走《かいそう》させるというところまでは行かなかった。

戦線は膠着し、いくら要請しても、太原府《たいげんふ》からの援兵は来なかった。宋軍六万に、楊家軍二万である。膠着すれば、兵力の差がじわじわとものを言いはじめる。

父は独断で宋軍と講和し、代州《だいしゅう》へ戻った。

途中で太原府の宮廷へ寄って、帝に講和の報告をした時、独断を詰《なじ》った廷臣がいた。その廷臣を睨《にら》みつけた父の眼は、宮廷の謁見《えっけん》の間を凍《こお》りつかせた。

楊家は、北漢《ほくかん》の臣である。代々兵家の家柄で、いまも北漢随一の兵力を擁する。しかしそれでも、三万に満たないのだ。単独で宋と闘えるわけがなかった。

この国は乱れ、小国が乱立するという時代に入り、互いにせめぎ合いをくり返し、次々と滅び、今年になって呉越《ごえつ》も宋に降《くだ》った。残っているのは、北漢と宋のみである。

中原《ちゅうげん》に拠《よ》った宋は、当然ながら北漢を併呑《へいどん》しようとしている。

北漢は、河東路《かとうろ》だけを領土とする小国だが、生き延びる道はある、と父は考えているようだった。北に、遼《りょう》という強国がある。そこと手を結べば、充分に宋と闘えるのだ。しかしその遼も北漢を狙《ねら》っているのかもしれない。もし北漢を奪《と》れば、宋を大きく侵食するかたちになるのだ。

「野営地に戻るぞ、二人とも」

延平は、弟たちに声をかけた。

楊家は七人兄弟で、延平は長男だった。それに、妹が二人いる。

一番下の弟である七郎延嗣は、十七歳になっていた。がっしりした躰《からだ》は、まさしく父の血を受け継いでいる。

次の戦が、間違いなく初陣《ういじん》ということになるだろう。

代州には、調練に適した場所がいくらでもあった。丘が連《つら》なり、変化に富んだ地形だから、さまざまな調練が可能だった。二郎延定《じろうえんてい》と六郎延昭《りくろうえんしよう》は、二千ずつを率いて歩兵の調練に出ている。楊家の本領は騎馬戦と思っている者が多いが、歩兵も調練を積み、精強だった。戦では、どちらも強くなければならないというのが、父の考えだからだ。

野営地は泉のそばで、幕舎《ばくしや》を張ってある。

戻ってきた兵たちがまずやるのは、馬の世話である。それは、延平も変らない。楊家の騎馬隊の伝統と言ってよかった。

それが終って、兵たちは夕餉《ゆうげ》の仕度《したく》のために火を燃やしはじめる。

「兄者、七郎は強い。呆《あき》れるほどだ。あれで、一度も戦に出ていないなどとは、とても思えない」

「そうだな。あの逆落としの、楔の隊形を見た時は、私も驚いた」

「特に、騎馬隊の指揮にむいていると思う。何百騎か与えて、七郎に指揮を任せれば、精強な騎馬隊を作りあげるでしょう。父上に、そう申しあげてください」

「慌《あわ》てるな、三郎。七郎は、まだ十七だ。学ばなければならないことが、ほかに多くある」

ひと月ほど前までは、七郎は歩兵の指揮に打ちこんでいた。それも思った以上にこなしたが、騎馬隊の指揮ほど鮮やかではなかった。しかし、歩兵の強さや弱点を知っておくのも、大事だった。いずれ騎馬隊を率いるにしろ、歩兵との連携は欠かすことのできないものだからだ。

「七郎は？」

「まだ馬と一緒にいる。おかしなやつですよ。馬と話をしたりするのですから」

おかしくはなかった。馬と心が通じ合うかどうか。それは騎兵の素質として、最も大事なことだと言える。

「そうか、七郎は馬と話か」

多少、ほほえましくもある。馬も、七郎を乗せて嬉《うれ》しいはずだ。これを父に話すと喜ぶだろう、と延平は思った。

食事の鉦が打たれた。

肉がたっぷりとあった。

楊家の野戦料理は、豚一頭を丸焼きにしたりする。ただそれには時がかかるので、切り分けた肉を串に刺して焼く。

ようやく、七郎が延平の幕舎のところへ来た。性格も暗いところがなく、兵たちにも好かれていて、よくふざけ合ったりしている。

戦とは、そういう兵たちが死んで行くのを見ることでもあった。七郎が乗り越えなければならないもののひとつだ。

「七郎、馬はなにか言ったか？」

「はい、三郎兄上。今日は、いくらか駈けきれなかったと。三郎兄上の軍を二つに割ったあと、もっと勢いよく駈けていれば、多分、勝てただろうにと」

「生意気な。おまえも生意気だが、馬も生意気だな」

「もういい。肉を食え」

延平が言うと、二人は豚の肉に手をのばした。調練の時は決して酒を飲まないが、戦の時は、椀一杯ぐらいの酒は飲ませることがある。兵の緊張は、時には緩《ゆる》めてやった方がいいのだ。

「七郎は、相変らず酒は駄目なのか？」

「いくらかは、飲めるようになりましたが」

代州の館《やかた》で、試みに七郎に酒を飲ませてみたのは、もう三年以上も前になるのか。椀二杯ぐらいで、頭を抱《かか》えて動かなくなった。兄弟で、酒が弱いのは七郎だけだ。

「兄上、呼延賛《こえんさん》という将軍は、どういう男なのですか？」

「興味があるのか？」

「はい。先年の宋との戦で、一番手強《てごわ》かった相手だと聞きました」

太行山《たいこうざん》の山なみを拠点に、誰にも従わず、ひとりで立っていた将軍である。北漢は、呼延賛を帰順させるために、いかなる動きもしなかった。やがて宋に帰順して行ったが、いまでも惜《お》しいと延平は思っていた。

「勇猛なだけではない。軍略にもすぐれている。いま知らなくても、戦になれば必ずぶつかるさ。相手が呼延賛だとわかったら、まず守りをかためろ」

「兄上たちの中では、誰に似ていますか？」

「二郎かな。これは、戦のやり方だけの話だが、戦には自《おの》ずから性格が出るものだ」

七郎は、肉の脂《あぶら》で口のまわりをてらてらと光らせていた。肉には、塩と山椒《さんしょう》で味がつけてある。これも、楊家のやり方だった。

「二郎兄上ですか。騎馬隊で揉《も》みあげながら、どこかに歩兵の伏勢を置いておく、というようなやり方ですね」

七郎は、幼いころから、兄たちの調練を見るのが好きだった。兵の指揮を、はじめて許されたのが、十四歳の時だ。兵を小さくまとめ、相手の一番強そうなところに、真直《まっす》ぐにぶつかって行く。たやすくできそうで、実は難しいことだと、父も舌を巻いた。はじめから、非凡なものを持っていたのだ。

「兄者、秋にはまた戦かな？」

指さきの肉の脂を舐《な》めながら、三郎が言った。呉越を併呑したいま、宋が第一に考えているのは、北漢を攻めることだろう。宋の中に、いま軍を動かせない内訌《ないこう》があるとも思えない。もしかすると、宋王自身が兵を率いてくることも考えられる。

「多分。そして大きな戦になる」

「楊家も、戦に出して貰《もら》えるのでしょうね？」

「たとえ最初は代州に留《とど》められても、楊家軍なしで宋と闘えるものか」

「宮廷では、なにを考えているのですか。われらが戦をしている時は援兵を出さず、全軍をあげる時はわれらを呼ばない」

帝は、楊家を恐れている、と延平は思っていた。ただでさえ、三万弱の精兵を抱えている。手柄を立てさせ、これ以上楊家が大きくなると、自分の地位さえも危《あや》ういと考えているふしがあった。

軍人は、余計なことに惑わされず、ただ戦をやっていればいいというのが、父の考えだった。しかし、そんな父の考えが、帝にわかるはずがない、と延平は思う。

しかも、周囲の廷臣が、楊家に反撥する者ばかりだった。自分が戦に出ようとしない者ほど、その傾向は強い。愚劣《ぐれつ》きわまりなかった。

「私は、いやな予感がするのですが、兄者」

「予感だけにしておけ、三郎。惑わされて、まことしやかに語ったりするではない」

楊家が代々代州に置かれているのは、北からの脅威を防ぐため、という名目になっている。しかし、宋の侵攻を防ぐのが焦眉《しょうび》の急であることは、誰の眼にも明らかだった。

帝のまわりの廷臣たちは、呼延賛を帰順させようとしなかった時と、同じ過《あやま》ちを犯そうとはしていないか。楊家を遼へ、あるいは宋へ、押しやろうとはしていないのか。

呼延賛の件については、過ちだったと考えている廷臣がひとりもいないのも、延平には驚きだった。やはり謀反人《むほんにん》だったではないかと、公然と口にする者までいる。

呼延賛は、拠って立った太行山の山なみの位置から言っても、北漢に帰順する方が自然な道だったのだ。

宋との戦に加わることができないということになれば、根っからの軍人である父はどう思うだろうか。ほとんど、軍人である自分を否定されることに近いのだ。

「廷臣という愚劣な輩《やから》を、黙らせる方法はないのですか、兄者？」

「政事《まつりごと》に軍人は口を出すな。父上が、常日頃言われていることだ」

「私は、勝手に出動すればいいのだと思います。宋を相手に闘うことで、誰に文句を言われなければならないのですか？」

「黙れ、七郎。おまえの幼稚な考えなどを、私は訊《き》いているのではない」

「しかし」

「二人とも、やめろ。父上は、苦しまれることになる。私たちより、ずっと深く、大きくだ。われわれはいま、ただ強い兵を育てあげることに専心すればいいのだ。余計なことを言って、父上の悩みを増《ふ》やしてはならん」

二人とも、うつむいた。

方々で火が燃やされ、笑い声が起きたりしている。兵は、無心だった。無心のまま死んで行く兵もいれば、恐怖に泣く兵もいる。戦場でのことだ。いまは、厳しい調練のあとの憩《いこ》いを愉しめばいい。

二

宋軍が沢州に攻め込んできたという知らせが入ったのは、夏の終りだった。

およそ四万で、後方には、宋王自身が率いる七万がいるという。

楊業《ようぎょう》は、館の居室で続々と入ってくる知らせを聞いた。宋の侵攻に対する北漢の防備は実に安直なものだった。太原府までの街道の数カ所に関を作り、そこに二万ほどの兵を置いているだけなのだ。あとは、禁軍《きんぐん》（近衛部隊《このえ》）六万が、太原府の周辺に展開している。これでは、河東路を守るというより、太原府だけを守るという恰好だった。肚《はら》の腐った廷臣は、眼で見えるところに軍を置いておきたいのだろう。帝も、また同じだ。

北漢の軍人として生きてきた。闘えと言われれば、どことでも闘う。しかし、闘っている最中に、背後から矢が飛んでくる、ということがしばしばだった。

楊家が、北漢に必要なことは、間違いなかった。しかし、楊家の力がこれ以上大きくなることを、嫌《きら》う廷臣がいる。その廷臣が、帝にさまざまなことを吹きこむ。

これ以上、大きくならなくてもよかった。闘えればいいのだ。はじめから戦だけを任せて貰えば、犠牲も少なくて済む。帝や廷臣が楊家に出動を要請するのは、決定的に戦局が不利になった時だった。

これまでの、数度にわたる宋との戦では、必ずそうだった。帝も廷臣も、学ぶということを知らないのか。

政事は、好きなように廷臣がやればいい。楊家は、兵を養うためのものとして、北への塩の道を持っていた。それは商人たちが動かしているものだが、五台山《ごだいさん》へ集まってくるのである。それを管掌する権限は、すなわち楊家の軍事力だった。これにだけは、帝といえども手をつけさせない。長い間、楊家が保ってきた権限でもあるのだ。

自分の代で、楊家を滅ぼすことはできない。不忠と呼ばれることも、避けたい。しかしいまのままでは、早晩、北漢は宋に圧倒され、押し潰される。それは、楊家が消えていくということでもあった。

楊家の滅亡を防ぐために北漢の滅亡を防ぐ。家を、一族を守ってきた者にとっては、それがまず第一なのだ。

楊業の悩みは深かった。帝さえ、英邁《えいまい》であったら。いや、せめて帝を帝たらしめんとする廷臣が、数人でもいてくれたら。いまの北漢の存亡は、楊家の使い方にかかっているのだ。

足音が交錯した。

使者と一緒に延平が飛びこんできた。

「宋軍が、天井関《てんせいかん》を破り沢州を落とし、いままた、接天関《せってんかん》に攻めかかっているそうです。これはまだ噂《うわさ》ですが、帝は遼国の蕭太后《しょうたいこう》に救援を求める急使を送った、ということです。楊家ではなく、なぜ遼なのですか、父上？」

「憤《いきどお》るな、延平。北漢の戦には、必ず楊家が必要になるのだ。それまで、じっと待てばいい」

「遼は他国ですよ、父上」

「遼の力をうまく利用する。それができれば、力は宋と拮抗《きっこう》する」

「ひとつ間違えれば、遼に併呑されます。他国の軍を領内に入れることを、宮廷ではあまりに安直に考え過ぎてはいませんか？」

延平の言う通りだった。しかし、ここで頷くわけにもいかなかった。

「とにかく、戦況をよく見るのだ。いつでも出動できる準備を、整えておけ」

「そんなものは、宋軍が国境に近づいたという情報が入った時から、すでに整っております」

延平は、長男らしい温厚さを持っていた。その延平でさえ、激高《げっこう》している。

「いずれ、詔書《しょうしょ》が届く」

「いつです。もう、北漢の領土は宋軍に踏み躙《にじ》られているのですよ」

「いずれだ。私が待っているのに、おまえが待てぬと言うのか、延平？」

「それは」

楊業は、腕を組み、眼を閉じた。遼への救援依頼が噂だけではなかったとすると、楊家にとっては理不尽だった。これまで北漢のために闘い、危機を救ってきたという自負さえも、なんの意味もないことになる。

楊業が、拳《こぶし》を卓に叩きつけたのは、延平が出て行ってからだった。いますぐにでも太原府へ行き、廷臣の首を刎《は》ね飛ばしてやりたい、と本気で思った。

翌日になって、遼への救援依頼が事実であることがわかった。息子たちが騒いでいたが、楊業は怒鳴りつけてそれを鎮《しず》めた。

こうなれば、宋と遼がどう闘うか、腰を据えて見てやろう、という気持になった。

接天関は高地の要害で、守将は守ることに徹していた。

宋軍は攻めあぐねていたようだが、四日目になって呼延賛が出動し、丸一日の攻撃で接天関を落とした。宋王は、難無く絳州《こうしゅう》の城に入った。連敗のあとで、城兵は闘おうともしなかったのだ。

「北漢の南端二州が宋に落とされ、宋王が絳州の城に入ったのは、むしろよしとすべきではないでしょうか。禁軍六万が南下し、進軍中であるという遼軍とわが楊家軍が側面から同時に攻撃をかければ、一気に宋軍を殲滅《せんめつ》できます」

兵営の巡回に随行して轡《くつわ》を並べていた七郎延嗣が、馬上で言った。

「十七だったな、七郎」

「はい」

次に採るべき策は当然それで、宋王を領内に引きこんだというかたちで形勢の逆転が可能なのに、禁軍が動く気配はまったくなかった。遼が国境に展開していた二万の軍を耶律沙《やりつさ》が率いて進軍している。いまは宮廷がそれを恃《たの》みにしているのは、明らかだった。

十七で、戦の経験すらない者にでも見えているのに、廷臣たちはみんな眼を閉ざしているらしい。その廷臣に飼い馴らされた、禁軍の将軍たちもだ。

遼軍の進軍に備えて出てきた宋の将軍は、呼延賛のようだった。

息子たちや幕僚たちの不満は、相変らず強かった。しかし、腰を据えた楊業に、正面から反撥する者はいない。

呼延賛の戦ぶりを、じっくり見てやろうと楊業は思っていた。

呼延賛の軍一万五千と、遼軍の二万が近づきはじめた。

耶律沙という将軍を、楊業はあまり買っていなかった。確かに、直線の攻めは強い。騎馬隊で揉みに揉み、歩兵で押し包む。優勢な時はそれでいいが、劣勢になると崩れやすい。それを、呼延賛がどう扱うのか。

北の国境で小競《こぜ》り合《あ》いがあった時、耶律沙と二度ほど手合わせをした。怯懦《きようだ》と思われているだろう。確かに、耶律沙は、正面切っての戦では侮《あなど》り難《がた》いものを持っているように思えきくなるのを嫌って、楊業はあしらうだけの戦をした。犠牲が大た。怯懦という印象を相手に残しておくことに、楊業はそれほどの抵抗はなかった。相手の首を奪《と》る時までは、弱いと思われていた方がいいのだ。

楊業の館は代州の城郭《まち》の中にあり、土地こそ広大だが、建物は質素なものだった。城郭に駐留する兵は二千ほどで、あとは城外の兵営や、各地の砦《とりで》に分散している。全部で二万九千というところだった。

巡回はするものの、このところ楊業は調練にも立合わず、館の居室にいることが多かった。戦況について、放《はな》ってある者たちから、次々に報告が入る。それをじっくりと考え、全体の戦について把握するのがいまの仕事だと、楊業は自分に言い聞かせていた。いつまでも、怒りや口惜《くちお》しさを心に抱いていても仕方がないのだ。

宋軍と遼軍がぶつかった。

次に入ったのは、遼軍潰走《かいそう》の知らせだった。

呼延賛は、耶律沙と正面からぶつかると見せて、いなし、側面を衝《つ》こうとした。耶律沙も、自分の軍の弱点を知らないわけではない。主力を、側面からの攻撃の迎撃に充《あ》てた。実は側面の攻撃は見せかけで、呼延賛は主力を正面に集中させていて、手薄《てうす》になったところに、それをぶっつけたのである。耶律沙が得意とする正面からのぶつかり合いで、あっさりと破ったことになる。

「小気味《こきみ》のいい戦をする男だ」

戦の模様を聞き、楊業は館の居室で、ひとりで呟《つぶや》いていた。

その翌日には、遼軍の敗戦による太原府の混乱と慌てぶりが、代州にも伝わってきた。すぐに出動して欲しいという依頼も届いたが、それは詔書ではなかった。

楊家軍の出動を嫌《いや》がっているのが、実は帝の劉鈞《りゅうきん》だという話もあったが、楊業は信じなかった。楊家軍は、帝の軍でもあるのだ。

宋軍は沢州と絳州をしっかりと押さえると、北上の態勢に入った。

ここに到って、ようやく詔書が届いた。

朕《ちん》は太原府晋陽《しんよう》にあってそこを守備するゆえに、汝《なんじ》ら楊家の一族は、その軍を率いて宋軍に当たれ、という内容だった。

これは、宋軍が兵を動かしはじめた時に届くべき詔書であり、すでに国土を侵されていて、それを回復せよという内容ではなかった。つまり太原府は、天井関、接天関の敗戦も、遼への援兵依頼もなかったことにしている。これから宋が攻めて来るから、撃退せよという詔書なのである。

「人を馬鹿にするにも、ほどがあります。この事態を招いた廷臣の首を、四つ五つ並べろと言ってやるべきです。とにかく、楊家軍がいないもののように扱われたのですから」

詔書を読みあげると、二郎延定が激高して叫んだ。それがすさまじく、いまにも剣でも抜きそうな気配なので、居並んだ諸将たちも黙りこんだ。

延平が、ちらりと二郎に眼をやった。諸将の不満をすべて代弁するために、延平が二郎にやらせていることだと、楊業には理解できた。

「しかも、その詔書の内容はなんなのです。われらをさし置いて遼軍の援兵を請うたことなど、どこにも書いてありません」

「黙れ、二郎。詔書であるぞ」

「しかし」

「楊家軍は、粛々《しゅくしゅく》として進発する。楊家軍があるかぎり、北漢は安泰だということを、太原府に堂々と示すには、戦の勝利しかない」

二郎が、うつむいて黙った。居並んだ諸将も、それ以外にはないという表情をしている。

出動の準備は、整っていた。

二カ所の集結地点を指示し、楊業は一度居室へ戻って具足《ぐそく》をつけた。館の中が騒々しくなっている。

今度の戦は七人の息子全員が出陣する。七郎延嗣も、ようやく十七歳に達したのだ。百騎を与えて調練に打ちこませていたが、予想以上の精兵に仕上がっている、と延平からの報告は受けていた。

旗本《はたもと》の二千騎が、城内の広場に集まっていた。『令《れい》』の旗。楊業は、業という名のほかに、長く令公《れいこう》と呼ばれていた。旗印も、だから『令』である。

「進発」

楊業は静かに告げた。先鋒《せんぽう》の五百騎が駈けていく。見事な動きで、隊列の乱れはなかった。はじめて、楊業の躰の中を、熱い血が駈けめぐりはじめた。

「本隊、進発する」

七郎延嗣が、声を張りあげた。この初陣では、楊業のそばにつけてある。前衛を分担したいと言い張ったというが、兄たちに寄ってたかって頭を叩《たた》かれたようだ。自分のそばに置いたのは、戦の全容が最も見えるところだからである。前衛にいたのでは、直接むかい合っている敵しか見えない。

騎馬隊が動く。楊業の後方からは、『令』の旗印が並んでついてくる。

城門を出て十里（約五キロ）ほど進むと、無数の旗がはためいて楊業を迎えた。三郎延輝、五郎延徳《ごろうえんとく》、六郎延昭で、およそ一万の兵が整列していた。それが、旗本を中心にするように、一斉《いっせい》に動きはじめる。楊業が馬を一度も止めることもなく、一万の兵は進軍をはじめていた。

「どうだ、七郎？」

「これに、延平兄上の軍が一万三千加わるのですね。全軍とともに進むのは、はじめてです。私の心はふるえています」

「進軍でふるえるな。戦でふるえろ」

「戦では、ふるえません」

「こわいという気持を忘れるな。しかし、それに左右されてもならん。蛮勇《ばんゆう》は、いたずらに兵を死なせる」

晋陽の近くまで進むと、楊業は宮廷に使者を出した。どこで帝の閲兵《えっぺい》を受けるのか、問い合わせたのである。

帝のご不例《ふれい》につき、閲兵の必要はなし。速《すみ》やかに前線にむかうべし。そういう答が返ってきた。瞬間、楊業の肚は煮えた。楊家軍を見たくもないということか、と思った。

肚を抑《おさ》えた。これから戦がはじまるのだ。

なぜ閲兵を受けないのかということについて、延平が代表して訊きに来た。

「北漢は、すでに領土の南を侵されている。いまは、それを取り戻す方が先だ」

「しかし、進路の途中であり、進軍が著しく滞《とどこお》るということはない、と思いますが」

「閲兵は、凱旋《がいせん》の時に受ける。みんなには、そう伝えろ。閲兵の必要はなしと宮廷からは言ってきたのだが、それはおまえのところで止めておけ、延平」

延平にだけ伝えることで、弟たちを押さえる方に回らせる、という計算が楊業にはあった。

「そうですか」

「帝にも宮廷にも、われらの存在は力で認めさせるしかない。私は、いまそう思いはじめている」

「悲しいことですね、父上。先年の、呼延賛のこといい」

「いまは戦の前だ。兵はともかく、部将たちの気持が、怒りで支配されてはならぬ。おまえが、それをよく見ておけ」

「わかりました」

いまのところ、遮《さえぎ》るものはなかった。しかし楊家軍が進軍中であることは、すでに密偵によって宋軍に知らされているだろう。こちらも偵察は出している。敵の先鋒は絳州、沢州を出、岳陽《がくよう》の南に展開している。その後方には、宋王の本隊もいた。

西河《せいが》で、補給を受けた。兵站《へいたん》は輜重《しちょう》百輛で、二万五千の軍を支えるのには、ぎりぎりである。兵糧《ひょうろう》が蓄えられている場所を、楊業は七郎に書きとめさせていた。肝心な時に、太原府の宮廷は、兵站を切ってくる可能性があった。

太原府の南に展開した禁軍に、後方支援を要請したが、いまのところ動く気配はないという。後方支援がないかぎり戦はできず、楊家軍は代州に引き返すと、恫喝《どうかつ》的《てき》な使者を太原府に送って、ようやく二万が動きはじめたという情報が入ってきた。

前方の敵だけでなく、後方の動きも偵察で探らなければならない戦だった。

岳陽にいる敵の先鋒は一万。すぐ後方に三万。魚鱗《ぎょりん》というより、楔《くさび》のかたちに近い陣形だった。旗は掲《かか》げていないので、誰の軍なのかはわからない。

「旗がないというのは、どういうことなのでしょうか、父上？」

「ひとりの将軍に、大軍が与えられている、ということであろう。奇策にも見えるが、その将軍が、じっと覇気《はき》を抑えている姿だとも私には思える。とにかく、精鋭四万がいると考えて進むのだ、七郎」

騎馬隊を先頭に集めた。

それでも、敵が陣形を変えるという動きはなかった。楔の突端は、よほど精強なのか。それとも死に兵か。圧倒的な大軍である敵は、少々の死に兵を使ってくることは考えられる。捕囚《ほしゅう》を兵とした者や、軍内で問題のある者を前衛に出す。それが討たれている間に、挟撃や側面攻撃のかたちを作るのである。しかしいままで、宋軍が死に兵を使ったということは一度もない。

岳陽に近づいてきた。宋軍の先鋒まで、わずか十里（約五キロ）である。

「歩兵を四段に構えよ。騎馬隊は両翼《りょうよく》で縦列。あと二里、前へ出る」

全軍が動きはじめた。土煙があがる。それがいくらか収まった時は、二里進み、楊業が思う通りの陣形が作られていた。

八里（約四キロ）前方の丘陵に、敵の先鋒が展開しているのが見てとれる。陣全体から、気がたちのぼっているのを、楊業は感じた。やはり、死に兵ではない。

「瀬踏《せぶ》みの偵察隊を出せ。途中に伏勢、落とし穴などの罠《わな》がないか、確かめるのだ。このまま、さらに二里進むぞ」

六里（約三キロ）の地点で、楊業は騎馬隊を鶴翼《かくよく》に拡げた。このまま進めば、楔の陣形に断ち割られる可能性がある。いい陣形とは言えなかった。しかし、戦は変幻の中にある。楊業はいつもそう思う。敵がこのまま進んでくれば、当然こちらの陣形は変えるのだ。

間に、伏勢もなければ、これといった罠もなかった。しかし、ここまで進んだからには、あとは相手の動きを見る。

臨戦態勢で、睨み合った。

「七郎、どう見る？」

「いまのところ、こちらの陣形は不利です。しかしこのまま敵が進めば、両翼の騎馬隊が縦列になって突っこみ、楔の先端を崩せます。そこへ歩兵がぶつかれば、まず互角。騎馬をうまく動かせば、敵を崩せると思います」

「どう、騎馬を動かす？」

「それは、機に応じてということでしょう。そのために、騎馬の調練は重ねています」

「おまえなら、最初に対峙する時、どういう陣形をとった？」

「多分、似たような陣形を。ただ、騎馬は両翼で小さくまとめます。鶴翼に拡げると、敵に威圧感を与えすぎると思うのです。ここはまず敵を誘うことが第一ですから」

「威圧を与える陣形には、もともと無理がある。威圧のためだからだ。隙《すき》は出る。それを、敵の将が見切るかどうかだ」

七郎の見方は、悪くなかった。もうひとつ裏を読めるようになると、戦上手になるだろう。はじめからぶつかることを考えるのは、やはり若さなのか。

対峙が続いた。両軍とも、ぴんと張りつめたままだ。楊家軍がこれだけ威圧感を与えても、動揺はしていない。

「敵の将の力量を、まず測ることなのだ、七郎。それを測ってからでなくては、本隊同士のぶつかり合いはしてはならぬ」

七郎が、かすかに頷いたようだった。

風は冷たいが、陽《ひ》は照りつけている。楊業はすべてのことを忘れ、眼の前の戦のことだけを考えた。

三

さすがに楊家軍だ、と呼延賛は思った。

陣形に大きな隙はなく、兵の動きは眼を見張るほどだ。なにより、こちらに与えてくる威圧感がすさまじかった。倍する兵力を擁しながら、部将たちも気圧《けお》されはじめている。

握りしめた拳《こぶし》に、汗が滲《にじ》み出してきた。威圧感を押しのけ、このまま進むべきなのか。威圧感は威圧感であり、実際にぶつかると、案外に脆《もろ》いこともある。しかし、相手は楊業だった。音に聞えた名将である。

呼延賛は、楊家軍を睨み続けていた。陣形を決めてしまうと、それ以上の動きを見せる気配はまったくない。

迎え撃つつもりが、いつの間にか迎え撃たれる恰好になっているような気さえする。

退《さ》がって、もう一度態勢を立て直すべきか。しかし、わずかだが威圧する鶴翼には隙が見える。緒戦である。ここで退がったら、兵の士気は当然眼に見えて落ちるだろう。

これまで破ってきた北漢軍は勿論、遼軍の精鋭と較《くら》べても、まるで違う手強さを、呼延賛は感じていた。

部将たちは、じりじりしている。威圧されているので、腰が据《すわ》らないのだ。

「よし、前進」

楊業など、なにほどのことやある。いまは単独で対峙してきているのだ。後詰《ごづめ》の二万は、まだずっと後方だ、という情報は入っていた。その二万が到着すれば、こちらが受ける威圧は、抗《あらが》い難《がた》いものになるだろう。

前進した。楔の陣形のままである。正面からの総力戦になれば、兵力がものを言う。

ひたひたと、兵を進めた。気を配っているのは、敵の両翼の騎馬隊の動きである。しかし、動かない。二里（約一キロ）まで近づいた。騎馬隊は動いていなかった。兵を駈けさせはじめた。ここまで進めば、ぶつかるだけだった。

「なにっ」

呼延賛は、思わず声をあげた。中央の歩兵が退がっている。じわじわとだ。両翼の騎馬隊が、ひとつにかたまり、前へ出てきた。

肌に粟《あわ》が立つのを、呼延賛は感じた。

「退がれ、陣形を崩さずにだ。騎馬隊だけ、両翼に出せ」

鉦《かね》は打たなかった。兵が、一斉に潰走する恐れがある。伝令を走らせた。退がりはじめる。

このままぶつかれば、両翼から騎馬隊に突き崩される。騎馬隊の間に入って、正面の敵とぶつかることになるのだ。まさに、蟻地獄《ありじごく》に引きこまれかねないところだった。

もとの位置に退がった。楊家軍の陣形も、鶴翼に戻っている。呼延賛は唇を噛んだ。ただ翻弄《ほんろう》されただけである。しかも、こちらの兵の動きを、じっくり見られただろう。

このまま、膠着するのか。倍する兵力を擁しながら、それはあまりにも無様《ぶざま》ではないのか。おまけに北漢軍には、数日中に後詰の二万が到着する。そうなれば、兵力は互角である。

誰かが声をあげた。一騎が、こちらの陣にむかって駈けてくる。その一騎は楔の先端のすぐ前まで来て、馬を棹立《さおだ》ちにし止めた。

「呼延賛将軍に告ぐ」

大音声《だいおんじょう》だった。自分の旗は伏せていた。それでも、自分が指揮している軍だと読まれた。

「お互い、堂々と旗を掲げて闘おう。楊令公《ようれいこう》からの伝言であります」

言って、その騎馬は駈け去った。

「五里（約二・五キロ）、退がれ。丘に拠り、そこで魚鱗に陣形を組め」

呼延賛は、撤収の鉦を打たせた。

一度もぶつかり合わず退がって行く自分に、忸怩《じくじ》たるものはある。しかし、敗れて潰走するよりは、ずっといい。

丘の斜面を覆《おお》うように、魚鱗の陣形を組んだ。

「呼延賛の旗を掲げよ」

反対側の斜面には、幕舎を張らせた。この戦は、たやすく結着はつかない。あと数万の援兵を後方に依頼するかどうか、呼延賛は迷っていた。四万の兵力で、楊家軍に当たれというのは、帝直々《じきじき》の命令だったのだ。

楊家軍は三里ほど退がり、河を背にして幕舎を張っているという。楊業の余裕が、逆に呼延賛を威圧した。

翌朝、使者が来た。

帝自身が、三千騎の旗本を伴って、十里（約五キロ）後方まで来るという。

呼延賛は従者十騎で、慌てて馬を飛ばした。

帝はすでに来ていて、陣幕を張った中で休んでいるようだった。旗本の警固は、さすがに厳しかった。陣幕内に通されたのは、呼延賛ひとりである。

膝をつき、呼延賛は頭を下げた。

「後退して、陣を組み直したようだな、呼延賛。それほどに、楊家軍は手強いか？」

「はい」

帝のそばには、総大将である潘仁美《はんじんび》ひとりがいるだけである。

「ぶつからずに、相手の力量が読めたのか、呼延賛？」

潘仁美が言った。宋軍生え抜きの将軍であり、呼延賛は外様《とざま》だった。軍人としての力量で、劣るとは思えない。

「兵の動きだけでも、力量は測れます。ぶつかり合いは避け、腰を据える方を、私は選びました」

「呼延賛ほどの者に、そう思わせたのか、あの楊業は」

「戦術の巧《たく》みさでは、恐らく較ぶべき者はおりますまい」

「一度は、ぶつかるべきではなかったか」

潘仁美が言った。

軍内では、必ずしも友好的な関係とは言えない。厳しい戦に、潘仁美は出ようとしないからだ。常に自分だけが前線に押しやられている、という思いが呼延賛にはある。

「陛下、楊家軍は、いままでぶつかってきた北漢軍とは、まるで違っています。できれば、援兵をお願いいたしたいと思います」

恥を忍んだ。それほど、楊業の用兵は巧みだった。帝が、考えこむ表情をしている。

「呼延賛」

潘仁美が言う。

「言わなくてよい、潘仁美。呼延賛は、半分の兵力で、精鋭と言われている遼軍二万を、たやすく破った男だ。その呼延賛が、言っているのだ」

帝は、しばらく考える表情をしていた。北漢進攻の山場にさしかかっている、という認識はあるのだろう。沈黙の時は、肌がひりつくほど長かった。

「三万の増援を出そう。全軍の指揮は潘仁美。呼延賛は、もともと率いていた一万の指揮に回り、潘仁美の下につけ。北漢の増援が到着する前に、踏み潰せ」

にやりとした潘仁美を見て、呼延賛はうつむくしかなかった。ぶつかる前に増援を依頼したことを、間違いだとは思っていない。あの楊家軍には、大軍をもってぶつかるのが最善ではあるのだ。

「即刻、進発いたします」

「私の代りに、八王《はちおう》を付けよう。七万の大軍になる。まさか八王の身に危険は及ぶまい」

呼延賛は、いささかほっとした。八王は先帝の息子で、帝の甥《おい》にあたる。公平な眼を持ち、自分が帰順した時も大きな力になってくれたものだった。

増援軍は、すでに進発できる態勢にあり、部将だけが帝の前に集められた。

「朕は先帝の志を継ぎ、この国を統一せんとしてきた。いま一歩で、志は達せられるところまで来ている。この戦で必ずや北漢を倒し、統一の夢を果さんことを、朕は望む」

帝のその言葉に送られ、増援の軍は進発した。呼延賛は、従者五騎とともに先行し、預かっていた四万の軍を、一万と三万に分け、増援軍との合流の手筈《てはず》を整えた。

増援が来るとわかっているはずだが、楊家軍は動かなかった。陣の中央ではためく『令』の旗が、不気味《ぶきみ》な威圧感を与え続けてくる。

到着した潘仁美は、全軍を四段に構えた。さらにその前に、呼延賛の一万を先鋒として置いた。

「この地点を死守し、楊家軍の攻撃を集中させたい。その間に、本隊が側面を衝《つ》く」

潘仁美の作戦は、はじめから呼延賛の軍の犠牲を前提にしたものだった。敵の正面に突出し、死に兵になれと言われていることだが、呼延賛は黙って頷いた。これくらいのことは、帰順した時から覚悟している。

八王は、作戦については口を挟まなかった。

呼延賛は、すぐに一万を率いて、指定された場所に陣を組んだ。楊家軍が通常の戦闘位置まで出て来れば、まさに正面二里（約一キロ）でそのすべての圧力を受けることになる。

呼延賛は、一万を小さくまとめた。歩兵を前衛に出し、戟《げき》を並べ、その後方には騎兵を配した。ぶつかれば、呑みこまれる前にひたすら前進し、敵の本陣を衝く。ほかのことには、一切《いっさい》眼をくれない。そういう闘い方しかなかった。死に場所か、という思いがある。同時に、死んでたまるか、とすべてを撥《は》ね返すような覇気も充溢《じゅういつ》してくる。

それほど待つこともなく、楊家軍は静かに動きはじめた。潘仁美がいる本陣のあたりで、戦鼓《せんこ》が打ち鳴らされはじめる。

「怯《ひる》むなよ」

呼延賛は声をあげた。楊家軍の動きが、不意に速くなった。『令』の旗がどう動くのか、呼延賛はじっと見ていた。二つに分かれた騎馬隊のひとつ。そこに『令』の旗はある。その旗が、なにか別の力でも加わったように、急速に動きはじめた。

呼延賛のいる場所を、大きく迂回《うかい》している。こちらには歩兵をぶっつけてくるつもりかと思ったが、土煙があがるだけで、いつまでも攻撃は来なかった。歩兵も、呼延賛の軍の前で大きく二つに分かれている。なにが起きたのか、呼延賛は必死で状況を把握しようとした。後方の本隊が、不意に乱れはじめた。楊家軍が、騎馬の壁を突破し、本陣に襲いかかりつつあるようだ。

とっさに、呼延賛は騎馬隊だけを返した。本陣のさらに後方に、八王が観戦している丘があるのだ。全力で、駈けた。すでに、襲いかかられた潘仁美の本陣は崩れ、鉦を打ち鳴らしている。

八王のいる丘を守るように、呼延賛は騎馬を集結させた。その時、『令』の旗はもう遠ざかりはじめていた。本陣を蹴散《けち》らしたとはいえ、大軍の中である。一撃して離脱という、唖然《あぜん》とするような動きだった。逃げた潘仁美が、戻ってきて、魚鱗に陣を組み直す号令をかけていた。

七万の大軍が、懸命に守りをかためている、という恰好だった。呼延賛も、ぽつりと取り残された歩兵を呼び戻し、丘の下に展開させた。

後方二里（約一キロ）にまで帝の軍が進んできて、十万の陣容になった。後衛も加えると、十数万である。それでも、こちらから動きだすことはできなかった。

帝が、将軍を幕舎に召集した。

「小さくまとまった呼延賛の軍を避け、一直線にこちらの騎馬隊を突破して、本陣に痛撃を加えてきました。一時的に、本陣は潰走。呼延賛の騎馬隊が駈け戻り、私のいた丘をかためました」

八王の戦況報告は、詳細だった。楊家軍は本陣を衝くことだけを目指して駈け抜けたので、双方の被害はそれほど出ていない。

「この布陣を見ると、呼延賛を死に兵として使った、と朕には思える。死に兵の手強さを避けて、楊家軍は本陣を襲ったのであろう」

帝の言葉に、潘仁美はただうつむいていた。七万で二万強の軍に対し、本陣を衝かれたことについて、潘仁美はさすがに弁解の言葉ひとつ吐かなかった。

「ひとつ言っておく。宋軍は、死に兵を使ってはならぬ。これは朕の命だと思え。この場合、呼延賛が突出しすぎた前衛なのか、死に兵なのか、判断に難しいものを感じる。ここは、死に兵を禁ずるとだけ、朕は命じておこう。宋はいま、国の統一を果そうとしているところである。北漢も、いずれ同胞となる。それを、忘れるでない。今日の戦は、奇襲を受けたが、敗戦ではあるまい。緒戦で、兵力に劣る敵が、賭けのような奇襲を試み、一時的に成功した。それだけのことである」

潘仁美が、明らかにほっとした表情を浮かべた。

それから、作戦についていくらか論議が交わされ、散会となった。呼延賛ひとり、幕舎に残るように命じられた。

「八王を守ろうとして動いた。それには、礼を言っておこう。私は、楊家軍の実際の動きを見てみたかった。実に、鮮やかであった」

幕舎の中は、三人だけである。

「楊業は、どれほどの大軍であっても、怯みはすまいな。八王の話を聞くだけでも、それがよくわかった。潘仁美を恨《うら》むな、呼延賛。生え抜きの軍人には、代々忠誠を尽してきたという強い思いがある。帰順した者は、血を流すことからはじめるべきだ、とどうしても考えてしまうのだ」

「心得ております」

帝は、なにか別のことを考えているようにも見えた。時々、眼を閉じたりしている。呟くように、帝の唇が動いた。聞き取ろうと、呼延賛は上体を乗り出した。

「帰順させたい」

わかるような気もした。帝という立場なら、ただ打ち破るだけでなく、そういうことを考えるのかもしれない。

「いまのところ、その手段があるようには思えませんが」

「晋陽の劉鈞は、必ずしも楊家を厚遇しているようには思えないのだが」

まず打ち破ってから、帰順を勧める。軍人である呼延賛は、どうしてもそう考えてしまう。自分は、一万の兵を抱え、太行山の山なみの中で独立していた。しかしそれが、いつまでも続かないことはわかっていた。やがては盗賊ということにもなりかねず、拠って立つ国をこちらから求めたのだ。

「呼延賛、楊家軍と闘わずに、膠着したままでいられるか？」

「それは、大軍であるこちらが守りをかため、戦に応じなければ、いかに楊業とて兵の動かしようはありません。夜襲を含めた奇襲などは考えるでしょうが、それはこちらに備えがあれば、間違いなく楊家軍の犠牲の方が大きいはずです。そのあたりも、楊業はよく見ると思います」

「先年の戦の時のように、じっと守りをかためていればよいのだな」

「陛下のお気持が攻めにあると、いまのところ、私だけでなく、全員が思っております」

「膠着に持ちこめ」

帝がなにを考えているか、わからぬまま呼延賛は頷いた。

四

十数万の敵が、陣をしっかりと組んだ。いくら野戦に誘っても、乗ってこようとしない。夜襲も考えたが、調べたかぎり備えは万全である。

楊業は、考えこんでいた。膠着がすでに十日は続いているのだ。

「夜襲に行かせてください。一千の兵で構いません」

ついに、七郎もそう言いはじめた。

「敵の兵力は、六倍に達する。太原府からの増援が二万来たが、十里（約五キロ）も後方で陣を組んでいるだけだ。よいか、七郎。こちらがひとり死ぬ間に、六人の敵を倒して、はじめて互角なのだ。いかに調練を積んだとて、とても無理な話であろう」

潘仁美という総大将は、凡庸《ぼんよう》である。数を恃《たの》みすぎるのだ。しかし、呼延賛がいた。どういう奇襲であれ、それなりに応戦してくると思えた。特に、夜は警戒しているだろう。

「このままでは、先年の戦の二の舞いです。膠着が長引き、講和せざるを得ない、ということになると思います」

実際、一番いやなかたちに持ちこまれた、と言っていい。ただ、敵は大軍である。兵站がどれほど保《も》つのか。いま楊業は、人を出してそれを調べていた。

宋にとっては、宋王自らが出陣した、いわば親征である。しかも、東西にも、南にも敵はいない。兵站は万全であり、それを乱せる隙もない。

むしろ、自軍の兵站の方が心許《こころもと》なかった。太原府からの補給が、滞りがちである。自軍の百輛の輜重《しちょう》を全力で働かせているが、兵糧そのものは太原府経由で手に入れるしかないのだ。また、宮廷の役人が邪魔をしかねない。

太原府の近辺に展開している禁軍の残りが四万ほどいるから、それを南下させてくれと再三要請は出していた。

太原府晋陽の守りをどうするつもりか、というのが、決まった返事だった。太原府の守りとは、なんなのか。いま北漢を侵している宋軍を打ち払うことが、即ち太原府の守りではないのか。

そういう理屈が、廷臣には通用しなかった。帝自身も、周囲に数万の禁軍がいないと、安心できないようだ。

太原府の四万が南下してくれば、総兵力は八万を超える。それならば、やり方によっては十数万と拮抗《きっこう》し得るのだ。あらゆる牽制《けんせい》が可能になり、敵も陣を組んで膠着を続けるというだけではいられなくなる。

歯ぎしりしても、はじまらなかった。先年の戦でも、そうだったのだ。しかし今度は、領土を侵され、絳州と沢州は奪《と》られているのだ。講和をしてお互いに撤兵したとしても、二州は失う。

そうやって、徐々に領土を侵すのが、宋軍の狙いなのか。

いたずらに膠着を続ける日々が続き、二郎や三郎は、兵の調練さえはじめていた。

「父上、敵は宋王自身も出馬してきているのです。しかも大軍。膠着を続けようとしていることには、まるで違う意味があるのではないでしょうか？」

延平が、幕舎に来て言った。

前衛の楊家軍が闘わないので膠着している、と太原府から言ってきかねない。それほど、宮廷では戦が見えていないかもしれないのだ。

ここで無謀に突っこんだところで、大軍の壁に阻《はば》まれるだけだった。こちらの勝機は静止の中にはなく、激しい戦の中にある。

「宋王が仕掛けてきている、離間《りかん》の計《けい》だというのか？」

「それ以外に、あの大軍がじっとしている意味が見出せません。当然、晋陽には間《かん》者《じゃ》を放っているでしょうから、宮廷の雰囲気を宋王は摑《つか》んでいるでしょう」

「やめよう、延平。こういう時に、帝に疑いを抱いてはならん」

「しかし」

「軍人とは、そういうものなのだ」

言ってはみたが、心のどこかが寒かった。

たとえ離間の計だったとして、自分は北漢という国を捨てることができるのか。

ならば、あの廷臣たちのために兵を死なせ、帝に殉ずるしかないのか。

殉ずるという考えが、楊業にはどうしても出てこなかった。それを忸怩たる思いで見つめたりもした。自分は北漢の臣なのである。帝に殉ずるのは、当たり前ではないか。

しかしそれは、力のかぎり闘ったあとの話だとも思う。いまは敵を前にして、むしろ帝に邪魔をされている。このまま堅陣を組んだ大軍に突っこみ、自ら滅びの道を選ぶほど、自分は純粋でもなければ、北漢という国や帝を敬愛してもいない。

楊家軍の兵士とその家族を守る。まず頭にあるのは、それだった。兵を死なせる戦を、いとうことでは決してない。軍人であるより先に、一族の長《おさ》である。一族の名のためになら、どんな戦もできる。

そこへ宋王が、離間の計をかけてきた。考えると、肌に粟が立った。戦場では、決してないことだった。心に攻めこまれているのだ、と楊業は思った。

楊業は、毎日陣内を巡視して回った。

兵の士気が落ちる。気が緩む。いまは、それを最も避けたい。二郎や三郎が、滞陣中ではあまり考えられない、激しい調練をしているのも、それを心配してのことだろう。

さらに、数日が経過した。

「楊家軍が宋に通じている。それで、睨み合っているだけで戦をしないのだ、という噂が太原府で流れはじめています」

後方の様子を知るために放ってあった間者が、そう報告してきた。

離間の計ならば、当然そういう流言を飛ばすはずだ。予測していたことだった。帝も廷臣も、それを鵜《う》呑《の》みにするわけがない。そう思ったが、頭上を暗雲が覆うような気分を、楊業は拭《ぬぐ》いきれなかった。

巡視の途中で、丘に登った。そこからは、十里（約五キロ）先の宋軍が、よく見えた。

すでに建物が五つばかり建てられていて、その中のひとつが宋王の行宮《あんぐう》だろう。敵陣は魚鱗に組まれ、それぞれの鱗のところには、馬止めのための柵《さく》も設けてあった。隙はない。鉄壁と言ってもいい。いつまでも待つ、と宋王が言っているようでもあった。

いくら挑発しても、宋軍は動かない。

無為に、また数日が流れた。

延平が血相を変えて、楊業の幕舎に飛びこんできた。二郎も一緒にいる。

「兵糧の輜重《しちょう》の半数が、到着していないのか。遅れている理由があるのではないのか？」

「調べましたが、太原府からの兵糧の受け取りが、うまく行っていないのです。後方の二万の禁軍には、潤沢《じゅんたく》すぎるほどの兵糧があるのですが」

それは、半数の輜重には兵糧が積まれていないということだ。兵糧は、太原府から禁軍の輜重隊が運んでくる。本来ならこの陣まで運んでくるべきだが、輜重が不足しているということで、楊家軍の輜重隊を五十里（約二十五キロ）後方まで出していた。

「つまり、前線の兵糧を優先していない、ということか」

怒りを押し殺して、楊業は言った。これまでも兵糧が滞ることはあったが、少量で、これほど大規模なものははじめてだった。

「二郎、兵五百を率いて、兵糧所へ行け。なにか言ったら、兵糧隊の役人の首を、二つ三つ飛ばしてこい」

「はい」

二郎が、嬉しそうな顔をして飛び出して行った。

「延平、兵糧が滞ることと、いま太原府で流されているという噂に、なにか関連があると思うか？」

「多分。廷臣どもの頭というのは、その程度です。私は、廷臣だけの考えではない、という気もしておりますが」

帝がそれをさせている、と延平は言外に言っていた。廷臣の馬鹿さ加減は放っておくとしても、帝が前線の兵に兵糧を与えないなどということを、楊業は信じたくなかった。

「軍人は、ただ戦をすべし、と父上は言われましたが、ほんとうにそれだけでよいのでしょうか？」

それでいい、と言い放つことが、楊業にはできなかった。楊業は、ただ拳《こぶし》を握りしめた。そこから血が滴《したた》ってくるような気がした。

なにをどうしたところで、楊家は帝を見捨てられない。廷臣の多くは、そう考えているのだろうか。前線に兵糧が届かないことを、どれほどのことと考えているのか。

「延平、軍紀を引きしめておけ」

「すでに、やっております。こういう時、内部に緩みが出るのは、楊家軍の恥でありますから。兵糧が足りないなどと、兵には決して不満は洩《も》らさせません」

それだけではなかった。軍紀が緩んだ時に、敵の奇襲を受けたらどうなるのか。宋軍が離間の計を採っているとしても、それは楊家軍が手強いからであり、踏み潰せると思ったら、その時点で離間の計は捨てるだろう。

いま戦を避けているのは確かに宋軍だが、その態勢を取りつつ、二万や三万の奇襲軍を出すことはたやすいのだ。

　楊業は、腰をあげた。そこまで考えて、ひらめくものがあった。

　宋軍は当然、紛れこませた間者の報告から、前線への兵糧が滞っている情報は摑むだろう。しっかりとした楊家軍のどこかに、亀裂《きれつ》が入るということも視野に入れるはずだ。

「王貴《おうき》を呼べ」

　何事だという表情をして、延平が出て行った。楊業は、さらに考え続けた。

　王貴が入ってきた。楊業とは幼いころから一緒に育ち、弟のように扱ってきた腹心である。息子たちに抱くのとはまた違う信頼を、楊業は王貴に抱いてきた。ただ、優れた軍人というわけではない。どちらかというと、文官であり、それだけ楊業に欠けているものを持っているのだ。

「穴を作りたい」

　楊業が言うと、王貴がにやりと笑った。眼にはいつも、暗い光がある。そのために嫌われることもあるようだが、楊業だけは暗さの理由を知っていた。

「張文《ちょうぶん》あたりがよいか、と思いますが」

　穴と言っただけで、王貴は楊業がやりたいことを理解していた。なんの話かわからず、延平が立ち尽して、楊業の表情を見つめていた。

「つまらぬ穴では、敵は乗ってきますまい。張文が、三千の兵を率いてとなると」

「かなり大きな穴になるな」

「しかし殿、あの宋王が、穴にたやすく足を入れてくるかどうか」

「いましか、やれる時がない。噂など流さず、ひそかに張文を離脱させよ。張文の使者だけは、そうだな、潘仁美のもとへ行かせろ」

王貴が、ちょっと考える表情をした。呼延賛を考えるところだが、しかしやはりここは潘仁美だろう、と楊業は眼で伝えた。潘仁美の頭越しに宋王に伝わることは、避けた方がいい。

「ま、潘仁美という男は、どうにも食えないところがありますが、先日の敗戦で、功を焦《あせ》ってはおりましょうから」

「張文には、私は会わない方がよかろう。おまえとの間で、話ができていればいい」

「待ってください、父上。なんの話なのでしょうか?」

「張文の、寝返りだ」

「なんと。そんな馬鹿な」

「馬鹿はおまえだ。張文が私を裏切るわけはなかろう。しかし張文が楊家軍に加わったのはわずか十年前で、それまでは代州の端の小軍閥であった」

「それに、兵糧についての、宮廷と楊家の揉め事が、宋軍に伝わってもいるでしょう、延平様。軍紀を引きしめる。これは当たり前。しかし、張文の離脱となると、あるいは宋王は乗ってみようとするかもしれません」

「つまり、敵を戦に引きこむ罠ですか？」

「兵糧のことで悶着《もんちゃく》が起きているいまが、逆に好機でもあるのだ、延平」

「なるほど」

「張文の配置は、左翼の端です、延平様。そこが抜けた時は、速やかに埋めるのです。さすが楊家軍と言われるほど、隙もなく。そういう穴でなければ、宋王は足を入れてみようとはいたしますまい。楊家軍に乱れはない。しかし、張文は離脱する。それでも、宋王が足を入れてくるかどうか、心許ない穴だと私は思いますが」

延平が、しばらく考えこんだ。

実直な男には、すぐに理解しにくいことだろう。四郎《しろう》あたりが、考えつきそうなことでもある。

「そうですか。罠ですか」

「宋王は、太原府と楊家軍に離間の計をかけていると言ったのは、おまえだったな。それは確かにある。しかし、楊家軍に隙があれば、叩き潰してこようとするだろうというのも、間違いのないことなのだ。罠だと見抜かれないためには、決して乱れを見せぬことだ。わざとらしいことは、一切ならぬぞ」

「わかりました」

延平が、ちょっと呆れたような顔を、王貴にむけた。

「父上が、穴を作りたい、と言われた。それだけで、王貴殿はすべてのことがわかったのか？」

「はい、なぜか」

「私が考えていることも、王貴殿には読めるのか？」

「いや、延平様の方までは」

王貴が、苦笑した。延平の王貴に対する言葉遣いは、ほかの家臣に対するものと違い、いつも敬意が含まれていた。それはいいことだ、と楊業は思っている。

「宝だ、延平。王貴は私の宝なのだ。おまえも、宝と呼べる家臣を持つのだな」

「はい」

「宝とは、また過分なお言葉を頂戴《ちょうだい》いたしましたな。楊家軍にあって、あまり武では役に立たぬ男ですから、せめて殿のお心を忖度《そんたく》しようとつとめているだけです」

「もうよい。延平、行け。隙を見せるな。張文が離脱することが、すなわち隙なのだからな」

「わかっております」

延平が出て行った。

王貴は、しばらく太原府の様子について語った。技を持った間者を使っているのは、ほとんど王貴で、その数は二十名に達する。十五名は敵の後方だが、五名は味方の方を探らなければならない。

王貴は、ただ報告するだけでなく、どういう問題があるのかも細かく分析し、処置すべきものは処置する。そのための権限も、与えてあった。

「そろそろ、御子息様方の我慢も、限界ではありませんか、殿?」

「私の生き方が問われる。そういう時が来ているのかもしれんな」

宋王自身が出てきているので、今度は講和で引き退がるということなど、宋軍にはできないはずだ。先年の戦の時は、帝はまだ兄の太祖《たいそ》だった。太祖は、宋を大国にしただけあって、剛直で、人を魅《ひ》きつけるものを持っていた。弟の方が、すべてに関して緻密《ちみつ》である。もっとも、宋王について、楊業はあまり知らない。

「これは、殿おひとりでお決めになるしかない、と私は思います。その前に、御子息方のお考えも聞かれるべきでしょうが」

「それで、伜《せがれ》どもの肚の据《す》わり方もわかる、というわけか。まあ、いまはこちらの掘った穴を、宋王がどう扱うか、じっくり見てみよう」

先年の戦のあと、太祖はすぐに病没した。帝位を八王に譲らなかったのは、まだ若かったこともあるが、いまの宋王にはそれなりの器量があったからなのだろう。

「二郎のことだ。二、三人斬ってもよいと言ったら、必ず斬ってくるであろうな」

楊業は、兵糧の方に話題を変えた。

「だから二郎様に行けと命じられたのでしょう、殿は。これで、太原府がどう出るかも、見えてきます」

「罪人にされかねぬな、私は」

「それは、その時のことです。太原府の肚の中を、そろそろ知っておくべき時でもございましょう」

「戦線は膠着しても、時は流れるか」

「実戦にならない分、複雑な流れにはなります」

王貴が言い、楊業はかすかに頷いた。

幕舎の外では、馬蹄《ばてい》の音が聞えている。いつもの巡回の用意が整ったのだろう、と楊業は思った。

五

趙光義《ちょうこうぎ》は、考えこんでいた。

潘仁美が、楊家軍の乱れを報告してきたのである。張文という有力な部将が、離脱したというのだ。

楊家軍に、多少の配置替えによる動きはあった。それは、これまでの対峙の間にも、なかったわけではない。張文は三千の兵を率いて離脱したというが、それほどの隙が楊家軍には見えなかった。

楊業自身が北漢から離脱したがっている、という噂を太原府晋陽で流させたのは、趙光義だった。敵を離間の計にかける時の、常道である。実際、楊業と太原府の間は、うまくいっていなかった。前線にある楊家軍への補給が、しばしば滞ったりしているのだ。

しかし、完全に兵糧が絶えたわけでもない。楊業ほどの男が、対陣中に自軍に綻《ほころ》びを作るようなことを、看過するだろうか。しっかりと自軍を掌握しておくのが、優れた武将というものではないのか。離脱がまことなら、楊業は思ったほどの武将ではない、ということになる。

楊家軍が、北漢の役人三人の首を刎《は》ね、力ずくで前線まで兵糧を運ばせた、という情報が入った。これみよがしの情報だと思ったが、首を刎ねたのは事実のようだ。張文という部将から、帰順を願う使者がしばしば来ている、という報告が再び潘仁美から伝えられてきた。それも、これみよがし、という感じがしないわけではない。

「楊業には、七人の息子がいる。その首のひとつでも持参するのが、帰順の条件である、と張文という者に伝えよ」

「しかし陛下、張文はすでに離脱してしまっています。三千の兵を率いてです」

潘仁美は、張文の離脱を自分の手柄にしたがっている。だから、判断力はいくらか鈍《にぶ》っているだろう。呼延賛を呼びたいところだが、潘仁美の立場を考えて、八王を呼んだ。

「そうですか。有力な部将が離脱を」

「楊業の息子の首をひとつ持参せよ、と私は条件をつけた。いささか無茶な条件だとは思ったのだが」

八王も、考えこんでいた。幼いころから、八王の思慮深さはそばで見てきた。父親である太祖に似たのかもしれない。自分にも遠く及ばないところが、あの兄にはあった、と趙光義はよく思う。いまの自分は、太祖の真似をしている、と言っていいだろう。

「張文の帰順は、この場合、楊業に対する裏切りということになります。突然出てくる思いではありますまい。この戦の間、ずっと楊業を欺《あざむ》き続けていたということがあるでしょうか、陛下？」

楊業はそれほど愚かではない、と八王も考えているようだった。

「罠か。だとすれば、巧妙なことを考えたものだ」

「ここで攻めれば、備えはある。そう考えてよい、と思います。そして楊業の方は、戦をしたという名分も立つわけで、陛下がお考えになった離間の計は、その時点で破られます」

「おまえと話をしていたら、いろいろなものが少しずつ見えてきた」

息子の七王《しちおう》にはないものを、甥の八王は豊かに持っている。器量は数段上だろう。不意に、嫉妬に似た感情に、趙光義は襲われた。それは兄に対するものか、甥に対するものか、判然とはしなかった。

「問題は、潘仁美の扱い方でございましょう。いかがでしょうか、陛下。帰順を受け入れて、張文なる者だけを楊家軍と切り離してしまうという策は？」

「それで、張文は来るかな？」

「来させる必要はないのです。戦場から遠く離れた場所に待機させるのです。兵糧もこちらから運んでやります」

「それができれば、太原府はまた楊業に対する疑いを深くする。潘仁美も、顔が立つか。しかし八王、できなければ？」

「潘仁美が、うまく敵の罠をあばいた、とほめてやればよろしいかと。先日の戦で、私を丘に孤立させかかった。それが潘仁美にとっては、いま負い目になっているでしょうから。交渉はすべて潘仁美がやり、罠であったと陛下が言われればよいのです」

潘仁美の、帰順した者への対抗心は相当なものだった。露骨に見せはしないが、敵愾心《てきがいしん》すら抱いている、とも思える。それは生え抜きの宋軍の将兵を結束させるが、同時に帰順して来た者たちの疎外にも繫がる。大人しく潘仁美の下に組みこまれればいいが、呼延賛のように独立心が強く、自分の用兵に絶対の自信を持っている者もいる。そういう将軍の、牙《きば》を抜くべきではなかった。楊業が帰順してくるとなれば、なおさらだった。

「楊業を、どう見る、八王？」

「敵にすべきではありますまい。北漢を制圧すれば、陛下は全国の統一をなし遂げられます。そこからまた、別の事業がはじまるのでしょう。楊業はそこでも役に立つ、と私は見ております」

「私が帰順させたいと考えたのも、先のことを見たからだが」

「軍人らしい軍人というのが、宋軍には少ないと思います。呼延賛に楊業が加わるとなれば、宋軍の気風もいくらか変るかもしれません」

軍人の中でも、潘仁美は政事に野心を持っているというところがある。

施政のために軍事力は必要だが、政事そのものに軍人を絡《から》ませたくない、と趙光義は思っていた。文官が政事をやり、その秩序を軍人が維持する。それは、兄の太祖が思い描いた国の姿でもあった。

楊業が宋軍に加わることで、文官と武官の区別がはっきりしてくるのではないか、と趙光義は考えていた。軍人はどうあるべきか、を全軍に知らしめるには、呼延賛ではまだ小さすぎる。

「政事がなんたるかを、よく考えよ、八王」

「はい」

言い方が唐突だったのか、八王はちょっと戸惑《とまど》った表情をしていた。

「私は、兄の後を受け、同じ国の中で戦を続けてきた。しかし、この国は、武力が作る国であってはならぬ。おまえの時代になれば、それはもう当たり前のことになるのだろう、と私は思う」

八王が頷いた。

時々、八王と話してみる。それは悪いことではなかった。八王と対することで、いまだ自分が越えたと思うことができない、太祖とむかい合うことにもなるのだ。

潘仁美が報告に来たのは、翌日だった。

「かつての主君の一族の首だけは、容赦して貰いたい、と張文は申しております。

それをやれば、人でなくなってしまうと」

「それだけか？」

「張文は、楊家軍の機密を、いくつも握っているようです。弱点も教えられる、と申しております」

「張文が離脱した段階で、機密は機密でなくなる。弱点もまた然《しか》り。それぐらいの周到さは、楊業でなくても、ちょっとした将軍なら持っているであろう」

「密《ひそ》かに、張文に手引きをさせる方法がございます、陛下。それで、楊家軍を突き崩せると思うのですが」

「策を弄《ろう》するな、潘仁美。帰順したいと申す者には、ただ帰順させればよい。息子の首をひとつと私が言ったのは、張文なる男の人間を見てみたかったからだ」

「三千を解隊して、宋軍の中に散らばすことにいたします。張文は、私のもとに置き、その力量を測ります」

「それもやめよ。張文と三千の部下を、戦場から遠いところに隔離してみよ」

それに、楊業が乗ってくるとは思えなかった。いま楊家軍から三千が抜ける影響は、小さくないはずだ。

「それだけで、よろしいのでしょうか、陛下？」

「いまは。守りを堅くして、対峙を続ける。やがて、むこうにさまざまな動きが出てくるだろう。よいな、潘仁美。張文とは、慎重に交渉せよ。無理に帰順させようとばかりは考えるな。おまえに、任せることだぞ」

「かしこまりました」

潘仁美は、これまで自分に反論したことはなかった。文官であれ武官であれ、趙光義は自分の意見に反論してくる臣を、どこかで待っていた。

呉越《ごえつ》を降《くだ》し、いま北漢を降そうとしている。自分に反論してくる臣は、もうほとんどいなくなった。つまりこういう状態の中に長くいることで、見えるものも見えなくなるのだろう、と趙光義は思った。兄の太祖に、自分はしばしば反論したものだった。太祖も、それをよく聞いた。帝の弟なるがゆえに、気楽な立場でなんでも見ることができたし、それについての意見も言えた。

いま、自分にとっては八王がそれに当たるのか、と趙光義は思う。息子の七王は、どこか優柔不断で、いつも父親の顔色を見ているところがあった。

「潘仁美、張文なる者との交渉は、粘り強くやれ。張文の帰順ということについて、私はどこかでいやな感じがしている」

「楊家軍全体を帰順させないかぎり、帰順の意味はない、と私も心に刻みつけます」

そういうことでもなかったが、趙光義はただ頷いた。

三日に一度は、十数万の大軍を巡視することにしていた。兄が存命中は、自分は軍人なのだ、と趙光義は思っていた。兄が死んでから、すでに四年になる。八王がもう五歳年長であったら、自分は帝位を受けることもなく、軍人として生きたはずだった。

巡視の時は、百名ほどの供揃えである。趙光義が見るのは、まず兵の表情、動き、そして兵装だった。いつも伴う八王にも、それを見るように言い聞かせてある。

巡視で、その日一日は終る。

行宮《あんぐう》の私室に、黒山《こくざん》を呼んだ。ほんとうの名ではない。黒山の出身だから、そう呼ばれている。兄から受け継いだ間者で、配下は二百名ほどだという。趙光義の前に現われるのは、黒山だけである。

いつも老人に変装していることが多いが、今夜は、年齢相応の文官の身なりだった。三十歳ぐらいだろうか。

「潘仁美の交渉は滞っている。楊業がどう張文を扱うか、見当はついたか？」

「恐らく、捕縛《ほばく》。宋軍にむけては、そういうかたちを取ると思います」

「捕縛か。はじめから、絵図はできているようだな」

「楊業の側近に、王貴なる者がおります。謀略の絵図は、ほとんどこの男が描いているものと思われます」

「そうか。そんな男を、楊業は抱えているのか」

　張文の帰順の申し出は、罠である。趙光義は、その確信を深めていた。すでに張文は本隊から十里（約五キロ）の地点に離脱してはいるが、それ以上離れる気配はない。三十里は離れろ、と潘仁美は言っているはずだった。

「太原府晋陽では、張文の離脱を、大きなこととして受けとめているようです。劉鈞の使者が、前線にむかうことが論議されておりますので」

「禁軍四万が、南下する動きはないのだな？」

「まったく、ございません。禁軍総勢六万を、楊業は楯《たて》にしようと考えている、と晋陽は見ています。禁軍の犠牲の上で、楊家軍だけが勝とうとしていると。また、楊業自身が、潘仁美様と密かに交渉し、張文のことは、たまたまそれが露《あらわ》になっただけだ、という噂も流れています」

　二つとも、黒山の手の者が、晋陽の廷臣に吹きこんだものだろう。いまの状況を見る限りでは、劉鈞は暗愚な帝である。その帝という名も、楊家軍が宋に帰順すれば、なし崩しに消える。この国の帝は、ひとりでいいのだ。

「実際に干戈《かんか》を交《まじ》えようとしないというのが、劉鈞の疑心暗鬼を煽《あお》っております。使者を立てるのは、その疑心暗鬼のなせる業《わざ》だろうと思います」

　絳州と沢州は、すでに奪《と》った。いま全軍を支えている兵糧などもそこから調達しているので、輸送の労もほとんどない。劉鈞は、楊業を疑うような状態ではないはずだった。それを疑ってしまうのが、劉鈞という男の小ささであり、楊業の不幸でもあるのだろう。

楊業さえ帰順させれば、この戦は勝ちで、国家の統一は成る。兄から託されたことが、これでひとつ果せるのだ。

六

さすがに、宋王の処置は見事なものだった。

息子のひとりの首を持ってこい、とまず言った。それは、瀬踏みのようなものだったのだろう。張文が断ると、戦場から三十里（約十五キロ）離れて待機を命じた。その距離だと、戦力外ということになる。

微動だにしない大軍を見て、楊業は低い唸《うな》り声をあげた。穴を掘ったら、逆にその穴に水を流しこまれたようなものだった。張文の離脱は、太原府の帝に相当強い疑いを抱かせただろう。宋王も、それを助長する噂を流しているはずだ。

「私自身が、一度太原府へ行ってくる。帝ときちんと話をしておかなければ、これ以上の戦は続けられぬ」

「それは、おやめください、父上。危険です。帝に会っても、得るところはなにもない、と思われますし」

「われらは、帝のために戦をしているのだぞ。その帝と話をすることに、なんの危険があると言うのだ、延平」

息子たちと、部将が八人集まっている軍議の席だった。ほかに王貴もいるが、張文の姿はない。

「一度だけは、きちんとした説明をされた方がよい、と私も思います」

口々に反対の意見が出はじめた時に、王貴が不意に言った。全員が黙る。

「戦線の膠着の説明は、殿自らなさるべきです。張文の離脱も戦術のひとつであり、現に本隊から十里（約五キロ）の距離に留まって、奇襲に対する牽制の役割を果しています」

「しかし、王貴殿」

「延平様。殿は北漢の臣であられるのです。いまのところ一度だけ大きく兵糧が滞っただけで、それも二郎様の働きですでに解消しております。そういうことの説明も含めて、殿は一度は帝にお会いになるべきでしょう」

理屈はそうだった。楊業自身も、息子や部将たちに、そう説明しようと思っていた。王貴が言い出すとは、思ってもいなかった。王貴は、じっと楊業を見ている。

楊業が頷くと、王貴はすぐに従う者五百名を決めた。王貴自身のほか、延平と七郎も入っている。

　三百騎と二百騎の二隊に分かれ、翌朝出発した。太原府までおよそ四百里（約二百キロ）の道を、二日で駈け抜ける。それが、馬の限界だった。よく走りこませた馬は、一日に二百里は駈けるのである。

　晋陽の城門で守兵が止めようとしたが、『令』の旗を見て立ち竦《すく》んだ。

　自分がむかうことは、すでに使者が知らせている。二頭の裸馬を曳《ひ》き、それを乗り替えながら、昼夜兼行で一日で到着しているはずだ。宮廷の周辺には、五千を超える軍が集められているようだった。ものものしすぎる、と楊業は思った。

　謁見《えっけん》の間に入れたのは、楊業と王貴、それに延平、七郎の四名だけだった。七郎にとっては、はじめての宮廷になる。

　帝が出座してきたので、楊業は膝をついた。帝が、じっと楊業を見降《みお》ろしている。周囲の廷臣の中には、笑みを嚙み殺している者もいた。

「勝利の報告に来たと思ったが、楊令公」

　帝の口調は、はじめから棘《とげ》を含んでいた。

「朕は、闘うことを命じたはずである。闘わずして晋陽に来るとは、いかなる存念か？」

「敵は、宋王自身が率いる十数万でございます、陛下。それが堅陣を組めば、二万や三万では突き崩せませぬ」

「戦を避けているように、朕には思える。怯懦《きようだ》か、それとも離反か？」

「なにをおっしゃられます、陛下。楊家軍二万五千は、対峙を続け、日々大軍の圧力に耐えております。こちらから戦を仕掛けるには、兵力が不足しております。なんとしても、晋陽近辺の四万の禁軍を、南下させていただきたく、私自身でお願いにあがりました。背後に兵力さえあれば、わが楊家軍は」

「晋陽は、誰が守るのだ、楊令公？」

帝の口もとに、薄笑いが浮かんでいた。以前は、もう少し率直なところがあった、と楊業は思った。

謁見の間を、兵がかためる気配があった。楊業は気にせず、ふりむこうとした七郎を小声で叱った。王貴は平然としている。

「晋陽は誰が守るのか、というお言葉でございますが、陛下。敵は綘州、沢州を奪《と》り、北上の構えを見せている宋軍でございます。晋陽の近辺に、北漢の敵はおりません」

「獅子《しし》身中《しんちゆう》の虫ということもあるぞ、楊業殿」

郭有儀《かくゆうぎ》だった。廷臣の中では、最上席に列している。

「黙れ。いまは国の存亡がかかっている時だ。全軍を宋にむけずして、いつ兵を使うのか。それを陛下に奏上するのが、おぬしらの役目であろう」

謁見の間が、しんとした。

「宋王はいま、北漢の腰の据《すわ》り方をじっと見ております。全力をもって打ち払うという、断固たる姿勢を示し、楊家軍を先鋒にしていただければ、必ずや」

「楊令公」

帝の声が、楊業を遮った。

「朕を守る者たちを、必要がないと申したな。その口で、要《い》らぬと言ったな」

「敵を打ち払うことが、陛下をお守りすることだ、と申しました」

「では、なぜ闘わぬ。なぜ、朕を無防備の中に置こうとする。先年の講和の罪も併《あわ》せて、許し難きことではある」

「あの講和を、罪と言われますか？」

「楊令公を、捕縛せよ」

いきなり、兵が謁見の間に乱入してきた。四人に、無数の槍の穂先が突きつけられる。

「なんの真似でございます、陛下？」

楊業は、落ち着いていた。謁見の間であるから、無論、剣ひとつ佩《は》いていない。槍は、いかにも凶々《まがまが》しかった。

「宋王とも通じているそうだな、楊令公。朕は、おまえの顔を見たくない。躰についているおまえの顔をだ。躰と離れたおまえの顔を見るのは、さぞかし愉しかろう」

「首を刎ねると言われるのですか、陛下？」

帝の顔が歪《ゆが》んだ。笑っている。口の中で、舌だけが動いている。

眼の前に突き出されてきた槍を、楊業は払いのけた。帝の眼を見つめる。憎悪に満ちた、残虐な光しか、そこにはなかった。楊業の中で衝きあげかかっていた憤怒が、不意に絶望に変った。

「この楊業に、いかなる罪が？」

「まず、先年の講和。勝てるのに勝とうとしなかったのは、宋と通じていたからであろう。いま、闘おうとしないのも同じだ。張文なるものを、すでに離反させている。わが軍の兵糧隊の者の首も刎ねた。すべて、死罪に値する。この時が来て、朕は嬉しいぞ」

「お待ちください、陛下。いくらなんでもこれは。流言に惑わされてはなりませぬ」

「宋斉丘《そうせいきゅう》か。おまえはいつも、楊家の肩を持っていたな。首を並べてみるか？」

「罪と言われたすべてについて、私は釈明できます、陛下。その機会を、ここで与えていただきたい」

蒼白になった宋斉丘に眼をくれ、楊業は言った。この帝を説き伏せることなどできない、という絶望も滲み出してくる。首を刎ねるのが、罪を問うのでなく、ただ自分の存在が気に食わないからだ、ということが楊業にははっきりわかった。

「釈明と言ったか、楊令公。いつも、自分だけが正しいと思っている人間の釈明に、なんの意味がある。朕が欲しいのは忠義の臣であり、忠義に釈明などありはしないのだ」

「陛下、もう一度、お考え直しを」

「丁貴《ていき》か。郭有儀、宋斉丘と丁貴も、ともに捕えよ」

さすがに、郭有儀も戸惑ったようだった。癖なのか、白い髭《ひげ》に手をやってうつむいている。ほかの廷臣も、宋斉丘と丁貴まで捕えられると聞いて、表情を硬くしている。

延平と七郎は、じっと帝を見据えていた。取り乱してはいない。それだけが、いまの楊業にとって、救いだった。

慌《あわただ》しい足音が交錯した。

兵が二人、倒れこむようにして入ってきた。不意に、謁見の間に血の匂いが漂い出したように、楊業は感じた。

「何事だ。陛下の御前であるぞ」

郭有儀が、たしなめるように言った。

「宋軍が、侵攻を開始。楊家軍と激戦中」

それだけ言い、兵は気を失った。謁見の間がざわついた。いままで歪んだような笑顔だった帝の表情も、凍りついたようになった。

「陛下、ここは楊令公殿の指揮がなければ」

叫ぶように丁貴が言い、郭有儀がうろたえて腰を浮かした。帝が、ふるえている。

再び、足音が交錯し、兵が飛びこんできた。

「楊家軍が、三里（約一・五キロ）ほど押され、防戦。後方の二万も、三里後退。このままでは、支えきれません。宋軍の兵は、陛下の首を、と叫びながら、波のようにくり返し攻めかかってきております。楊家軍が崩れれば、宋軍は一直線に晋陽に攻め寄せてくると思われます。総勢、十四万。宋王自身が指揮。先鋒は、呼延賛」

それだけ言い、兵は糸が切れたように仰むけに倒れた。

「楊令公殿。宋軍を止められるか？」

再び、丁貴が叫ぶように言った。

「私の留守を、宋王は狙ったと思います。先鋒の呼延賛さえかわせば、再び膠着にまでは持ちこめます。後方の二万が、横に移動して牽制するのが条件ですが」

「しかし、押されている。もう、三里も退がっている」

郭有儀が、おろおろと言った。帝は、まだふるえていた。

「いまはもう、五里（約二・五キロ）から十里は押されておりましょう。しかし、楊家軍は決して潰走はいたしません。陣形を崩して退《さ》がることは、許していないからです」

「楊令公殿。宋軍を打ち払えるか？」

「いまのままでは、打ち払うのは無理です。しかし、膠着には持ちこめます、郭有儀殿」

楊業は、冷静に言った。

「しかし、押されている。もう十里も押されているのであろう」

「御心配なく」

王貴が、大声で言った。

「楊業が陣を空《あ》ける時のために、それなりの備えはしております」

「いかなる備えが？」

「さきほど、張文が離脱したと言われましたが、総攻撃に備えて本隊から離してあるだけです。いまごろは、先鋒の呼延賛を側面から牽制しているはずです。ただ」

「ただ、なんだ、王貴とやら？」

「戦場は、大軍を動かすのに必ずしも適しておりません。楊家軍を迂回し、直接晋陽を攻める別働隊を、宋王は出すと思います。いままで、楊業がいてそれを止めていたのです」

「どれほどの別働隊だ？」

「およそ、五万は出す余裕がありましょう。楊業が戦場にむかったと知れば、その別働隊は呼び戻されるはずです。一撃で楊家軍を押し潰そうと総攻撃をかけてきたのに、楊家軍は崩れませんでした。そこで、すでに宋王の目論見《もくろみ》ははずれているのですから」

郭有儀が、帝を見た。帝は、まだふるえていた。半分は恐怖で、半分は怒りだと、楊業には思えた。

「陛下、御決断を」

丁貴が叫んだ。宋斉丘も、それから二、三の廷臣も、同じことを叫んだ。

「楊令公」

帝が、上ずった声で言った。

「闘え。宋軍を打ち払って、汚名を晴らせ」

楊業は膝をつき、拝礼した。汚名などなにもないと思ったが、それは言わなかった。

「必ずや、宋軍の侵攻は止めます。その後、河東路《かとうろ》から打ち払うには、どうしても陛下の禁軍の力が必要です」

「わかった。とりあえず、止めるのだ。なにがあろうと、宋軍を晋陽には近づけるな」

再び拝礼し、楊業は立ちあがった。

槍を構えて囲んでいた兵が、二つに割れた。

宮廷の外に、五百の騎馬隊が並んでいた。楊業の姿を見て、みんな明らかにほっとしているようだった。

「戦だ。駈けるぞ」

楊業が言うと、即座に白い馬が曳き出されてきた。王貴や息子たちの馬も、曳かれてくる。鞍《くら》に跨《また》がった時、楊業はすでに駈け出し、雄叫《おたけ》びをあげていた。

二十里（約十キロ）ほど駈けたところで、王貴が手を挙げて五百騎を止めた。

「殿、このあたりで休止を戴きたいのですが。すでに、禁軍の展開地からも出ております。私は、どうも馬が苦手で、尻が痛くてかないません」

「なにを言っている、王貴？」

王貴は、さっさと馬を降りた。延平が、兵に下馬を命じた。得心のいかぬまま、楊業も馬を降りた。王貴が、楊業の前に平伏した。

「申し訳ありません。殿まで欺いてしまいました」

「どういうことなのだ、王貴？」

「宋軍は、攻めこんではきておりません。相変らず、膠着のままなのです。戦線からの注進の兵は、あらかじめ私が仕立てておいた者たちです」

王貴と眼が合った。あの注進が来なければ、宮廷を出ることはできなかっただろう。しかし王貴は、それを予測していたのか。いつになく、王貴は積極的に楊業が晋陽へ赴《おもむ》く準備をした。

つまり、帝をしっかり見ろ、ということだったのか。そして楊業は、帝のすべてを見たという気が、いましている。

「このことは、延平と七郎は知っていたのか？」

「私の独断です。延平様と七郎様にも、帝と宮廷をよく見て欲しい、と思いましたので」

「肚を決めろ、と私に迫っているのだな、王貴？」

「あの劉鈞《りゅうきん》が、宋王に勝てるはずもありますまい。それでよいと殿が言われるなら、私は黙って従うだけです」

楊業は、出された床几《しょうぎ》に腰を降ろしていた。腕を組み、眼を閉じる。ほんとうは、この時がもっと早く来るはずだった。先年の講和の時から、宮廷と自分はうまく行っていなかったのだ。たまたま敵国宋で太祖が死に、いまの宋王の代になった。それで、宮廷との対立が先送りにされてきたということは、確かにある。

しかし王貴は、帝を劉鈞と呼ぶことで、その姿をしっかりと見てみろ、と言外に楊業に伝えていた。

「延平と七郎を呼べ、王貴」

王貴が頷き、腰をあげた。

しばらくして、兵と一緒にいた二人がやってくると、むき合って置かれた床几に腰を降ろした。二人とも、黙って楊業を見つめている。

「二人とも、王貴から話を聞いたな？」

「あの帝は、仰ぐに足りません」

頷きながら、七郎が言った。

「愚劣、怯懦、身勝手。普通なら、どこかで斬り殺されている男でしょう。生き延びてきたのは、父上のような忠臣がいたからです。あの場で、私は劉鈞と刺し違えようと思ったほどです」

「延平は？」

「父上に従います」

「どういう意味だ？」

「父上の心にひっかかっている、不忠という言葉は、劉鈞に対してはなんの意味もないものだと、いまつくづく思います」

「そうか」

楊家軍は、孤児同然だった。親だと思っていた者から、子ではないと言い渡されたようなものだった。それが、困った時はまた親に戻り、親であることを主張する。

「私は、自らの不忠を恥じる」

「それは、父上がお持ちの美徳です。しかし劉鈞が、その美徳に値する男だとは、どうしても私には思えません」

劉鈞は、笑っていた。笑いながら、自分の首を刎ねるのが快感だ、と言っていた、と楊業は思った。それから楊業は、帝でなく劉鈞と自分も名で呼んでいることを、ある痛みとともに自覚した。

「出発するぞ、延平」

眼を閉じたまま、楊業は言った。

「二郎から六郎までの考えも、私は訊かねばならん。なにがあろうと、楊家はひとつなのだからな」

「進発用意」

延平が立ちあがり、声をあげた。息子たちの答がどこへ行き着くか、その声で楊業には痛いほどわかった。

翌日には、陣へ戻った。

楊業は、しばらく幕舎の中でひとりになった。考えることは、なにもなかった。

北漢という国と、劉鈞という帝から、心が離れてしまっていることを、じっと見つめなおしただけだった。

　この国では小国が乱立し、消滅することをくり返した。北漢が建国されてからも、三十年に満たない。それでも、楊家は北漢最大最強の武力だった。北漢に忠義を尽して、自分はいままで生きてきた。

「あえて、不忠の汚名を着よう」

　呟いた。一族が生き残るには、道はそれしかなかった。

「伜どもを呼べ。ひとりずつ、幕舎に入れろ。二郎からだ」

　息子たちのあとは、部将たちと一対一で喋るつもりだった。最後の決断は、自分で下す。すでに決めてしまっている、と言ってもいい。それでも、ひとりひとりの考えを聞くことは、大事だと思った。

　二郎が来るのを待つ間、楊業は幕舎の中で陣中の空気を感じ取ろうとした。長い膠着が続いている。戦陣という気配も、稀薄になりつつあった。

「不忠の汚名を負って生きる。おまえは、その息子ということになる」

　息子たちには、同じことを言った。みんなが賛成した。四郎だけがいくらか違い、同じ不忠でも独立の道もある、と言った。宋と遼の間に位置していることを生かそう、という考えだった。選択できるいくつかの道のひとつ、という意味で四郎は言ったようだ。ほかの兄弟の直情径行とは、まるで反対の性格を持っている。母親の血なのか。延平と三郎は同じ母だが、残りの五人はすべて母が違った。呼んだ部将は、二十八名だった。汚名を着て生きる自分に、従う必要はない。そう言ったが、全員が従わせてくれと答えた。

部将ひとりひとりの性格は、しっかりと摑んでいる。それでも血は繋《つな》がっていない。従うとみんなが言った時は、息子たちの時は出なかった涙が流れた。

二郎に命じ、北漢と『令』の旗をすべて降ろさせた。

陣に掲げられた旗は、『楊』だけになった。

「王貴、私はおまえに嵌《は》められたような気がする。こうして、北漢の旗が焼かれているのを見るとな」

「私が、殿を嵌めました。これは、生涯、私が背負っていくことでもあります」

「一緒に背負ってくれるということか。それにしても、お互いに底の底まで性格を知り尽した付き合いというのも、どこか切ないものだな、王貴」

「秋《とき》は、そうやって残酷にやってくるものでございます、殿。そしてその秋は、血《けつ》涙《るい》を滴《したた》らせても、摑まなければならないのです」

「いま、楊家の秋か」

北漢の旗は山をなし、さらに炎を大きくあげていた。

「宋軍の中で生き抜いて行く。これもなかなかに難しいことでありますぞ、殿」

「覚悟はしている。時には死に兵として扱われる呼延賛も、目の当たりにしている」

「宋の帝は、傑物《けつぶつ》でありますな。宋は二代にわたって傑物が指導しています。宋という国の強さは、まさにそこでありましょう」

「できれば、この国がひとつであり続ければいい。そのために楊家の力が多少なりとも役に立てば、不忠の汚名もいくらかは雪《すす》がれよう。私が生きた意味もある」

騎馬が駈け回っていた。二郎の手の者が、旗がきれいに焼かれているか、確かめているのだ。

楊業は、四十九歳だった。

一族の命運をかける。戦にではなく、敵への帰順という行為で、それをかける。そういう決断をしなければならない、めぐり合わせだったのだろう。

「これで、よいな、王貴？」

訊くともなく、楊業は口にした。

王貴が、かすかに頷いた。燃える北漢の旗は、まだ炎をあげ続けている。別のものも燃えた、と楊業は思った。

第二章　北辺にわれあり

一

旗を燃やした翌日には、宋《そう》の使者がやってきた。

宋の帝《みかど》の正使として、高懐徳《こうかいとく》と呼延賛《こえんさん》を遣《つか》わす。そのための、事前の話し合いをしたいという使者だった。

使者との対面に立合ったのは、延平《えんぺい》、二郎《じろう》のほか、王貴《おうき》と張文《ちょうぶん》だった。

まず東京開封府《とうけいかいほうふ》に、楊家《ようか》の館《やかた》を与える。それは、三百人が暮らすことができる、広壮なものである。代州《だいしゅう》から応州《おうしゅう》にかけての、楊家の守備位置はそのまま。楊家軍の糧道の基《もとい》となっているのは、北への塩の道だった。塩は国家のものであるが、これまで通り楊家が管掌《かんしょう》する。ただし、国家の名をもってそれをなす。ほかに望む恩賞については考慮する、というものだった。

つまり楊家は現在のままで、開封府に館が与えられる。そのほかに、恩賞さえくれようというのだった。

楊家が帰順することで、大幅に犠牲を少なくして、北漢《ほくかん》を征服することができるので、もう一州ほど管轄地を増《ふ》やしてもいい、というのが帝の考えのようだった。

「楊家は現在の状態のまま宋の臣に加えられるだけで、望外の喜びであります。これ以上に、なにを求めましょうや」

「わが君は、楊家が北漢の旗を降ろしたことで、この戦《いくさ》は勝てると確信されました。お喜びも、ひと通りではないのです」

「楊家としては、これまで主君として仰いだ北漢の王に離反するのです。それによって、恩賞を頂戴《ちょうだい》するわけにはいきません。宋軍でそれなりの手柄を立てた時、恩賞の沙汰《さた》は考えていただくことにします。あえてなにかと言われるならば、北漢の王のお命を、なんとか助けていただきたい」

「それは、戦がどうなるかによります。激しい戦となれば、宋軍の犠牲も大きい」

「激しい戦には、なりますまい」

言って、楊業《ようぎょう》は眼を閉じた。禁軍《きんぐん》六万と称しても、指揮すらいい加減なものだ。

「とにかく、楊業殿のお言葉は、わが君に奏上いたします」

使者が帰ると、楊業はほかの息子たちも幕舎《ばくしゃ》に呼び入れ、話し合いの内容を説明した。

「ひとつだけ言っておくが、この楊業は、敵であった相手に帰順して、恩賞を貰《もら》おうとは思わぬ。それは、私の考えている武の道に反するのだ」

劉鈞《りゅうきん》の命乞いをしたことについては、みんな異議があるようだった。かつて主君であった劉鈞に対する反撥を、もう隠そうとする者はいない。

「父上が、劉鈞の命乞いをされたことは、間違いではないと思う。北漢の臣であったことを全《まっと》うされ、そして宋の臣になる。父上らしい生き方だ、と私は思う」

延平が言った。

みんなが納得したのかどうかはわからないが、反対を口にする者はいなかった。

「それよりも、楊家はこれからさらに厳しいところに立つことになります。御子息様方は、それをお忘れなきよう」

「厳しいとは、王貴殿？」

二郎が言う。

「宋の先帝は、まず南から統一ということで、北漢は最後まで残されておりました。その北漢も併合してひとつになれば、当然、北との闘いになります」

「つまり、遼《りょう》か」

「われらは遼軍をよく知っておりますが、北漢が微妙な立場にあっただけに、本格的な戦はしてきませんでした。せいぜい局地戦で。これからは大国と大国がぶつかる戦で、われらはその先端に位置します」

「兵をもっと鍛えあげよう。馬も増やさなければならん。遼は、騎馬による原野戦にたけている。いい馬も多い」

延平が言った。

「王貴殿の言う通りだ、二郎。帰順した時から、新しい戦がはじまると思え。私は、必ずや、そこで楊家の名をあげるつもりだ。いまはとにかく、心静かに帝の正使を迎えよう」

それから、話は方々に飛んだ。宋の将軍たちのこと。遼の戦力。開封府で貰えることになる館のこと。聞きながら、ほんとうに宋に帰順したのだと楊業は思った。

翌早朝、楊業は自ら指揮して、陣営を整え直した。宋軍に対する陣形を解き、正使を迎え入れるかたちにしたのである。幕舎も、正使のためのものをひとつ中央に張り、残りは後方に移した。

部将は各十騎を率いて前に出した。本隊は副官が指揮している。

「殿はまだ、こだわっておられますな」

王貴がそばへ来て言った。

「いつまでも、こだわるであろうな」

「小さいことでございますぞ」

「わかっているが、それが私が持ってしまった性格というものであろう」

この乱世が、宋という国に統一されて行く。それは何年も前から、楊業にもはっきりと見えていた流れだった。国がひとつにまとまるのは、民《たみ》にとっては悪いことではない。

「いまごろ、太原府《たいげんふ》では大騒ぎをしておりましょう。突出していた二万も、北へ戻りはじめたという話です。禁軍六万が晋陽《しんよう》に籠《こも》ったとしても、すぐに兵糧《ひょうろう》が尽きます」

「飢えるのは、まず民か」

「そこまで行くまい、と私は思っております。宋の帝は、果敢なところをお持ちです。楊家が抜けた北漢に対して、それほど慎重になられることはありますまい」

楊業は、そうかもしれない、と思った。劉鈞はもとより、将軍にも廷臣にも、宋と一度はぶつかって、と考える者はいないだろう。

「それより殿は、宋の帝の器量を見きわめることです」

器量でなければ、遼と結ぶ。王貴はそこまで考えているのかもしれない。四郎《しろう》なども、多分そうだ。楊業は、これ以上草の靡《なび》きのようなことをくり返すつもりはなかった。

「それほどの器量でなければ、帰順した楊家軍を、太原府攻撃の先鋒《せんぽう》に持ってくるでしょうな。軍略として考えれば、そうなります。楊家を、もっとしっかりと見ていれば」

先鋒を命じられれば、やる。それが、軍人というものではないか。宋が欲しいのは、まず楊家の忠誠の証《あかし》だろう。それは、劉鈞と闘えるかどうかである。

午後、先触れに続いて、正使が到着した。

騎馬のみ三百で、ものものしい正使ではなかった。楊業の前まで馬乗で来ることもなく、下馬し、部将たちの作る人垣の中を、歩いて近づいてきた。

拝礼しようとした楊業を、呼延賛が腕をとって止めた。

「われら、帝の歓迎の意を伝えに来ました」

高懐徳が言った。

「武門の誉《ほまれ》高き楊家が、宋軍に名を連ねることになり、まことに喜ばしい。これが、帝の伝言であります」

「確かに、お受けいたしました。この旗を、帝に捧《ささ》げたい、と思います」

楊業が差し出したのは、『令』の旗である。頷《うなず》き、受け取った呼延賛が、別の包みにそれを載せて返してきた。王貴と延平が手を差しのべ、包みを開いた。

『宋』の旗。

「掲げよ」

楊業が言った。『宋』の旗が高く掲げられ、その下に『令』の旗も掲げられた。

全軍から、轟《とどろ》くような声があがった。

二人の正使と従者六人を、幕舎に招き入れた。迎えたのは、楊業のほかに、王貴と延平である。酒が出された。

「なるべく早い機会に、帝への拝謁《はいえつ》をお許しいただきたい」

「それは、すぐにでも、楊業殿」

高懐徳が言った。潘仁美《はんじんび》に次ぐ、将軍だという。間近で顔を合わせるのは、はじめてだった。

「明日、われらの帰りに同道されても構いませんぞ、楊業殿。陛下は、あまり形式にこだわられたりはしません。むしろ、お喜びになると思う」

「ならば、重立った部将五名を連れて、お礼の言上《ごんじょう》だけでも。そこで、楊家がなにをすべきかお命じいただければ、すぐにでも動けます」

「陛下がなにをお命じになるか、われらにはわかりようもないが、明日拝謁されるのは悪いことではない、と私も思います」

高懐徳の眼が、じっと楊業を見つめた。

幕舎の中でも、外でも、宴席が続いた。

楊業は、終始上機嫌に振舞《ふるま》った。しかし、気を許してはいなかった。特に高懐徳は、潘仁美に近い将軍である。必ずしも楊家に好意を持っているとは思えない。

呼延賛が、酔いを醒《さま》したいと、楊業を幕舎の外に誘った。月が、蒼《あお》く陣営を照らし出している。ところどころで、まだ兵たちが酒宴を続けているが、すでに寝ている者の方が多かった。

「見事ですな。こういう夜でも、兵の半数は起きていて、さらにその半数は見張りに立っている。楊家軍は、確かに調練を積んだ動きをしますが、兵の気持もしっかりとしている。それが、精強さの秘密なのだと、いまにして思います」

二人だけで、肩を並べて陣営の中を歩いた。楊業に気づいた兵が直立しかかるのを、手で制した。宋軍の馬番も酔って眠っていたが、楊家の兵が五人後方に立って、なにかあった時に備えている。そういうことは、現場の隊長が黙っていても気を回す。

「宋の朝廷は、北漢の朝廷と較べたら、ずっとましだと思います」

呼延賛の声は、低く落ち着いていた。

「帝は、拝謁されれば、どういう方かわかります。ただ先帝にもいまの帝にも、武官を政事《まつりごと》になるべく加わらせない、というところがおありです。武官が、政事の力も武力も持ってしまうのはよくない、とお考えなのでしょうか。しかし、政事に野心を持っている武官がいて、不満を抱《いだ》き、それは軍内で発散されます。つまり、帰順した私のような者に、風当たりが強くなる」

楊家にも、武官の風当たりが強いかもしれない、と呼延賛は教えているのだった。北漢では、帝からの風当たりも強かった。それどころか、自分を処断したがってさえいた。

「呼延賛殿。軍人は、戦です。わが楊家の望みは栄達ではありません。戦で負けぬこと。これが、唯一の誇りなのです」

立ち止まり、黙って呼延賛が頷いた。楊業は、軽く会釈を返した。

朝になると、宋軍の正使が整列した。

楊業以下部将がそれを見送り、二刻《にこく》（一時間）遅らせて、楊業も百騎を率いて出発した。随行するのは、王貴、延平、張文、二郎、七郎《しちろう》の五名の部将である。

南に十里（約五キロ）ほど進んだところで、三百騎ほどの軍に出会った。精強な兵と見えたが、中心にいる数名は具足《ぐそく》もつけず、目立つ旗も掲げていなかった。

近づいた。いずれ宋軍には違いないので、楊業は隊列を変えず、静かに進んだ。

一騎、こちらにむかって駈けはじめたので、楊業は進軍を止めた。

「八王《はちおう》様が、楊業殿にお目にかかりたい、と申しておられます」

「なに、あれなるは、八王様か」

慌《あわ》てて、楊業は下馬した。ほかの者たちも楊業にならう。馬群から、十騎ほどが抜けて駈けてきた。先頭には、具足をつけていない若者がいる。楊業は膝《ひざ》をついた。

「早く会いたくて、来てしまった。許せ、楊業」

「八王様とは思わず、無礼をいたしてしまいました。楊業にございます」

「そんな挨拶《あいさつ》は、帝に拝謁する時にやればよい。膝を立てよ、楊業。開封まで聞えた豪傑と会いたくて駈けてきた、物見高い男だと思ってくれ」

若く、澄んだ眼をしていた。口調も清々《すがすが》しい。白い歯を見せて笑った八王に、思わず楊業も笑みを返していた。

「もっとすごい容貌《ようぼう》を想像していた。これなら、宋軍の将軍の方がずっといかめしいな。眼の光が強い。これが、ほんとうの豪傑というものなのかな」

「八王様。お目にかかれて嬉《うれ》しいと、いま心底より思いました」

「頼みがひとつある。宋の陣営まで、轡《くつわ》を並べて一緒に駈けてくれぬか、楊業？」

「お命じいただければ」

「よし、命じよう。私の馬は、迅《はや》いぞ」

八王が笑い、馬に乗った。兵のひとりが、楊業の馬を曳《ひ》いてきた。

風のように、駈けた。四百騎の馬群は、かなり後方である。八王の馬は滅多《めった》に見られない駿馬《しゅんめ》で、それを見事に乗りこなしていた。

陣営の前で、八王は馬を止め、後続を待った。楊家軍は、隊列を崩さず駈けてきていた。

「拝謁の時は、私も行宮《あんぐう》にいる。いつかゆっくりと語りたいと思う」

それだけ言い、八王は陣営に駈けこんで行った。

王貴がまず陣営に入り、到着の報告をした。

行宮の門前まで、下馬の必要はなし、と伝えられた。『宋』と『令』の旗だけを掲げ、楊業は陣営の中を進んだ。

行宮の門前で、佩《は》いていた剣を預けた。案内に出てきたのは、具足をつけていない文官である。行宮の謁見の間は、入ってすぐのところだった。すでに、廷臣や将軍たちが並んでいる。

帝の出座が告げられ、楊業は膝をついた。

「よく来た」

最初の言葉だった。

「国は、民のためにある。朕《ちん》の思いは、それひとつである。兵乱で民を困窮させないためにも、この国は統一されなければならぬ」

「御意《ぎょい》」

「楊家が宋に来たのも、無用な戦を避けるためであったのだろう、と朕は思う。殊勝である。以後、楊家は宋のため、つまりはこの国の民のため、精励を尽すよう」

「わが全知全能をもって、励みまする」

「朕の与えた『宋』の旗、おまえの『令』の旗とともに、楊家の誇りになればよい、と願っている」

「過分なお言葉でございます」

「夜は、酒宴じゃ。これからともに闘う将軍たちとも、親しく交わるがよい」

拝謁は、それで終った。

帝が退出すると、高懐徳が潘仁美から順に将軍たちに引き合わせた。上座に残ったままの八王は、にこにこと笑いながら楊業の方を見ていた。

与えられた宿舎に入ると、拝謁の緊張が解けたのか、延平が大声で笑った。つられて、二郎や七郎も笑っている。

その夜の宴席に、堅苦しい雰囲気はなかった。

代州と応州のもとの領地にいることが決まっているだけで、楊業の席次はまだ曖《あい》昧《まい》なものだったが、それほど気にすることはないようだった。潘仁美、高懐徳、呼延賛に囲まれるようにして、楊業は座った。

「楊家軍は、代州へ帰って兵を休ませるがいい。わが軍は、速《すみ》やかに太原府まで進攻する」

「陛下、御下命《ごかめい》があれば、いかなる戦とて、私はいといませぬ」

「楊業、きのうまでの主《あるじ》を討《う》てと言うほど、宋軍に人は不足しておらぬ」

帝の言葉が心に沁《し》みて、楊業は不意にこみあげてきた涙をなんとかこらえた。

「七人の息子がいるそうだな。朕は、その七人とも見てみたい。次には、全員伴って来るよう」

「そこにいる七郎延嗣《えんし》など、私と歳《とし》は変りません、陛下」

八王が言った。

「だからと言って、七郎とともに戦場を駈けようと思うでないぞ、八王。おまえには、やるべきことがほかにあるのだ」

八王がうつむいて笑った。文官たちは静かに飲んでいるが、八王は軍人の間で飲むのを好んでいるようだった。

「八王様は、楊業殿の馬と並んで駈けてこられましたな。千里風《せんりふう》に劣らぬ走りを、楊業殿の馬もしたのでございますか？」

高懐徳が言った。千里風が馬の名らしい。

「ちょっと驚いた。実は、大きく離してやろうと思っていたのだ」

「北はいい馬を産すると言いますが、まことのようでございますな」

「八王、あまり側《そば》の者に心配をかけてはならぬぞ。私も気が気ではない」

帝は、座が砕けると、自らを朕ではなく私と言うようだった。

帰順したのは、間違いではなかった。はじめて、楊業はしみじみとそう思った。

王貴以下、列席した者たちも、ようやくうち解けて飲みはじめている。呼延賛が注《つ》ぎにきた酒を、楊業は大杯で受けた。

二

太原府まで、遮《さえぎ》るものはなにもない。

北漢禁軍六万と号しても、楊家軍がいなければ、羊の群れのようなものだった。三日で軍を編制し直し、趙光義《ちょうこうぎ》は北進の命を下した。

河東路《かとうろ》は、これで併合できる。兄の太祖が目指した、国の統一が終るのだ。

だが、太祖がほんとうに夢見たのは、河東路の併合だけではなかった。後晋《こうしん》の時代、石敬瑭《せきけいとう》が契丹《きったん》族の国である遼に献上した、燕雲十六州《えんうんじゅうろくしゅう》を回復してこそ、まことの国の統一と言えると、兄の口から何度か直接聞いていた。万里の長城の南側のすべて。それが、この国の古来からの領土なのである。

遼は遼で、中原《ちゅうげん》に野心を抱き続けてきた。だから燕京《えんけい》（現・北京《ペキン》）を南都とし、たえず南を窺《うかが》い続けてきたという歴史があった。

進軍は急がせた。兵糧が間に合わなくなるという者たちもいたが、ひとつだけある懸念は一掃しておきたかった。劉鈞《りゅうきん》が、再び遼に救援を請うかもしれないのだ。たとえば遼軍が五万を超える規模で救援に出てくれば、多少は厄介なことになる。その場合も代州の楊家軍を使えるので、懸念は小さなものに過ぎなかったが、とにかく邪魔されることなく太原府を落としたかった。

先鋒は呼延賛、高懐徳、懐亮《かいりょう》兄弟、中軍は潘仁美である。自分は後軍だが五万を擁し、ここが本隊と言ってもよかった。全軍で十四万に達している。

北漢軍は、太原府までの間で、宋軍を阻止しようという動きはまるで見せなかった。全軍が、太原府晋陽の城の周辺に展開しているという。楊家軍の離反で、どう闘っていいのかわからないのだろう。

劉鈞は、自分が北漢の帝でいられたのが、どういう力によるものだったのか、まるでわかっていない。いまごろになって慌《あわ》ててみても、遅いのである。太原府までほぼ八百里（約四百キロ）の道のりを、宋軍は十数日で進軍した。

すでに、北漢の禁軍は、すべて晋陽の城内に入り、籠城《ろうじょう》の構えをとっていた。

趙光義は、すぐに攻囲を命じた。

攻城戦は、原野戦よりいくらか手間がかかる。しかし、無理に攻めなければ、予想外の犠牲を出すこともない。

びっしりと晋陽を囲み、要所には火砲を並べ、まず徹底的に封じ込めることからはじめた。それから帝は、文官たちに命じ、南からの兵站《へいたん》を確保し充実させた。

ここへ来て、急ぐことはない。兵糧が切れるのは、補給を断たれた城内なのだ。

黒山《こくざん》の手の者たちを北へ放ってあるが、いまのところ遼に救援軍を組織する動きはない。遼でさえ、北漢を見限っていると思えた。

「いつ、攻撃を開始いたしますか？」

潘仁美が、伺いを立ててきた。行宮《あんぐう》が建てられ、趙光義は幕舎からそちらへ移っていた。

「待てばいい。無理に攻めて、兵の犠牲を出してはならぬ」

「どこかで攻めなければ、結着はつかぬと思いますが」

「戦よりも、もっと切実で恐ろしいものに、北漢の軍は晒《さら》されている。いきなり、六万が晋陽に入ったのだぞ」

「兵糧が切れるのを、待つのでございますな」

「どう思う、潘仁美？」

「城中に、どれほどの兵糧があるか、ということになると思います。劉鈞の性格ならば、何年分も貯《た》めこんでいることも考えられるという気はいたします」

「劉鈞の性格で、何年も耐えられるかな？」

「それは、無理でございましょう。せいぜいひと月ふた月。しかしその間に、遼軍が動かないともかぎりません」

「たえず、攻撃の構えを見せろ。劉鈞の怯《おび》えを誘ってやるだけでいい」

一礼し、潘仁美が退出した。入れ替るように、八王が入ってきた。

「そうだ。八王、付いてくるがいい」

趙光義はそう言い、八王を伴って行宮を出た。

陣中でも、旗本《はたもと》が二百名ほどは趙光義を囲んでいる。それがいやとも言えなかった。

趙光義が行ったのは、建てられたばかりの観戦楼《かんせんろう》である。そこからなら、晋陽の家並みの屋根は見えた。

観戦楼にも、警備の兵がいる。梯子《はしご》を登ると二層になっていて、兵たちは趙光義と八王を見て恐懼《きょうく》し、下層に降りた。

上層は、八王と二人きりである。

「この太原府を落とし、河東路を併合すれば、私は国を統一したと言われるであろう」

「そういうことになる、と思います、陛下」

「八王、太原府の先には、なにがある？」

「それは、楊業のいる代州でございましょう」

「その先は？」

「もう、遼になります」

「違うな」

趙光義は、北を指さした。八王は、じっとそちらに眼を注いでいる。

「燕雲十六州でございますか？」

さすがに、八王はすぐに察した。

「先帝であったおまえの父なる人は、燕雲十六州を回復してはじめて、この国の統一が成ると考えておられた。私もそうだ。燕雲十六州は、後晋のころ遼に献上された。よいか、八王、献上なのだ。契丹族はその十六州をかため、南下の足がかりにしてもいる」

「われらが、取り戻すべき土地であるのですね。陛下は、それをなさろうとおっしゃるのですね」

「ここまで来たのだ。太原府を落としてなお、軍が傷つかずにいるなら、一州でも二州でも回復しておきたい。代州には、楊家軍もいることだし、いい抑えができたのだからな」

「しかし、陛下。御親征は、かなりの長期にわたっております。激しい戦がなかったとはいえ、兵たちの帰心《きしん》は募《つの》っておりましょう」

「楊家軍と交戦していれば、私もこんなことは言えなかっただろう。しかし楊業は、宋の旗のもとに入ってきた。ここは、勢いを大事にするところかもしれぬ、と私は思っている」

「陛下がそこまでお考えなら、私にはなにも申しあげられません。燕雲十六州があると思ったのは、いまなのでございますから」

「夢であった。わが兄の夢であり、私の夢でもあった。ここまで来て、私にもようやく十六州が見えてきたのだ。わが領土を契丹族が蹂躙《じゅうりん》しているとな」

宋軍の陣は、しっかりと太原府を囲んでいる。ここから見ると、それがよくわかった。ここまで進攻したのだ、と趙光義は思う。十四万に達する軍が、燕雲十六州のすぐ南まで来ている。念願だった河東路を落とし、そのまま十六州にも進攻すべきではないのか。

「夢を追う。それが男だ。兄上は、国の統一を考えられた。私は、この国を豊かにする道を目指そうと思う。ただ、燕雲十六州を回復してからの話だ」

「封椿庫《ほうちんこ》の話を、私も先帝から聞いたことがあります」

燕雲十六州を、遼から買い戻す。そのための備蓄を、兄ははじめていた。それが、封椿庫である。遼との関係が良好であれば、買い戻せる。あのころは、それが信じられた。買い戻せない場合は、力で奪い返すしかない。その時、封椿庫の備蓄は、そのまま戦費となる。

兄は宋を建国した時から、そこまで先のことを考えていた。おまえには文治の才があり、これからの宋にはそれが必要だ。兄は、そう言ったものだった。しかし、兄がやり残したことをやり遂げてこその、文治である。

「このことは、まだ誰にも言っておらぬ。私の夢は、おまえの夢でもあり得る。そう思ったから、語ったのだ」

「心に、刻みこみました」

「行こうか。攻城戦では、兵の規律が緩《ゆる》む。太原府を落としてのちのことまで考えて、おまえも陣営を巡視するのだ。私だけでは、手が回らぬ」

「そういたします」

観戦楼を降りると、趙光義は八王を連れて行宮に戻った。

各方面で、攻めの構えが取られはじめたのは、翌日からだった。それは二日、三日と続いた。兵の士気は悪くない、と趙光義は思った。

潘仁美は、たまには実際に攻めかからせたりもしているようだ。雨のように、矢が降ってくる、と報告にきた。その矢は、宋軍にまだ届かぬ距離から、射はじめられるらしい。劉鈞の、恐怖が見えた。

そういう状態になってから降伏の使者が来るまで、何日もかからなかった。

潘仁美が、使者の応対はすべてやった。まず劉鈞の、そして廷臣の助命嘆願が最初にあった。貴族としての身分の保証も求めている。民のことなどまったく考えていない、都合のいい要求だった。

「この劉鈞に、楊業はあそこまで義理立てをしたのか」

潘仁美の報告を聞き、趙光義は苦笑した。

「まず、開城せよ。すべては、それからである。文官、武官の名簿も提出させよ。それが降伏というものだと、使者に教えてやるがいい」

「私の口から、わずかではあっても希望が持てる、というようなことを言ってもよろしいでしょうか?」

潘仁美は、劉鈞が追いつめられて開き直ることを警戒しているようだった。それは賢明なことと言っていい。臆病者ほど、追いつめられれば牙《きば》を剝《む》く。

「おまえが言うことだ。おまえに任せよう。ただ、入城したあと下す私の処分が、寛大だと感じられるようにしておけ。劉鈞には、河東路で、恥しくない地位を与えよう。ただし、地位だけで力はない。廷臣の半分は、庶民に落とす。能力のある者を、文官たちに選別させせよ。禁軍は、解体する」

「かしこまりました。それだけ伺えれば、なんとでも言ってやれます」

潘仁美がどの程度のことを言ったのかはわからないが、翌日には開城の使者が来た。

呼延賛、高兄弟の先鋒が、まず入城した。六万の禁軍の武装を解き、城外の一カ所に集めた。兵も半数は帰農させ、残りの半数は編制し直して宋軍に組み入れる。

残った兵糧の点検まで終ったところで、趙光義は潘仁美を従えて入城した。

宮殿までの通りには、民が出て跪《ひざまず》き、趙光義の入城を迎えていた。表情には、まだ恐怖がある。それを消してやるのが自分の使命なのだ、と趙光義は思った。宮殿の前に、黒い衣装の集団が平伏していた。

中央にいるのが劉鈞だろう、と趙光義は見当をつけた。人の上に立つ人相ではない。力は与えない方がいい人間だと、趙光義は感じた。初対面の人間については、趙光義はまず人相を観《み》る。楊業を観た時は、眼の光や、唇の線に強い意志を感じ、圧倒されそうな気分になったものだった。

「劉鈞に申し伝える。抵抗をやめ、降伏したのは殊勝であった」

劉鈞が、何度も卑屈に拝礼していた。それを見て、不快なものがこみあげてきたが、趙光義はなんとかそれを抑えこんだ。これは、儀式のようなものなのだ。

「しかし、朕には許容できぬことがひとつある。遼に救援を依頼したことだ。これは、国を売ったことに等しい。よって、首を打つことにする」

劉鈞の表情が見る間に強張《こわば》り、地についた手が大きくわなないた。

「それを止めることのなかった廷臣どもも、同罪である」

潘仁美が片手をあげると、槍《やり》を構えた兵が黒衣《こくい》の一団を取り囲んだ。劉鈞は、声を出すこともできないようだ。

「いまより、河東路は宋である。民もまた、宋の民となる。同じ国の中で、血を流すことを朕は好まぬ。また、帰順した楊業から、劉鈞の助命の嘆願も出ている。それらを考慮して、罪を減じることにした。劉鈞は本日より、彭城郡公《ほうじょうぐんこう》として河東の民を見守るがいい」

そこそこの名と、捨扶持《すてぶち》を与えるという意味だが、劉鈞の表情に安堵《あんど》と喜色が浮かんだ。

儀式は、それで終りだった。晋陽に残っていた兵糧を民に分け与えるように命じ、趙光義は宮殿に入った。

頭の中にあるのは、すでに河東路のことではなく、燕雲十六州のことだった。幸い、太原府の攻略に、兵の犠牲はまるでなかった。河東路の攻略全体を見ても、時はかかったが、犠牲は最少で済んでいる。

燕雲十六州を回復するために、これは天が与えたものではないのか。趙光義は、ほとんどそれを信じる気になった。

潘仁美と呼延賛に、騎馬を中心とした部隊の編制を命じた。高兄弟には、解体した北漢禁軍から、精強に育ちそうな兵を選抜し、宋軍に加えるための調練をさせた。文官たちは、兵糧の確保である。

趙光義は、河東路を併合した達成感を、微塵《みじん》も見せなかった。さらに北へという ことを、誰もが感じ取っているだろう。

河東路の統治そのものは難しいものではなく、役人の半分はそのまま仕事を続けさせ、開封府から来た文官が、それを宋のやり方に同化させて行く。税などは、宋の方がかつての北漢よりずっと緩やかで、そういうところから民の心は開いていくだろう、と趙光義は思っていた。

「長い戦になりすぎます。ここは自重すべきではないでしょうか」

燕雲十六州への進攻について諮問《しもん》すると、文官を代表するように、礼部郎中《れいぶろうちゅう》の劉保《りゅうほ》が言った。

丞相《じょうしょう》（首相）である張斉賢《ちょうせいけん》の片腕で、臆《おく》することなく自分の意見を言う。

「遼東《りょうとう》を含めた地域を回復すれば、国の守りはいまよりずっと楽なものになります。それだけ将来は民の負担が減り、国は富むはずです。河東路を併合したこの勢いを、ここで止めてしまうべきではありますまい」

高懐徳が、武官の意見を代表して述べた。

文官と武官が、常に意見を異《こと》にする。そういう傾向が、いまの宋には出はじめていた。ふだん、趙光義は武官の考えを押《お》さえている。武は、施政のための背景にある力ではあっても、政事そのものには関《かか》わるべきではないからだ。しかし北進は、国の事業である。宋が、国としてなさなければならないことだ、と趙光義は考えていた。

「十数万の兵が、ここにいる。いま、これを開封に戻すことと、さらに戦を続けさせることを、朕は較《くら》べてみようと思う。一旦、朕が決めた時は、それは覆《くつがえ》さぬ」

すでに趙光義は決めていたが、群臣の前ではそう言った。帝の意見がすべてではあるが、誰もが自分の主張を一応はした、ということも必要だった。

北進の決定を趙光義が群臣に伝えたのは、それから数日後だった。自分が決断してから、さらに反対を唱える者を、趙光義は許さなかった。会議が散会してすぐに、文官たちは北への兵站を整えはじめた。

燕雲十六州への進攻の本隊には、八王も加えた。八王の父、太祖の夢の実現だからである。劉保を中心とする文官は、太原府に残した。兵站は、文官の働きにかかっている。

全軍で、十五万を超えていた。北漢禁軍の中から選抜した兵を、かなり加えたからである。河東路の併合により、大量に馬が手に入ったので、騎馬隊は充実していた。

太原府を進発してすぐに、代州から楊業の使者が来て、参軍を求めてきた。燕雲十六州はわが手で、という強い意識が趙光義には働いていた。

「これは、河東路併合の戦の続きである。よって、開封から進軍した部隊が中心になる。楊家軍の参軍は認めるが、後衛に付くよう」

楊業には、そう命じた。

太原府から北東に進んでいるので、代州の楊業が後衛に付くというのは、位置的にも自然だった。どうしても先鋒を、という言い方を楊業もしてこなかった。命じられた通りに動き、闘う。それが自分が望んでいる軍人の姿であり、楊業はそこからはずれることがまったくなかった。

進発して数日で、易州《えきしゅう》に到着した。

燕雲十六州という、古くからの漢族の領土には、人も漢族が多かった。易州の指揮官は、漢族の劉宇《りゅうう》である。宋軍の進軍に対して、すぐに恭順の意を表してきた。

「心ならずも契丹族に従う。そういう人間も多いのだ。私は、この進攻が間違いではなかったという、確信を深めた」

「応州の一部は、以前から楊家軍が押さえておりますし、これで涿州《たくしゅう》を落とし、燕州《えんしゅう》を攻めれば、十六州はもはや掌中にしたも同じだ、と私は思います」

高懐徳が言った。涿州まで進み、指揮官の劉厚徳《りゅうこうとく》が闘わずに降伏した時、高懐徳の確信は、帝の確信にもなった。

代州へ戻り、父が最初に全軍に命じたのは、調練だった。休ませるほど兵は闘っていない、と父は言った。

三

特に命じられたのが、六郎《りくろう》を鍛えあげることである。七郎については、今度の戦が初陣で、ずっと父のそばについていたが、武将としての素質は充分と判断したようだった。三百騎を与え、それを精強な騎馬隊に育てあげるように、父は命じた。延平の指揮する部隊と、同数の騎馬である。もっとも、延平は歩兵を含めると、三千の兵の指揮を任されていた。

ほかの部隊の調練は張文と二郎に任せ、延平は五郎《ごろう》と六郎の部隊だけつれて、代州の南に調練に出た。二人とも、一千の兵を指揮している。

六郎を、と父が言ったのは、やはり兄弟の中で、最も武将の器《うつわ》に遠いと思われているからだろう。とにかく臆病で、二郎などは何度も腹を立てて打ちのめしている。

ほんとうに臆病かどうか、延平は首を傾《かし》げているところがあった。父の不興を買った将校を、平気で自分の部隊に入れたりするところは、むしろ度胸があるとさえ思えた。

兵たちには恐れられていないが、臆病だと馬鹿にされているとも、延平には思えなかった。ほかの兄弟よりも、兵に慕われているところはあり、なぜかと考えるよりただ羨《うらや》ましいと感じたことが、延平には何度もあった。

「どうしたものかな、五郎？」

「俺は、幼いころからすぐ上の兄としてずっと育ってきましたがね、調練とかなんとかいう問題ではない、と思ってしまうのだな。もっと違うなにかが、あるような気がしますよ」

「臆病さは、生まれつきか」

「いままで、臆病な兵はずいぶんと見てきました。優秀な兵に育つことが多かったような気がします」

「六郎は、兵ではない。一軍を率いなければならないのだ。父上が鍛えろと言われたことの意味が、もうひとつ俺にはわからん。軍の指揮の仕方など、いくらでも教えられるが、それでいいのかな」

五郎も考えこんでいる。二郎に似た激しい性格だが、軍の指揮より、自分が先頭に立って闘うことを好む。

「とりあえず、楊家の部将としては、馬には乗れるし、剣も槍もそこそこに遣える。足りないのは剛毅《ごうき》といったものだが、それもほんとうのところはわからん」

「六郎は、なにをしています、いま？」

「兵たちのところにいる」

「とりあえず、調練は普通にやるしかない、と思います。俺の軍と、正面からぶっつけましょう。あとは、兄上と俺で、あいつを罠《わな》に嵌《は》めるしかないな」

「罠か」

五郎の言う意味が、延平にはなんとなくわかった。気持の底に持っているものを、剝き出しにさせる。それは、兄弟や父は勿論、自分でさえも気づいていないものかもしれない。

延平はかすかに頷き、幕舎を出て、六郎がいる方へ歩いた。

翌日からの調練は、相当に厳しいものになった。五郎の軍は容赦なく六郎の軍に襲いかかり、調練用の棒で兵を馬から叩き落としたり、原野を追い回したりした。

延平が見たかぎりでは、肝心な局面で、六郎の判断が遅れるようだった。ここ、という時に兵を動かせば、五郎の軍と互角に渡り合える。その判断が、必ず遅れた。怯懦《きょうだ》がそれをさせているとしたら、実戦では決定的なことになる。

三日、四日と、延平は六郎の判断だけを見ていた。五郎は、まったく容赦をしない。怪我《けが》をする者も、六郎の軍にばかり出た。

「これは、調練でしょう、兄上」

五日目に、六郎が五郎に言った。

「だから？」

「やりすぎです。私の軍には、怪我人が続出しています。いまに、死者も出かねないという気がします」

「俺に、手を抜けと言っているのか、六郎？」

「そこまでやる必要はないだろう、と言っているのです。調練で怪我をすることに、どれほどの意味があるのですか？」

五郎が、いきなり六郎を張り倒した。

「なんのために、厳しい調練をするのか、わかっているのか。戦場で兵を死なせないためだ。それは、いつも父上が言っておられることでもある。それが、やりすぎだと。おまえの指揮が悪いのに、俺が悪いことでもしているようではないか」

「鈍《にぶ》いんです、私は。あれかこれかと、すぐに考えてしまう。そうしている間に、兄上が攻めてくる。見ていると、こわくなるんです」

地面に座りこんで、六郎が言った。

臆病とは、どこか違う。鈍いわけでもない。戦にむいていない。それが一番ぴったり来ると延平は思った。しかし六郎は、自分では臆病だと思いこんでいる。

「やっぱり、俺が悪いという言い方ではないか」

五郎が、六郎を蹴《け》り倒した。兵の見ている前である。それでも六郎は上体を起こしただけで、立ちあがろうとはしなかった。

もうなにも言わず、五郎は六郎を蹴り、倒れたところを踏みつけた。六郎が暴れようとする。立ちあがらせ、五郎は殴りはじめた。

「お待ちください」

六郎の部下が、ひとり飛び出してきた。柴敢《さいかん》という将校のひとりだった。

「負けるのは、六郎様が悪いのではありません。われらの気力が足りないのが悪いのです。打つならば、私をお打ちください」

「なんだと」

五郎が眼を剝いた。

「調練に打ちこんでいない、と言っているのだな、おまえは」

「打ちこんではいますが」

「気力が足りないせいで負ける。そう言ったぞ。そういう兵は、楊家軍にはいらん。その首を打ち落としてやろう」

「精一杯の気力は出しています。しかし、まだ足りないのだろうと思うのです」

「面倒なことは、言わなくていい。おまえが最初に言ったことが、すべてを物語っている。そしてそれは、楊家軍では死に値する。なにか異存はあるか？」

「いいえ」

「ならば、ここで死ね」

五郎が、剣を抜き放った。いきなり斬りつける。そんなこともやりかねないところが、五郎にはある。制御できない激情に、駆り立てられてしまうのだ。

「兄上」

延平が声をかけようとした時、六郎が言っていた。

「兄上は、柴敢を斬りかねない。柴敢が悪くないとわかっていてもです。だから」

「だから、なんだ。俺は、調練で手を抜いている兵をひとり、斬ろうとしているだけだ。当たり前のことを、しようとしているだけではないか」

「私の指揮が悪いから、負けるのです。負けることを責めるのなら、私を斬ればいいでしょう」

「そうか、わかった。しかし、俺は弟を斬った男になど、なりたくはない。斬られてもいいと思うのなら、自裁しろ。自ら命を断つことが、誰も傷つけぬことだろう。俺は、そう思う」

五郎が、抜き放った剣を六郎の前に放り出した。延平は、六郎がいつ助けを求めてくるか、待っていた。それによって、六郎の臆病さはしっかりと測れる。

地面に座りこんだままの六郎は、しばらくじっと考えこんでいた。六郎の手が、剣にのびる。

「待て」

延平が言うのと、柴敢が六郎に抱きつくのが、ほとんど同時だった。

「父上のお許しもなく、自らの命を断つのか、六郎?」

「部下の命さえも守れなくて、なんの男ですか、延平兄上。私は、ここで見事に死んでみせます。だから柴敢の命は、どうかお助けくださいますよう」

六郎が摑《つか》んだ剣の先が、のどにむかった。柴敢が、必死の形相《ぎょうそう》で六郎の手を押さえた。ほかの者たちも飛び出してきて、六郎に抱きついた。

「もういい」

延平は大声を出した。

「死ぬことなど、たやすいのだ、六郎。戦に負ければ、それで死ねる。ここで命を断つのは勝手だが、父上は許されぬぞ。少なくとも、おまえの下にいる将校のすべての首を、打たれるであろう」

「なんと」

「戦に負けるということは、そういうことなのだ。おまえは、おまえ自身の戦に負けたということだ。本来なら、兵のすべての首も打たれるであろうな」

「私ひとりが死ねば、済むことでしょう、延平兄上?」

「そうはいかぬのが戦だ。五郎も、それがわかっているから、むきになっている」

「しかし」

「おまえの軍に、将校は二十名ほどいるな。全員の首を打つ。それを見てから、おまえは自裁せよ。それが、楊家に生まれた者がなすべきことだ」

「待ってください、兄上」

「待てん。私はそういう判定を下した。自分さえ死ねば、という考えは甘すぎる。自分の部下が死ぬのを見て、しかしなお生きろ。父上のもとへ連れて行き、そこでおまえの命をどうするか決めていただく」

「兄上」

「将校の全員を引っ立てよ。首を打つのは、丘のむこうにせよ。六郎は、いますぐ死ねぬように、縛《しば》りあげておけ」

　将校が、全員集められた。六郎は縛られようとしている。

「楊家の兵は、みんな家族も同然であろう。その首を打つというのか?」

　六郎が叫んだ。

「私が打つのではない。おまえが、死なせるのだ。それだけは、はっきりさせておくぞ。腑《ふ》抜《ぬ》けたおまえが、この者たちをむなしく死なせる。戦場で、指揮官の能力がなくて部下が死ぬのは、当たり前のことなのだ。高《たか》が調練などと考えているおまえのことは、私も許せぬ」

二十名の将校が、兵に取り囲まれて動きはじめた。

不意に、六郎が叫び声をあげた。押さえようとした兵の二人を、弾《はじ》き飛ばす。延平は、とっさに兵の槍を取り、柄《つか》で六郎の腹を突いた。六郎が悶絶《もんぜつ》する。

「幕舎に運んでおけ」

言うと延平は、引き立てられようとしていた将校たちの方へ行き、全員を座らせた。

「私はこの四日、じっくりとおまえたちの調練を見た。気力が足らぬとも、手を抜いたとも思わぬ。どこかで、おまえたちは六郎を庇《かば》いすぎるのだと思う。私の見るかぎり、六郎は決して臆病ではない。おまえたちが庇いすぎるので、それに馴《な》れてしまっただけだ。これは、私からの頼みだ。六郎を、もっとひとりにしてくれ。孤独を嚙《か》みしめなければならないところに、追いこんでくれ。調練では、六郎の指揮に従わなくてもよい。おまえたちだけで、動きを決めろ」

「それでは、私たちは首を打たれはしないのですか？」

柴敢が言った。

六郎には、なにか人を惹《ひ》きつけるものがある。それは、武将としての魅力のひとつなのだろう。この二十名は、楊家のためでなく、六郎のためになら死んでもいい、という表情をしている。

「柴敢。おまえたちは、大事な楊家の将兵なのだ。大きな意味もなく首を打つことなど、父上が許されるはずもあるまい」

「私たちは、死ぬことはいといません。延平様、六郎様を打ったりなさらないでください」

「俺に指図しているのか、柴敢。俺も五郎も、六郎の戦下手《いくさべた》をなんとかしたい、という思いがあるだけなのだ。もういい。兵たちが心配しているだろう。散れ」

「六郎様は？」

「私の幕舎で、しばらく寝かせよう。それから、おまえたちのところへ戻す」

「私は、ここで待ちたいのですが？」

「勝手にしろ」

柴敢が、その場に座りこんだ。

六郎は、すぐに気づいた。起きあがって最初に気にしたのが、将校たちのことだった。

「首を打ってはおらん。心配するな」

五郎が言った。六郎は、しばらくうつむいていた。

「私は、楊業の息子としては、でき損なっていると思います、兄上。心の底のところで、戦がどうしても好きになれないのです」

実戦に出たことが三度しかないのだ、と延平は思った。それも今度のような、膠着《こうちゃく》の多い戦と、残りの二回は代州での遼軍との小競《こぜ》り合《あ》いだ。好き嫌いを言うほど、戦をしてきたわけではない、と延平は思った。

それでも、初陣で七郎の方は潑剌《はつらつ》としていた。もともとの性格というのは、やはりあるのかもしれない。

「しかし、宋はこれから遼との戦をやることになる。楊家軍は、その位置から言っても、まさに前線。戦が嫌いなどと、言ってはいられなくなるぞ」

「私のまわりにいる将校たちは、みんな戦が好きなのです。私の指揮について、柴敢など駄目だと言い続けています」

「おかしな連中が、おまえのもとには集まっていると思う。おまえのような指揮官を、なぜかみんな慕《した》っている。そこが、どうも不思議なのだ」

「死ぬ時はともに、とみんな言います。しかし、人が死ぬ時というのはそれぞれで、一緒に死ねるわけがない、と私は反論してやります。私は、一千の部隊の全員の名や、係累《けいるい》がどうなっているかを、知っています。死なせていい人間が、ひとりもいないのだと、その兵たちを預かった時に思いました」

「一千の兵、全員を知っているのか。名から、係累まで」

五郎が、呆《あき》れたように言った。

「調練でも戦でも、一緒に暮します。だから自然に憶《おぼ》えてしまうのです」

「おかしなやつだよ、おまえは。しかし、兵がおまえを慕う気持は、わかるような気がする。どこを探しても、おまえのような武将はいないだろうからな」

その日と翌日の調練では、延平は六郎の軍に入り、六郎のそばにいてその指揮ぶりを見ていた。兵は実によく掌握しているが、敵に対した時の指揮が、やはりふた呼吸ほど遅れている。

「柴敢、六郎は私のそばにいる。指揮はおまえが執《と》れ」

「はい」

柴敢が将校を集め、短くなにか言った。五郎の軍が近づいてくる。前方の丘の頂《いただき》で、逆落《さかお》としの構えを取っている。それにむかい、柴敢は軍を真直《まっす》ぐに進めた。五郎の舌打ちが聞えてくるようだった。すぐに逆落としにかかってくる。柴敢は斜面をさらに駈け登り、ぶつかる寸前に軍を二つに分けた。逆落としの勢いがあり、五郎の軍はそのまま空《あ》いたところを突っ切る恰好《かっこう》になった。柴敢が、全軍を反転させる。延平は六郎と一緒に、騎馬隊の最後尾に付いていた。追い立てられた五郎は、半数の態勢を整え直すので精一杯だった。反攻を試みるが、すでに歩兵に締めあげられている。

延平は、勝負ありの旗を揚げさせた。

「なんだったのだ、いまのは。まるで違う軍ではないか。あ、兄上が指揮されたのですか」

「違う。指揮が誰かは気にするな。次は平場のぶつかり合いだぞ。四里（約二キロ）の距離をとる。行け、五郎」

五郎が駈け去り、騎馬を両翼《りょうよく》に置いた陣形を組んだ。柴敢は迷わず歩兵を前面に出し、騎馬を後方に配した。

五郎の軍は、後方の騎馬隊を気にして、縦横に動けなかった。意表を衝《つ》くかたちで、柴敢は歩兵をそのまま進め、敵を両断すると、素速く半分を突き崩した。

夜、営地へ戻ると、延平と五郎は柴敢ひとりだけを幕舎に呼んだ。

「私の指揮ではありません」

直立したまま、柴敢が言った。

「おまえの指揮でなく、誰の指揮だ。いままでの六郎軍とは、まるで動きが違っていたぞ」

五郎が、翻弄《ほんろう》された自分に腹を立てたように声を荒らげた。

「私は、六郎様が考えられた通りに、兵を動かしただけです。六郎様は、将校たちと、たえず戦について話し合われます。敵がこう来た場合にどうするか。地形がこうなっていたらどうするか。地面に枝で描いたり、紙に描いたりして、熱心に話されます。あらゆることを想定されていて、それは私たちの思い及ぶところではありません」

「そんなにか？」

延平には、いくらかわかるような気がした。柴敢の指揮は、あらかじめ決められたもののようでもあったのだ。

「しかし、六郎自身が指揮をした時、兵の動きはいつも遅れるぞ」

「五郎様、私たち将校も、それがなぜかと思い続けてきました。これは私の考えでありますが、六郎様の頭の中にはあまりに多くのものが入りすぎていて、調練の時は、さまざまな考えが交錯してしまうのだと思います。実戦になれば、決断は早いに違いない、と私は思っております」

「しかしおまえ、あんな調練で実戦に出るのは、こわくないのか？」

「みんな、六郎様が好きです。命を預けて惜しい方とは、兵の誰ひとりも思っておりません」

「ふむ」

五郎も、腕を組んで考えこんだ。もういいと、延平は柴敢に頷いてみせた。

「おかしなやつだ、まったく」

柴敢が出て行くと、五郎が呟《つぶや》いた。父に、なんと報告すればいいのか、と延平は考えていた。もう少し、六郎と語り合ってみる方がいいのかもしれない。

どこかひとつ心の動きが変れば、六郎はとんでもない武将になるかもしれない。

柴敢が言うように、実戦を待てばいいのか。

「六郎はわからん。七郎はわかりやすい。同じ兄弟でも、こんなものですか、兄上？」

「なんとか、わかってやるのも、兄弟というものだ」

延平は、少しだけ六郎がわかった。調練をしてよかったのだ、と思った。

四

全軍を、代州に集結させた。

太原府を落とした宋軍は、河東路の統治の手配りを済ませると、すぐに北進をはじめたのだ。帝《みかど》の意志が国の統一にあることはわかっていたが、その国に燕雲十六州も含まれているのだということに、楊業ははじめて気づいた。

兵の大部分は調練に出してあったが、続々と帰還してきた。

宋軍の進攻は速かった。楊業が参軍の願いを出した時は、もう道半ばで、許可が出た時はすでに易州は落としていた。次いで涿州を落とすまで、太原府を進発してから、二十日ほどしかかかっていない。

楊業は二万五千を率い、残りは代州の前線の守備に当たらせた。後軍に付くように、という指令は来ている。帝の眼は、しっかりと燕州を見ていて、そちらへむかうのなら、位置的に楊家軍は殿軍《しんがり》になるのが最も自然だった。宋軍としての、最初の戦になる。

楊業には、気になることがひとつあった。遼軍が、まったく抵抗してこないことである。易州、涿州の指揮官はあっさり降伏したが、中核になる兵は燕州に後退した気配なのだ。

結局、燕州で迎撃しようというのが、遼軍の作戦だろう。一旦、易州と涿州をかためるという方法もあったが、帝は果敢に燕州への進軍を決断している。

燕州の燕京《えんけい》（現・北京《ペキン》）には、遼の南都が置かれている。つまるところ宋に対するための拠点で、北に上京臨潢府《じょうけいりんこうふ》があり、本来の都である。遼軍の宋に対する布陣は、燕京の五万を中心にして、国境沿いに二十万の兵力が展開していた。二十万のすべてを燕京に集められないとしても、相当の大軍が迎撃してくるはずである。北の軍を南下させる余裕も、あっただろう。

易州、涿州と違って、燕州は罠だらけだ、という気がした。遼軍の所在をすべて摑まなければ、きわめて危険である。黒山《こくざん》党と呼ばれる間者《かんじゃ》が、活発に動いていることはわかっていた。しかしそれだけで、すべてを摑みきれるのか。

宋軍は、勝ちに乗っている。こういう時は押すべきだというのが定石《じょうせき》ではあるが、敵地に深く攻めこんでいることも、頭に置いた方がいい、と楊業は思った。

先鋒が、やがて本隊が燕州に入った。遼軍の迎撃の態勢も、探り出されてきた。耶律奚低《やりつけいてい》が、大将として出てきている。ただし、全軍で六万である。

「少ない。少なすぎる」

楊業は、延平に言った。その気になれば、十万での迎撃も難しくないはずだ。

耶律奚低は、遼では最も手強《てごわ》い武将のひとりである、と楊業は見ていた。副官に付いている耶律沙《やりつさ》ほど、直線的な戦はしない。押しに弱いと言われているが、変幻の用兵をする。

「埋伏《まいふく》だぞ、これは」

楊業は呟いた。懸命に伏勢がいないかどうか探っているが、いまのところその報告は入らない。先鋒がぶつかり合うと、楊業はすぐに軍勢を本隊のすぐ後ろにまで進めた。ただの戦ではない。帝の親征なのだ。遼軍は、ひたすら本陣を狙ってくるだろう。

二度ほど先鋒がぶつかり合ったが、どちらも退《ひ》かず、膠着に入った。

やはり埋伏だ、と楊業は思った。一万か二万か。側面からの攻撃を受ければ、相当の打撃を受けることになる。しかし埋伏の兵の所在がわからないかぎり、帝に進言することもできなかった。すでに交戦に入っているのだ。埋伏の兵がいると主張しても、いたずらに陣を混乱させるだけだろう。それに、帝は自らの出陣での勝利を目前にしているのだ。いくら言ったところで耳を貸すことはないだろう。

斥候《せっこう》を、方々に飛ばした。特に、南である。北には、当然後詰《ごづめ》の兵がいる。埋伏の意味もない。

「まだ、わからぬか」

斥候は、十里（約五キロ）のところまで出したが、それを十五里までのばした。

両軍は、東西に位置して対峙していた。北の燕京は、それほど遠くない。呼延賛、高懐徳の先鋒がまた敵とぶつかった。

「どこかにいる。必ず埋伏の兵がいる。見つけ出せ。それが勝敗の分かれ目だぞ」

斥候は、眼を血走らせていた。それでも、楊業は言い続けた。

北に、後詰の兵一万が展開している。距離にして十里。本隊が、動きはじめた。帝は、ここが勝負と見たようだ。

「遼軍は、よく踏ん張っています。さすがに、耶律奚低。呼延賛殿も、思うように軍を動かせないでいるようです」

延平が報告に来た。本隊同士も、やがてぶつかり合う。それでも埋伏の兵が現われなければ、楊業は影に怯《おび》えたということになる。

「本隊が、そろそろぶつかります」

「見つからんのか、延平？」

「いまだ」

このまま押し合えば、やがて兵力で宋軍が圧倒する。そんな戦を、耶律奚低がやるのか。

北へ行った斥候が戻ってきた。なんの変化もない。一万の後詰は、動かずそのままの位置にいる。

おかしい。楊業の頭に、ひらめくものがあった。なぜ、後詰は出てこないのか。

「北だ。埋伏の兵は北にいるぞ」

楊業は、馬に跳び乗った。楊家軍だけで北の伏勢を防ぐ。それしか、方法はなかった。いきなり、本隊の陣形が動いた。いや、動いたのではなく、崩れたのだ。すぐに、それがわかった。

「北から、三万が味方の側面を攻撃中」

斥候の報告が入ったのは、それからしばらくしてだ。三万も埋伏させていた。しかも、北に。楊業は唇を噛んだ。

「陛下をお護《まも》りする。全軍、前へ」

叫び、手を振りあげ、楊業は駈けはじめた。しかしその時、本隊はすでに突き崩されていた。帝の旗はどこか、と楊業は駈けながら探した。かなり南に押しこまれている。三万の攻撃は苛烈《かれつ》で、本隊の半分はすでに潰走《かいそう》しはじめていた。敵の横腹を衝くかたちで、楊業はぶつかった。二千騎の騎馬だけである。徒《かち》は遅れている。現われた最初の敵を、楊業は一刀で斬り落とした。

三万の軍勢を、横から衝くだけで止めるのは、容易ではなかった。先鋒の方は、はじめから膠着したまま動けないでいる。

「延平、敵の背後へ回れ。徒が到着するまで、敵の前進を一歩でも阻《はば》むのだ。誰か、敵中を駈けて、陛下のもとへ行け」

「私が」

叫んで駈け出したのは、六郎延昭《えんしょう》だった。五、六十騎が一体となって駈けている。六郎に続いて、七郎延嗣《えんし》も三十騎ほどで駈け去って行く。

「二郎、三郎、私の両翼につけ。四郎と五郎は、縦列で敵を突破、分断。張文《ちょうぶん》は、敵の崩れたところを見定めて、さらに突き崩せ。徒が到着するまで、なんとしても耐えるのだ」

本隊が崩れるのを、敵も見ている。攻撃の勢いには、すさまじいものがあった。

楊業は、五、六百騎を横列に拡げ、ぶつかっては反転することをくり返した。四郎と五郎が、どういうふうに敵を突破しようとしているかは、もうわからない。すべてが、土煙の中だった。張文が、二百騎ほどを小さくかためて、敵の一カ所に突っこんだ。それで、敵の側面に穴がひとつあいたかたちになった。楊業も、そこに攻めかかった。敵の前進の力は、かなり弱まっている。

乱戦になった。徒が囲んでくるので、たえず駈け続けなければ、槍で突かれる。楊業は縦横に剣を振り、馬上で姿勢を低くして駈けた。騎馬が三騎、遮ってくる。楊業は、さらに馬腹《ばふく》を蹴った。ひとりの首を飛ばし、二人目を刺し貫き、三人目とぶつかると片腕で馬から持ちあげ、地に叩《たた》きつけた。

帝は、どこなのか。土煙で、なにも見えない。しかし、敵が前進する力は、明らかに弱くなっている。

「楊令公《ようれいこう》」

声があがった。騎馬が一騎、槍を突き出して駈けてくる。耶律学古《やりつがくこ》だった。楊業は、馬首をそちらにむけた。馳《は》せ違う。馬首を返し、さらに馳せ違う。さすがに、勇猛と称《たた》えられた遼軍の部将だった。楊業は、毛ひとすじほどのところで、槍をかわしている。

四合目。瞬間、間合《まあい》をはずして、楊業は馬腹を蹴った。馳せ違う。槍を撥《は》ねあげた太刀《たち》を、楊業はそのまま振り降ろした。手応えはあり、耶律学古は仰むけになって馬から落ちた。しかし、傷を負わせただけだろう。馬首を返したが、その時は二騎が耶律学古を両脇から抱《かか》えあげ、駈け去っていた。

「父上」

延平が、土煙の中から飛び出してきた。返り血なのか、全身が赤く染まっている。

「もう、歩兵が到着する。おまえはそちらを指揮し、敵を背後から再び押せ」

「承知」

延平が駈け去る。ついている兵は、わずか十数騎である。敵の背後から突っこみ、ここまで駈け抜けてきたのだろう。

楊業は、中天に剣を立て、それを大きく振った。まず張文が、そして二郎と三郎が駈けつけてくる。散らばっていた兵が、六百騎ほどまとまった。

「小さくかたまれ。敵を分断するぞ」

四郎と五郎が、突破して反対側にいるはずだった。こちらが六百で突っこめば、それはむこうにも見えるはずだ。兵力は少ないが、敵の両側面からの攻撃になる。

「行くぞ」

駈けた。敵の前進は、ほとんど止まっている。しかし、帝はどこなのか。周囲に護る兵はどれほどいるのか。騎馬で一度突き崩し、そこを歩兵が押せば、束《つか》の間ではあれ、完全に敵の前進を止めることはできる。帝を救い出せるのは、その時だけだろう。

しかし、救い出せる状態にあるのか。いやな気分がよぎるのを、楊業は懸命に拭《ぬぐ》い続けた。敵中に突っこむ。敵を倒すのが目的ではない。分断するのだ。

「散るな」

楊業は叫び声をあげた。次々に、その叫び声が伝えられていく。敵が割れた。遠くから、四郎と五郎の軍が駈け抜けてくるのが見えた。

「よし、兵をまとめろ、張文。徒と一体になって、もうひと押しする」

張文が、声をあげた。

延平からの伝令が来た。

徒は方陣を敷き、先頭に戟《げき》を並べている。そういう報告だった。

「延平、張文は、私と中央。二郎、三郎、右翼。四郎、五郎、左翼。騎馬の態勢もすぐ整う。前進しろ、と延平に伝えよ」

伝令が駈け戻っていった。騎馬隊をまとめ、三つに分けた。歩兵は、すぐそこまで前進してきていた。敵も、側面に対する構えを取りつつある。

いくらか、土煙が鎮《しず》まった。楊業は眼をこらし、帝の所在を確かめようとした。しかし、見えない。

「進め」

間を置くことはできなかった。そのまま、歩兵と騎馬が一体になって進んだ。

「押せ。押し続けよ」

敵が後退する。帝の救出を考えないのなら、取り得る策はいくらでもあった。いまは、正面から押し合って、耐えるしかない。

六郎と七郎は、帝のもとまで行けたのか。あるいは、先鋒の誰かが駈け戻ってきたのか。本隊は、およそかたちをなしていない。

「ひたすら、押し続けろ」

敵も、なんとか踏み留まろうとしている。まだ、どこからも鯨波《とき》はあがらない。帝は無事ということだ。しかし、どういうかたちで無事なのか。南へ押して行った敵はひとかたまりになり、まだ土煙をあげていた。

注進も伝令も来なかった。

前面の敵を打ち破るだけならば。楊業はそう思った。いくらでも、隙《すき》は見える。しかし、救出された帝を受け入れるためには、ここでじっと耐えるしかないのだった。

「退《さ》がるな。死んでも敵に食らいつき、一歩も後退するな」

ところどころで、血が噴き出すようなぶつかり合いがある。しかし、全体としては、力較べのような押し合いだった。

帝はどこなのか。六郎と七郎を信じるしかない。敵が崩れても、そこに殺到しようとする歩兵を、楊業は声を荒らげて止めた。全身が、ふるえはじめる。

五

六郎延昭は、包囲されている帝を、発見した。

すでに旗もなく、護る兵も二、三百ほどでしかない。囲んでいるのは、側面攻撃をかけてきた耶律学古の七、八百の先鋒である。

突出した先鋒だった。それだけではなく、後続を、父が断っているようだ。

「柴敢《さいかん》、七郎は、どこだ？」

「少し遅れておられますが、すぐに到着されましょう」

「待てぬ。行くぞ、柴敢。まず百騎を率いてあの囲みにぶつかれ。敵は防戦のために、そこに兵力を集める。隙が出たところに、私が十騎ほどを率いて突破する」

「しかし」

「時の余裕はない。あとのことを考えず、すぐ当たれ」

「はい」

戦場を駈け抜ける間に、騎馬は少しずつ集まり、百十余騎になっていた。七郎も、百騎近くにはなっているだろう。

柴敢が、喊声《かんせい》をあげてぶつかって行った。すべて土煙の中である。六郎は、少しだけ距離を置いて駈けた。

「あそこだ」

叫んだ時、六郎は太刀を抜き、馬腹を蹴っていた。挑みかかってくる二、三騎を斬り落とした。返り血が、頭上から降ってきた。構わず、突き進む。槍。かわすと脇で柄《つか》を抱え、振り回した。相手は宙を飛び、地に落ちた。

包囲の輪を、抜けた。帝を護る兵たちは、すさまじい形相で戟《げき》を構えている。馬など、一頭もいなくなっているようだ。

「楊業の六男、楊延昭。陛下をお連れするために駈けてきた」

大声を出した。

「六郎か？」

「はい。陛下、速やかに馬にお乗りくださいますよう。側面攻撃の敵は、先鋒を除いて父が食い止めております。ここさえ突破すれば、活路は開けます」

二十騎ほどが、囲みを破って飛びこんできた。返り血で赤く染まっているが、先頭にいるのは七郎だった。

「七郎延嗣、見参《けんざん》」

血を振り撒《ま》きながら、七郎が叫んでいる。

「おお、七郎も来たか」

「陛下、この六郎と七郎が生きてあるかぎり、遼軍に指一本ふれさせはいたしませぬ。早く、馬にお乗りください」

「しかし、私が逃げればここは」

「包囲は意味を失います。突出した敵の先鋒です。本隊に合流するために、包囲は解きます」

「そうか」

「七郎、覚悟はいいか。死を賭けて、そして楊家軍の誇りを賭けて、陛下をお護りするぞ。なにがあっても、止まるな」

「兄上、驚きました。俺は、追いつけませんでした」

「余計なことはいい。行け」

すでに、帝は乗馬していた。

七郎が、歩兵から戟を一本受け取ると、両手で頭上に翳《かざ》した。雄叫《おたけ》びがあがった。七郎が駈ける。帝の馬と並ぶようにして、六郎も駈けた。二騎、三騎と、遮ろうとした敵を六郎は斬り落とした。敵は、こちらに集中してくる。七郎は止まらない。文字通り血路を開いている。敵の血が飛ぶのが、後ろを駈ける六郎からも、はっきりと見えた。また敵。ほかの一騎が二人を、六郎が三人を斬り落とした。一瞬上がった血飛沫《ちしぶき》が、帝の頭上にも降りかかった。追いすがってくる敵は、柴敢がなんとかしているはずだ。

七郎が、三十騎ほどに遮られた。七郎は戟を振り回しているが、さすがに馬が横をむいた。六郎はそこに突っこみ、四騎を叩き落とした。押す。敵が割れる。再び、七郎が駈けはじめた。

前方で、土煙があがった。二百騎ほどが近づいてくる。敵ではなかった。『楊』の旗を、七郎ははっきりと見た。

「二郎延定《えんてい》と、三郎延輝《えんき》です、陛下。もうご心配には及びません」

敵は追い返すから駈け続けろ。二郎が仕草で示している。わかった、と六郎は片手を挙げて応えた。

敵の姿はなかった。

すぐに、延平が四、五百騎を率いて駈けつけてきた。

「陛下、お苦しいでしょうが、さらに駈け続けていただきます」

「延平、八王は無事か？」

「わかりません。とりあえず、三十里（約十五キロ）後方で兵をまとめ、殿軍《しんがり》をしっかり組んで、撤退します。すでに、先鋒の呼延賛将軍をはじめ、部将の方々には伝令を出しております」

「私は、八王の無事を確かめねばならん」

「全軍が集結するところまで、どうかこらえてくださいますよう。そこまで行けば、すべてのことがわかります」

「よし、行こう、そこまで」

帝は、明らかに気落ちしていた。帝の騎馬を、二十騎ほどが囲んだ。前に三、四百騎、後方に二百余騎がいる隊形で進んだ。

「六郎、よくやったぞ。おまえが、実戦になると途方もない力を出すことが、よくわかった」

「夢中でした。なにをどうしたのか、自分でもわかりません。包囲を破って入ってきた七郎を見た時、これで間違いなく陛下をお助けできると思いました」

「調練のように、あれこれ考えなかったということだな」

速脚《はやあし》で進んでいた。駈脚《かけあし》を使いすぎると、馬は潰《つぶ》れる。

「敗戦、ですね」

「それも、手ひどい。潘仁美《はんじんび》将軍の本隊が、大きな犠牲を出している」

「八王様は？」

「ほんとうにわからぬのだ。潘仁美将軍のそばにおられたのだからな」

潰走していた兵が、次第に集まってきていた。騎馬は、二千ほどになっているし、徒《かち》もそこここに集まり、隊伍《たいご》を組みはじめていた。敗軍だが、帝が討たれるのだけは、なんとか回避することができた。だから、完全な負けではない。六郎は、自分にそう言い聞かせながら駈けた。

旗があがった。『宋』の旗。『帝』の旗。兵は、四万ほどが戻り、しっかりと陣形を組んだ。まだ、兵は集まり続けている。

楊家軍の騎馬隊も整えられ、六郎と七郎が南へ戻る帝に随行することになった。それぞれが、二百騎を率いる。延平をはじめとする兄たちは、宋軍の状態を確認すると、すぐ北へむかった。追撃してくる遼軍を止めるのが、楊家軍の仕事だった。楊家軍単独でそれをやる、と父から言ってきたのだ。帝は心配したが、ほかに兵力を割《さ》く余裕すら、宋軍にはなくなっていた。

先鋒だった呼延賛、高懐徳らも戻り、兵力は五万を超えた。しかし、武器さえ失っている者がほとんどだった。

八王が、傷を負っていた。潘仁美とともに戻ってきたが、精根尽き果てたように、ひとつだけ張られた幕舎で眠りはじめた。傷は深くはないという。潘仁美も、浅いが全身に傷を受けていた。

急を知らせた太原府からは、兵糧隊が出発しているようだが、それを待つ余裕もなかった。とりあえず、帝は河北西路《かほくせいろ》へむかう。その間に、兵糧隊とも会うことになる。

　一度は奪《と》った易州と涿州も、放棄するしかないようだった。

「とりあえず、定州《ていしゅう》に入れば、陛下に身の危険が及ぶことはなくなりますね」

　七郎が言った。六郎は、兵たちに馬の世話を丁寧《ていねい》にさせた。場合によっては、再び北へむかい、楊家軍本隊と合流するつもりだった。

「兄上が戦がうまい理由が、わかったような気がします、俺は」

「おまえは、はじめからうまかった。俺は調練ではいつも散々だ。今度は、帝をお救いしなければということがあったので、夢中になったのだと思う。調練では兄上たちにまた怒鳴られるかもしれんのだ、七郎」

「いや、調練で勝つ必要などないのですよ。調練では、ありとあらゆることを考える。実戦で、ひとつしかできないことを、調練では五つ考える。それが六郎兄上だな。だから、調練では負ける」

「そうなのかなあ」

「帝をお救いするために駈けていた時、兄上はあれかこれかと考えたのですか？」

「いや、最初に頭に浮かんだことに従った。というより、やったこと以外、なにも浮かぶことはなかったと思う」

「それだな、兄上は。俺はそう思います。ここでどうすればいいか、と兄上は理詰めで考えていた。調練はその方がいいのですよ。そして実戦で直感を働かせる。俺など、調練でも実戦でも、いつも同じですから」

「おまえは、俺よりずっと優《すぐ》れている。それは間違いない」

「実戦で先鋒を受け持った時など、多分。しかし戦全体の指揮は、兄上だと思います。ほかの兄上より、優れていると思うな」

「まさか。この間は、延平兄上に死ねと言われたのだぞ」

「大きな間違いをしたと、延平兄上も言っておられました」

自分が戦で優れていると、六郎にはどうしても思えなかった。ただ、実戦になると迷いはない。次も、迷わないでいられるような気がする。

二日で、陣容が整った。兵力は七万を超え、編制も終った。これから集まる兵は、最後尾の部隊に加えられる。

北へ進攻した時は、十五万を超えていたという。信じられないほどの大敗だった。失われた武器や物資、それに軍馬なども数えきれないほどだろう。

整った行軍ではあったが、頭上には暗雲が垂れこめていた。六郎と七郎は帝の先導を命じられたが、帝も八王も行軍中はほとんど輿《こし》から姿を見せることはなかった。兵糧も少なく、一日に支給されるものはわずかだった。

兵に笑顔が戻ってきたのは、定州に入ってからだった。太原府で手配した兵糧も集まっていて、数日の空腹を六郎はようやく癒《いや》した。

楊家軍は遼軍と対峙し、遂に追撃を許さなかった。

定州の、行宮《あんぐう》となった館で軍議が開かれ、六郎も七郎とともに呼ばれた。

八王はまだ腕に繃帯《ほうたい》を巻いていた。潘仁美や呼延賛の傷も生々しい。

「今回の敗戦は、ひとえに朕《ちん》の不徳によるものである。敗戦の責任はすべて朕にあり、誰の責任も問わぬ」

うつむいた帝の眼から涙が流れ落ちたのを見て、六郎はひどく心を揺り動かされた。

「宋には、優れた武将が多くおります。今後は、陛下が自ら戦場に出られるのは自重していただき、戦は臣下の武将に任せていただきたい、と私からもお願いいたします」

八王が言った。

「まさに、八王の申す通りだ。朕さえいなかったら、戦のやり方も変ったであろう。潘仁美をはじめとする武将たちには、済まぬことをしたと思う。朕はこれより民政に励み、国を富ませることに心を砕こうと思う」

「国が富むことこそ力、と私も考えます」

「ただ、燕雲十六州の回復は、先帝よりの悲願である。朕は、そのことも忘れたくない」

「陛下、いま河東路は回復されました。今度の戦で、臣下の者たちも、陛下の抱かれている思いを心に刻みつけたと思います」

「今回は、河東路を併合したことで、よしとしよう。悲願は忘れるべきではないが、また急いでもならぬということもわかった」

「とにかく、陛下は御無事で御帰還あそばされました。それについては、お慶《よろこ》びを申しあげます」

文官のひとりが言った。並んでいるのはみんな老人で、六郎と七郎だけが異様に若い。二人の年齢を足しても父の年齢には達しないが、せめて代理だと思い定めよう、と六郎は思った。

敗戦の処理について話し合われ、それで軍議は散会した。

六郎と七郎は、八王の従者らしき老人に、居残るように伝えられた。

みんなが退出してから、六郎と七郎は従者に案内され、別の部屋へ行った。

そこには、帝と八王だけがいた。どうしていいかわからず、六郎は跪《ひざまず》き、七郎もそれにならった。

「なにをしている、二人とも。立つがいい。陛下が、会いたいとおっしゃられたのだ」

八王が、ほほえみながら言った。

「そうだ、六郎。おまえが楊延昭だと叫んだ時、私はこれで救われたと思った。血で赤く染まった七郎が包囲を破って入ってきた時は、楊業の息子たちがいるかぎり、私は死なぬと確信した」

再度促され、六郎は立ちあがった。

帝は、遠くから見るより老いている、と六郎は思った。敗戦のせいなのかもしれない。

「楊業が、よく追撃を止めてくれた。楊家が宋の旗のもとに加わってくれていてよかったと、いましみじみと思う」

「ありがたきお言葉です。心に刻みこんでおきます」

帝にむかってどういう言葉遣いをすればいいのかも、六郎はわからなかった。

「恩賞の沙汰《さた》は、太原府で行うことにする。楊業をはじめ、六郎、七郎の兄弟まで、楊家軍は勲功第一である。それなりの恩賞を考えている」

「恐れながら、申しあげてもよろしいでしょうか?」

「なにか望みがあるか。それなら、聞いておこう」

「いえ、恩賞を頂戴《ちょうだい》するわけにはいかない、と申しあげようと思いました」

「ほう、なぜだ?」

「負け戦に、恩賞などあろうはずもありません。勝って恩賞を頂戴するのが、軍人というものです。私は、幼いころより、そう教えられて育ちました」

笑い声をあげ、帝はかすかに頷いた。

「これは、楊延昭に諭《さと》されましたな、陛下。なるほど、軍人とはそのように考えるものなのか」

「はい、八王様。少なくとも、楊家ではそう教えられます。軍人は勝つことにすべてを賭けよと。そして、勝つことを誇りにせよと」

「わかった。よくわかったぞ、六郎。いまの言葉で、私もなにか、学んだ気がする」

帝が、ほほえんでいた。

父が、四郎と五郎を伴って定州に来たのは、それから四日後だった。二百騎ほどだが、『令』の旗に人々が敬意を払うのが、六郎は嬉しかった。

遼軍は、燕州を中心にして、易州、涿州と展開したが、それ以上の侵攻を楊家軍は許さなかった。代州から応州にかけての本拠に展開し、楊家軍はいまでも遼軍に西からの脅威を与え続けているという。

行宮《あんぐう》に参内《さんだい》して戻ってきた父は、東京開封府《とうけいかいほうふ》に帰還する帝の、随行を命じられていた。いま定州にいる、兄弟四人も一緒だという。

「北辺にわれらがあるかぎり、遼軍の侵攻は決して許さぬ。そう申しあげたら、帝はいたくお喜びになった」

父はそう言ったが、やはり敗戦における恩賞は固く辞したようだ。

軍営で、久しぶりに父子五人の酒になった。

まだ飲み馴れない七郎が、真赤な顔をしてはしゃぎはじめた。五郎が、さらに飲ませようとしている。

「みんな、よくやった」

父が、眼を閉じて言った。

「代州にいる延平も含めて、みんなが楊家の名を守って闘ってくれた。激しく、そして敗れてしまった戦だったが、おまえたちの健闘が、私には大きな救いとなった」

「父上、六郎が特によくやりました。調練では情けないやつなのに、実戦ではわれらに勝る奮闘であったと思います。こいつ、爪《つめ》を隠していたのでしょうか？」

五郎が、六郎の首を摑んで言った。

「夢中だっただけです、兄上。夢中になれば、自分が思っている以上のことができるのだと、はじめてわかりました」

「六郎、それでいいのだ。おまえの資質を、私は見誤っていたような気がする。私も、今度のことで多くを学んだ」

父に言われ、六郎はうつむいた。偶然、うまくいっただけかもしれない。六郎は、そう思った。次の戦で、それを確かめればいい、とも思った。

軍営に、笑い声が弾けた。

第三章　白き狼

一

蕭太后《しょうたいこう》が、また燕京《えんけい》へやってきた。遼《りょう》の都は上京臨潢府《じょうけいりんこうふ》だが、南都である燕京が、いまは取って替ったような感じがある。

耶律奚低《やりつけいてい》は、謁見《えっけん》の間ではなく、奥の部屋に通された。太后のそばには、左相《さしょう》である蕭天佑《しょうてんゆう》ひとりがいた。

拝礼した耶律奚低は、勧められるまま卓の前の椅子《いす》に腰を降ろした。卓上には、遼南部と宋《そう》北部の地図が拡げられている。

「追いきれなかったのですね、耶律奚低?」

太后の話に余計な前置きがない時は、大抵は戦《いくさ》のことだ。

「はい」

「宋主《そうしゅ》を、追いつめ包囲したという報告ですが」

「確かに、先鋒《せんぽう》が追いつめました。敵の中軍はすべて潰走《かいそう》させましたので、いまひと息のところまでは迫りました」

「これですか?」

太后の指さきが、地図の代州《だいしゅう》を指している。楊家《ようか》軍という意味だ。

「楊業《ようぎょう》は、まことに手強《てごわ》い敵でございます」

そんなことはわかっている、という眼で太后は耶律奚低を見た。

「十万の兵を、燕王《えんおう》に預けようと思います」

「はっ」

「宋主が自ら来て、この燕京を攻めようとしました。それは遼にとって屈辱です」

「しかし、燕京までおびき寄せるというのは、策でもありました、太后様」

「十五万余、楊業の兵を加えると十八万もの大軍であったからでしょう。六、七万は討ち取ったはずです。この機に、燕王は宋を攻め、屈辱を晴らすべきです」

太后の日頃の考えによると、当然そうなる。戦が好きであり、中原《ちゅうげん》に野心を持っていた。男であったら、自らが出陣しただろう。

「なんとしても、宋を攻めると言われますか、太后様？」

「攻めます」

確かに、戦の機ではあった。宋は大敗したが、宋主は命を拾い、ほっとした空気に包まれているはずだ。こちらが、すぐに攻め返すとも予想していない。

遼は、兵力に困る国ではなかった。十五歳から五十歳までの男子は、すべて兵なのである。一度は軍営に入り、調練を受けていた。ただ、あまりに徴兵をしすぎると、すべての生産が落ちる。特に農耕の生産が落ちると、すぐに戦に影響するはずだ。だから軍の総数は四十万と決まっていた。各地の防衛の配備を考えると、十万というのは外征できる最大の兵力に近い。

太后の決意がどれほど固いか、耶律奚低は感じずにはいられなかった。誇りは高い。それを、まだ幼い帝《みかど》にも受け継がせようとしている。

しかし、外征の軍の総大将が王族であることに、耶律奚低はかすかな違和感を持った。戦は、軍人に任せて欲しい。燕王の韓匡嗣《かんきょうし》は、確かに軍人として生きようとしているが、王族なるがゆえに、はじめから将軍である。血の出るような戦と調練を重ねて将軍の座を摑《つか》んだ者とは、どこか違う。しかしそれは、言い出せることではなかった。

「勝算は、耶律奚低将軍？」

蕭天佑が、はじめて口を開いた。

「勝算なき戦は、やるべきではありません」

「では、あるのだな」

「勝算があって戦に臨んでも、負けることがあります。ひとつ判断を間違えたら、そうなるのです。燕京まで攻めこもうとした宋主が、そうでありました。はじめから負けようと思って戦をする軍人はおりませんぞ、左相」

耶律奚低は、蕭天佑の大臣としての力は認めていた。しかし、どうしても好きにはなれない。税がどれだけ取れるかというのと同じ口調で、敵を何人殺せるかと訊《き》いてくる。

「太后様は、さらに十万の兵を徴される。兵糧などは、私がなんとかする。だからこそ、確実に勝てるという言葉が欲しいのだ」

「十万を、新たに徴兵？」

「だから勝て、耶律奚低将軍」

耶律奚低は、頷《うなず》くしかなかった。太后の性格は峻烈《しゅんれつ》だが、決して不公平ではない。文官のためでなく、この太后のために働くと考えれば、納得はできる。

「耶律沙《やりつさ》を、おまえにつけましょう。すぐにでも出発しなさい」

耶律奚低は、深く拝礼し、退出した。

総大将が韓匡嗣で、耶律沙が自分の下にいる。上と下が、ともに自信を持ちすぎる、と耶律奚低は思った。耶律沙は、太后好みの将軍である。果敢なところが、頼もしく見えるらしい。

軍営へ戻ると、配下の将軍を耶律奚低は数名選び出した。韓匡嗣からも伝令が来て、随行させる将軍の名を伝えてきた。これという特徴のない人選だった。

翌一日で編制を終え、二日目の早朝には進発した。遼軍の主力は、なんと言っても騎馬隊である。遼全軍で五万騎。外征に出る時は、二万は騎馬で編制する。

　韓匡嗣は、赤い具足《ぐそく》の派手ないでたちだった。戦場での駆け引きについても、一《いっ》端《ぱし》のことを言う。ただ、実戦での顕著な軍功はないに等しい。それだけに、外征軍の指揮という大役で、張り切っていることは確かだった。

「まずは、国境から突出している城郭《まち》を落とす、ということからはじめられるのでありましょうな、燕王様は」

　耶律沙は、あまり外征に気乗りがしていない様子だった。韓匡嗣の指揮に、不安を抱いているのかもしれない。

「とりあえず、宋の領地に入り、城郭をひとつ奪《と》って、そこを守る。守り切れる態勢が整ってから、徐々に進攻して行く。それがいい、と私は思う」

「燕王様が、それを承知されるかどうかですな、耶律奚低将軍」

「承知していただくしかあるまい。代州の楊家軍が出てくることになれば、厄介《やっかい》きわまりない」

「そうですな。宋軍は今度の敗戦を立て直さなければならないでしょうが、こちらが大きく進攻すれば、楊家軍を充《あ》ててくるでしょうから」

　進軍は、かなり速い。騎馬隊が先行し、歩兵が遅れるという恰好《かっこう》だ。韓匡嗣の気負いが、はっきりと見えた。

　進軍三日目になると、さすがに騎馬隊と歩兵との距離が見過せないものになった。

　国境の手前で、韓匡嗣は騎馬隊に一日の休止を命じた。国境を越えると、すぐに遂城《すいじょう》である。宋側から見ると、前線基地のひとつということだ。

「守将は劉廷翰《りゅうていかん》。勇猛な戦こそしてきませんでしたが、策に長じております」

「守兵三万であろう。しっかりと正攻法で押し包めば、策を弄《ろう》する余裕は与えずに、落とせると思う」

　それが間違いである、と耶律奚低には言いきれなかった。自分が指揮官でも、正攻法は有力な選択肢のひとつだ。しかし、どこかにひっかかりを覚える。

　午後から、歩兵が到着しはじめた。休ませることなく歩兵は進み続けた。翌朝、騎馬隊二万は駈け、歩兵を追い抜き、午《ひる》までには遂城の城下に到着した。

「兵数、五千だと？」

　斥候《せっこう》の報告で、韓匡嗣は腰をあげた。

「城内は、慌《あわ》てている様子です。急ぎ、各門を閉鎖しているようですが、防戦の準備までは整っておりません」

　いやなものが、耶律奚低の頭をかすめた。しかし、韓匡嗣の眼には、覇気が漲《みなぎ》ってきている。

　なにが心にひっかかっているのか、耶律奚低は考えこんだ。燕京を進発した十万の大軍。しかしその軍が、遂城を攻めることが、わかるわけはなかった。攻撃の目標をまず遂城と定めたのは、二日前なのだ。

一日の、騎馬隊の休止。その情報は、敵に摑まれたかもしれない。なにしろ、前線と言ってもいい場所で、丸一日歩兵を待ったのだ。なにかを仕掛ける余裕を、劉廷翰に与えたことは充分に考えられた。

「お待ちください、燕王様。これは、空城《からじろ》かもしれません。城の外の伏兵を探るために、一旦後退して、腰を据えるべきです」

「なにを言う、耶律奚低。いまこそが攻撃の機ではないか。これを逃し、兵が城に戻ったらどうする気だ？」

「私は、空城《くうじょう》の計があると思います、燕王様」

「笑わせるな。五千も兵がいる空城が、どこにある。この機を逃し、万余の守兵が戻ってきたら、攻略には手間取ることになるのだぞ。直ちに、攻撃する」

「おやめください。充分に情勢を見きわめてからの攻撃でも、遅くありません」

「耶律奚低。おまえは、この私の軍功を阻《はば》もうというのか？」

韓匡嗣の顔が紅潮していた。怒りが衝《つ》きあげてきているようだ。なにか言いかけた耶律沙も、口を噤《つぐ》んだ。

「なりません、燕王様」

「攻める時は攻める。それが戦である。いたずらに戦場で歳月を過し、得たものは怯懦《きょうだ》だけか、耶律奚低」

韓匡嗣が、剣を抜き放ち、耶律奚低ののどもとに突きつけた。

「燕王様」

「聞きたくない。これ以上言うなら、喋《しゃべ》れぬようにしてやるぞ」

紅潮した顔の中で、眼まで血走ってきた。

うつむく以外に、耶律奚低にできることはなかった。それに、空城の計があるともかぎらない。ならば、たやすく落とせることは確かなのだ。

「全軍、出動」

「燕王様、せめてじっくり攻囲する方法をお採りください」

「ならぬ。揉《も》みに揉んで、瞬時にしてあの城を落としてやる。先鋒の騎馬隊は、私自身が指揮する。耶律沙は、歩兵で側面を衝け」

動きはじめた。

くり返し襲ってくるいやな予感を、耶律奚低は収《しま》いこむしかなかった。

騎馬隊が動きはじめた。

耶律奚低も馬に乗った。韓匡嗣は、もう遂城しか見ていないようだった。

二万の騎馬のあげる土煙で、遂城も見えなくなった。耶律奚低は、その土煙の中で、韓匡嗣の姿だけを見失うまいとした。罠《わな》があっても、王族である韓匡嗣を死なせないのが、自分の使命だと思った。

衝車《しょうしゃ》が出された。ひと抱えもある丸太を、車に据えつけたものである。それで、城門を突き破る。跳《は》ね橋は落ちていて、衝車は難なく通り、そのまま勢いをつけて城門にぶつかった。城壁からは、ぱらぱらと矢が射かけられるだけで、大きな反撃はなかった。それが、耶律奚低の懸念を、さらに募《つの》らせた。

三度衝車がぶつかると、城門が弾《はじ》けるように開いた。城兵が、開いた門のところをかため、なんとか侵入を阻止しようとしている。

「行くぞ」

韓匡嗣が叫んだ。耶律奚低も、それに続いた。城門を守ろうとしていた兵は、騎馬隊に蹴散《けち》らされた。一万の騎馬隊と、数千の歩兵が城に侵入した。なにかが崩《くず》れるような音がし、耶律奚低はふり返った。開いた城門が、城壁から落とされた瓦礫《がれき》で塞《ふさ》がれている。

「罠だ、気をつけろ」

耶律奚低が叫んだ時、城壁の上から一斉《いっせい》に矢が射かけられてきた。あっという間に、二、三百が馬から落ちた。耶律奚低は、馬上で竦《すく》んでいる韓匡嗣に駈け寄り、歩兵の持っていた楯《たて》を二枚両手に持って、矢を防いだ。

「これはどうにもなりません、燕王様。馬をお捨てください。塞がれた城門も、這《は》い登れば出られます」

耶律奚低は、強引に韓匡嗣を馬から引き摺《ず》り降ろした。

「耶律沙、城門までの血路を開け。なんとしても、燕王様を城外に出さねばならん」

耶律沙が、城門をかためた敵の中に斬りこんで行った。その間にも、騎兵は次々と矢で射落とされている。城壁だけでなく、建物の屋根にも敵はいた。

必死だった。耶律沙が開いた血路を、韓匡嗣を引っ張って進んで行く。もう楯を二枚は持てず、片手には剣を持ち、群《むら》がってくる敵を斬り払った。

「ここを、登ってください」

耶律沙が叫んでいる。城門を塞いだ瓦礫の山のところまで、耶律沙は達していた。歩兵を楯代りの矢避《やよ》けにし、耶律奚低は韓匡嗣の背を押して走った。

瓦礫の山は、砂が混じっていて、足をかけると崩れた。耶律沙が、歩兵を数十人腹這《はらば》いにさせ、その背中を駈け登った。上から手を差しのべてくる。なんとか韓匡嗣を押しあげ、耶律奚低も歩兵の背中を這い登った。

反対側には、転《ころ》げ落ちたようなものだった。

城外の味方も奇襲を受けていて、ひどい混乱に陥っていた。土煙で、全容は見てとれない。

五十騎ほどが、駈けてくるのが見えた。麾下《きか》の一隊を、耶律奚低は城外に残しておいたのである。奇襲を受けても、ずっと城門から眼を離さなかったのだろう。耶律奚低の替馬も曳《ひ》いていた。

「燕王様に馬を」

すぐに、韓匡嗣は鞍《くら》の上に押しあげられた。

「離脱する。鉦《かね》を打ちながら駈けよ」

馬腹を蹴った。乱戦の中を、五十騎で突っ走った。城外の味方は、二方面から奇襲を受けたようだ。崩れていない部分もあった。その兵は、五十騎についてきた。

八里（約四キロ）ほど駈けたところで、耶律奚低は全軍を止めた。素速く、歩兵に魚鱗《ぎょりん》で陣を組ませ、騎兵は一カ所に集めた。合わせて、およそ二万である。次々に、追い立てられた兵が戻ってくる。

魚鱗を、少しずつ前へ出した。騎馬隊にも、突撃の構えを取らせた。二里（約一キロ）ほど進んだところで、敵は一斉に何カ所かの城門に吸いこまれて行った。

耶律沙も、無事だったようだ。後方で、兵をまとめはじめている。

「負けたのか？」

韓匡嗣が言った。耶律奚低は返事をしなかった。これが負けでなく、なにが負けと言うのだ。

「あっという間のことであった」

「それでも、負ける時は負けるのが、戦というものです、燕王様」

「運がなかったのだな」

指揮を間違えた。敵の罠に、易々《やすやす》と嵌《はま》った。敗因は、すべてそれだった。韓匡嗣は、まだ馬上で茫然《ぼうぜん》としている。

三万近い兵を失っていた。

馬は一万頭以上で、武器を持っている兵は半分ほどしかいない。

燕京への、惨《みじ》めな帰還になった。先の戦捷《せんしょう》が、まるで嘘のようだ。

「太后様に、戦の報告をしてくる」

韓匡嗣が、先に宮殿に入って行った。耶律奚低は、耶律沙とともに軍営で部将たちに指示を与えた。傷を負い、治療を必要とする者も多かったのだ。誰が欠けているかも、調べさせなければならない。

その指示が終ると、二人で蕭太后からの呼び出しを待った。

宮殿からの使者は、すぐに来た。

左相のほかに、右相《うしょう》の蕭陀頼《しょうだらい》もいた。群臣の居並ぶ中に、韓匡嗣を挟《はさ》んで立つ恰好になった。蕭太后が出座し、耶律奚低は片膝《かたひざ》をついて拝礼した。

「耶律奚低。ここで、戦況を申しなさい」

「奇襲を受けました」

攻撃をはじめてからのことを、耶律奚低は話した。

「韓匡嗣、それで間違いはないのか？」

「ありません」

韓匡嗣の声は、消え入るように小さかった。

「韓匡嗣を捕えよ」

蕭太后の声が、宮殿に響き渡った。禁軍《きんぐん》（近衛《このえ》部隊）の兵が、韓匡嗣を両側から押さえた。耶律奚低も膝をついたが、誰も押さえなかった。

「どういうことでございます、太后様？」

「黙りなさい。おまえひとりが、真実の報告をしなかった。私は王欽招吉《おうきんしょうきつ》の手の者を、軍監《ぐんかん》としてひそかに加えていたのです。おまえは、空城の計だと言って止める耶律奚低に剣を突きつけ、攻撃を強行し、この敗戦を招いた。たった三万の遂城の兵に、十万の遼軍が打ち破られて戻ってきた。おまえのやったことは、死に値する。首を刎《は》ねる」

誰も、なにも言わなかった。

「敗戦は、燕王様を制止できなかった、私の責任であります。首を刎ねられるなら、私の首を」

　蕭太后が、言った耶律奚低をじっと見つめてきた。

「おまえが、韓匡嗣を庇《かば》うのは、よくわかった。だから、もうよい。なにも言うな」

　韓匡嗣は、兵に押さえつけられたままで、泣きながら命乞いの声をあげた。

「連れて行け」

「お待ちください」

　言ったのは、蕭陀頼だった。この男は若いが、骨がある。蕭太后の意見に逆らったのも、一再《いっさい》ではなかった。

「燕王様を総大将に任じられたのは、太后様でございますぞ。本来ならば、耶律奚低将軍が指揮権を持つべきでありました」

「私にも責任があると言うのですか、右相？」

「ないとは申せません。燕王様の軍略自慢を、太后様はそのまま信じられました」

　蕭太后の眼が、一瞬燃えあがった。

「と言っても、太后様が戦に出られたわけではありません。死罪は重すぎる、と私は申しあげているのです」

　宮殿の中は、水を打ったように静かだった。やがて、耶律奚低の耳に、蕭太后の荒い息遣いが聞えてきた。

蕭太后は、なんとか怒りを抑えようとしているようだった。

「わかりました」

かなりの沈黙が続いてから、蕭太后が静かな声で言った。

「韓匡嗣から、燕王の位を剝奪《はくだつ》する。これからは、庶民として暮しなさい。これでよろしいですね、右相？」

「賢明なお裁きだと思います」

耶律奚低は、ほっとしていた。自分が加わった戦で、大将が首を刎ねられる事態だけは、なんとか避けられたのだ。

「耶律奚低。もう一度、十万の軍を組織しなさい。それから耶律沙以外に、将軍をもうひとり選び出すのです」

「再びの、外征でございますか？」

「当然です。遼は、負けてはならぬ国。それをよく憶《おぼ》えておきなさい」

耶律奚低は、ただ拝礼するしかなかった。

二

丘を越えたところで、耶律奚低は戟《げき》を突きつけられた。十名ほどの兵である。耶律奚低はひとりだった。

「耶律休哥《やりつきゆうか》将軍に会いたい。私は、耶律奚低である」

兵たちの表情に、驚きの色が浮かんだ。二人が、駈け出して行く。

しばらくしてその兵が戻り、耶律奚低は進むことを許された。丘を二つ越えたところが、耶律休哥の軍営だった。軍営と言っても、砦《とりで》などはない。幕舎《ばくしゃ》が、数十張られているだけだ。

「これは、耶律奚低将軍。このようなところに、なにをしに来られました。しかも、供さえも連れておられない」

燕京から、馬で三日のところだった。土漠《どばく》で、ところどころに灌木《かんぼく》の緑があるだけである。耶律奚低は、耶律休哥とむき合って立った。

耶律休哥は、遼軍きっての将軍である。しかし、蕭太后の不興を買っていた。無口で、言えばいいと思うことも、口にしない。

いま三十四歳だが、なぜか若いころから白髪だった。髪も髭《ひげ》も、雪のように白い。

「頼みたいことがあって来た」

「掛けられよ」

床几《しょうぎ》が出されていた。どういう用件か、と訊《き》くような表情を耶律休哥は浮かべた。

「宋に敗れた」

耶律休哥は、かすかに頷いたようだった。

「いや、宋というより、遂城のたった三万の守兵に、打ち負かされた。蕭太后は、この敗戦が許せないと思っておられる。私に、再び十万の軍を組織せよと命じられた。つまり、再びの外征だ」

「それで？」

「耶律沙のほか、もうひとり将軍を選べと言われた」

耶律休哥は、澄んだ眼で耶律奚低を見つめているだけだった。

「耶律斜軫《やりつしやしん》を、私は選び出した。しかし、どうしても不安でな。斜軫の力量を疑うわけではないが」

「耶律奚低将軍の指揮があれば、充分でありましょう」

「私の指揮で充分、といまは思えぬ」

「なぜです？」

おまえは軍人だろう、と耶律休哥の眼は言っていた。

「遂城の守兵だけなら、今度は間違いなく攻め落とせる。しかし、宋もそれなりの構えを取るはずだ。敗戦のあとの戦捷に、宋主は浮かれてはいまい」

耶律休哥の軍営に、隙《すき》は見えなかった。こんな土漠の中で、調練だけを二年もくり返している部隊とは思えない、気持のいい緊張に満ちていた。

「ただの宋軍ならば、私は十万でも恐れはせぬ」

「楊家軍ですか？」

「まさしく。遂城が攻められた場合は、楊家軍がその援護に当たると、宋主は決めているはずだ。楊業も、その気になっていると思う」

「楊家軍は、それほどに手強いのですか？」

「手強い。先の燕京での戦で、宋主を仕留めることができなかったのも、すべて楊家軍の働きがあったからだ」

「私に、外征軍に加われ、と言われているのですな？」

「そうだ。ただし、将軍としてではない。二千の軽騎兵を率いる将校としてだ」

「将校？」

二千の騎兵を指揮していれば、立派な将軍だった。ただ、太后の手前、それはやりにくい。将軍の名は、すべて出陣前に蕭太后に報告しなければならないのだ。耶律休哥の名が出れば、蕭太后は拒絶すると耶律奚低は思っていた。耶律休哥は、白い口髭《くちひげ》をちょっと指先で触れた。

「今度の外征には、なんとしてもおぬしの力が欲しい。これほどの軽騎兵は、遼軍のどこを捜してもいない」

「私に、斜軫や沙などの下風《かふう》に立てと?」

「だから、ひとりで頼みに来た。断られることも覚悟してはいるが、なんとか引受けては貰《もら》えぬだろうか」

耶律休哥の眼が、耶律奚低を見つめてきた。睫《まつげ》まで白いのである。その中に、鮮やかに黒く、強い光を放つ瞳《ひとみ》がある。

「いま、十万の外征軍を出すのは、遼としては重大な問題だと思っている。しかし、蕭太后は納得されぬ。遂城の三万に遼軍十万が敗れたことを、許そうとされないのだ」

勝たぬまでも、と耶律奚低は思っていた。互角の戦をして、撤退した。そういうかたちが欲しい。それからなら、勝つためにもう一度態勢を整え直し、兵を鍛えあげ、新しい秋《とき》を待つべきだ、と太后に進言もできる。

「二度敗れることになれば、燕京で宋軍に大勝した意味はなくなる。遼は攻める国、と太后は言われた。しかし、攻めるための力が、いま充分にあるとは思えぬ」

「将軍は、私になにを求めておられる?」

「敗れぬための、保証とでも言おうか」

「それで、私に将校として参戦せよと。誇りに棘《とげ》を刺したまま、戦場を駈けよと？」

耶律休哥が、ほほえみながら見つめてくる。どうしようもないことを言ったのかもしれない、と耶律奚低は思った。耶律休哥は、誇りの人である。それを傷つけに、ここまでひとりで来た、という気もしてきた。

「いま、二千四百の騎兵がいます」

「それは知っている」

「十万の軍なら、二千騎分の糧秣《りょうまつ》など、どうにでもなりますな」

「どういう意味だ？」

「二千騎で、耶律奚低将軍の麾下ということで、加わりましょう。そして、遊軍という扱いにしていただきたい」

「それは」

「将軍は、ひとりで来られた。あの馬なら、燕京から三日はかかりましたろう。遼軍第一と言われた将軍が、そこまで誇りを捨てられた。私も、多少の誇りに棘を刺すことで、お受けするべきでしょう」

「まことに」

「二言はありません。いつなりと、進発の知らせをお届けください。『奚』の旗を掲げて、隊列に加わります」

来てよかった、と耶律奚低ははじめて思った。ずいぶんと迷い、頭を下げる肚《はら》まで決めてきたが、やはりひとりの男を傷つけているという気持は、拭《ぬぐ》いきれなかったのだ。

「私の希望を聞いて貰った。しかし、その見返りとして、蕭太后に口を利《き》くということは約束できぬ。いや、あの御気性の太后を、説得できる自信がない。先日も、燕王を庶民に落とされたばかりだ」

耶律休哥が、声をあげて笑った。黒い瞳が、少年のように輝いた。

「私は、ひとりの男が誇りや面目を捨てたことに対して、返礼すると申しあげているだけです。遼軍の中で、華やかな地位につけるなどとは、考えていません」

この男の誇りの高さが、いまなにもない土漠の軍営にいさせているのだ。誇りさえいくらか捨てれば、前線の指揮に当たることもできた。

「なにもしてやれぬかもしれぬ。済まぬ」

耶律奚低は、はじめて、本心から頭を下げた。

「幕舎しかありませんが、休まれよ、将軍。土漠に棲《す》む獣《けもの》の肉しかありませんが、それもたまにはよろしいでしょう」

耶律奚低は頷いた。

幕舎がひとつ、きれいに整えられていた。顔を洗うための、澄んだ水も用意してある。

土漠の軍営は、最悪の環境と言われていた。気候が厳しく、水がない。緑の野菜もあまり口にできず、兵は生肉を食するという。聞くだけで、耶律奚低は経験したことがなかった。遼軍では、ほとんど懲罰的に、その軍営に行かされるのだ。城郭《まち》が、近くにない。冬には燃料が少なく、凍死する者も出る。しかし、それを耐え抜いた兵は強い。

土漠の軍営はいくつかあったが、耶律休哥の軍からは、ほとんど凍死者や馬の病《やまい》による不足の報告はあがってきていない。

「耶律奚低将軍。夕食であります」

兵が呼びに来た。兵ひとりひとりの動きもきびきびしていた。

翌朝、耶律奚低は帰路についた。

燕京に戻ると、すぐに耶律斜軫、耶律沙を副官に、十一名の将軍から構成される十万の軍を組織した。その中に、耶律休哥の名はない。ただ、耶律奚低麾下が、一万四千といくらか多くなっている。

「明日、進発いたします」

宮殿に、報告に行った。蕭太后は、特別に耶律奚低と二人だけで会った。

「勝算はあると思うが、今度はむこうも備えを堅くしているでしょう」

「はい。遂城の守兵は、五万に増強されたと聞いております」

「そして、西に楊家軍がいる。考えるまでもなく、前の戦より遙《はる》かに厳しい」

「全力を尽して、闘います」

「それはわかっているが、私は先の韓匡嗣の敗戦を押し返したいのです。つまり、敗北のままで戦をやめてはならぬ」

「どういう意味で、言っておられるのでしょうか、太后様？」

「無理矢理、遂城を落とすことはない。あれから、私は冷静になって考えた。さまざまな検討もした。無理な戦をさせて、そなたを失いたくはないのです」

「軍人として、それはいかに太后様のお言葉であろうと、聞き流すことはできません。戦に出る軍人で、死を覚悟しない者がいると思われますか？」

「だから、あえて言っている。ここには群臣もおらず、ほかの将軍もいません。今度の戦は、激しくぶつかり合うことはない。特に、楊家軍とは、絶対にぶつかってはなりません。韓匡嗣の、あまりに惨めな敗戦を、繕《つくろ》いに出て行くだけです」

「お言葉を、返します。戦場には敵がおります。こちらが闘わずとも、むこうが攻めてくることもあります。それが当たり前なのです。繕うなどということは、いたしません。ただ、太后様の兵を多く失わないように、慎重な戦をいたします。それ以上の御心痛をおかけするのは、この耶律奚低、まさに恥とするしかありません」

「わかりました。戦というものは、難しい。時の勢いもある。先の戦で、遼の時の勢いは失われたかもしれない、と私は思っています。せめて、その失われたかもしれない勢いを、あるところまで取り戻した。そういう戦であって欲しいと思います」

「お言葉、心に刻みつけます」

退出すると、耶律奚低はすぐに将軍を召集し、軍議を開いた。自身も含めて、十四人の将軍の軍議になる。

進軍の手筈《てはず》などを、耶律奚低は一方的に指示した。騎兵と歩兵が、一体となって進む。韓匡嗣の過《あやま》ちは、二度と犯さない。

そういうことを伝えても、将軍たちは黙って頷くだけだった。

蕭太后の懸念が、耶律奚低には、はっきりとわかった。自分にもその懸念があったからこそ、耶律休哥に参軍を求めに行ったのだ。全員が、心の底では、前の敗北で再び流れが変ったと思っている。

蕭太后が言うように、その流れをもう一度変えるか、あるいは止めるかするしかない、ということも理解できた。

宋は、遼には負けたが、河東路《かとうろ》を手に入れた。それでよしとしていたところがある。しかし遼は、宋に攻めこんで大敗しただけである。

蕭太后は、戦がなにかを、肌で知っているのかもしれない。それも、戦場ひとつひとつの勝敗ではなく、国家と国家の戦のありようだ。ただ気が強いだけで、無闇《むやみ》に軍を戦に駆り立てる帝の祖母ではない。

「進発は明朝。閲兵はない」

それだけ言い、散会した。

軍営の部屋に戻ると、見馴れない将校がひとり待っていた。髪も眉も黒く染めた、耶律休哥だった。

「目立ちますのでな、私の髪は」

「済まぬ。おぬしほどの武人に、そのような真似《まね》をさせて」

「なんの。たまには将校になるのも悪くない。いま、そう思っております。二千は、将軍の騎馬隊の後方につきます」

白き狼《おおかみ》。

そう呼ばれて、恐れられた男だ。その男の印とでも言うべき白髪を、自分は黒く染めさせた。この、男同士の借りは大きい、と耶律奚低は思った。

「進発は、明朝になった」

「すでに、『奚』の旗は手に入れております。二千の兵にも、どういうことか言い聞かせてあります。ただ、戦場では私の判断で動きます。ですが、それは将軍の命令によるものだということで、他の軍には通させていただきます」

「それでよい。頼む」

耶律休哥の、戦場での判断がどんなものか、耶律奚低はよく知っていた。味方の意表さえ衝《つ》く動きをするのだ。獣の本能のようなものだ、と思ったことが何度もあった。

「酒を飲まぬか、耶律休哥将軍」

「いま、将軍ではありません」

「そんなことは、どうでもよい。男同士として」

「いいですな、それは」

従者に命じると、すぐに酒肴《しゅこう》が運ばれてきた。土漠で振舞われた料理と較《くら》べると、気恥しいほど豪華なものである。

「私は、楊家軍を止めるためだけに動きます。しかし、せいぜい半日。その間に、然《しか》るべき戦果を、将軍はあげられなければならない」

「そうか、楊家軍だけを。しかし、二千騎でそれが」

「できます。ただし、半日。そして、楊家軍を相手なら、一度きりのことでしょう」

「まさか、死ぬ気ではあるまいな」

「戦と死は、古い友のようなものでしょう」

「私は、楊家軍の存在を無視して、闘ってよいのか？」

「半日だけです」

酒が、すぐに回ってきた。出陣の前夜、酒を口にするのは、はじめてである。なぜか、酒が心地のいい味がした。

飲みすぎないように、と耶律奚低は自分に言い聞かせていた。それでも、いつもより過ごしていた。

三

調練に出ていた部隊に、召集がかかった。

六郎《りくろう》は、七郎《しちろう》とともに、代州の城郭《まち》の外に兵をまとめて、待機した。

三カ月前に大敗した遼《りょう》軍が、再び遂城を窺《うかが》っているという。遂城の守兵は、五万からさらに七万に増強された。そして、楊家軍にも出動の命令が届いたのだ。

兵は一万。総指揮は楊業。延平《えんぺい》ほか、六郎と七郎が従う。

一万の出兵は、開封府《かいほうふ》から言ってきたものだという。

「少なくとも、二万は必要だと思います、六郎兄上」

「そうだな」

六郎は、この時機に出兵してきた、遼の真意を考えようとしていた。大敗のあとである。ここでさらに大敗すると、遼はしばらくは立ち直れまい。その間に、宋は燕雲十六州《えんうんじゅうろくしゅう》を回復できるかもしれない。

しかし、遼がそこそこの戦をすれば、流れは元に戻る。

「やはり、二万だな、七郎」

「しかし、命令のようですから」

楊家軍に、いま無理はさせられない。開封府では、そう考えたようだ。使者のやり取りをする暇はなかった。

一万。騎馬三千に、歩兵が七千。編制はそう決まり、明日とは言わず、すぐにでも進発できる態勢は整った。

「今度の戦は、遂城を守るためである。すでに七万の守兵が、遂城には集まっている。先の戦で遼軍は大敗したが、それは策によるものだった。あの敗戦の雪辱《せつじょく》を期して、遼軍は出てきているぞ。まともな戦になる。全員心せよ」

楊業の指示は短かった。

先鋒に、延平が出た。六郎も七郎も、中軍の騎馬隊の指揮である。

前回の戦は、無我夢中だった。あれが自分の実力だったか、今度はしっかりと測れるはずだ、と六郎は思っていた。

楊家軍の進軍は速い。しかし、遂城での衝突の報は途中で入った。

三万が城に籠《こも》り、四万が城外に展開した。

城を攻めようとすれば、四万が側面を衝《つ》く。自分でもそうやるだろう、と六郎は思った。城攻めに対抗するには、これ以上はないという形である。しかし、その四万が蹴散らされていた。一万の騎馬隊だけを、四万にぶっつけてきたという。残りの九万がいる、と当然四万の指揮官は考える。しかし一万の騎馬隊は、単独で陣を一直線に駈け抜けた。

「四万の陣形が問題であったな」

野営の火のそばで、報告を聞いた楊業が言った。

「鉄壁のつもりで、魚鱗《ぎょりん》を取った。この陣形は攻守ともに対応できて、それ自体間違いではない。しかし大軍を相手にする時、丸一日も前から陣形を組んではならんのだ」

つまり、陣形を崩す方法を相手に考えさせることになるのだろう、と六郎は思った。

「六郎ならば、一万の騎馬隊が突っこんできたら、どうする？」

「二万ずつで、方陣を二つ。駈けてきたものは、駈け抜けさせます。どちらかひととにかく、兵を散らさないことだと思います」

「まず、それでよかろう。二万は、さらに二つに分かれるようにしておく。一万ずつの兵を、小さくまとめて縦横に動かす。そういう態勢をとっていれば、一万の騎馬隊の突撃に算を乱すこともない」

魚鱗を突破した一万は、すぐに反転し、後方から襲ったという。前方には九万の大軍がいて、威圧をかけている。後方からの攻撃は、相当に有効だったはずだ。しかも、魚鱗の陣の背後である。魚鱗は、後方からの攻撃の備えが万全とは言えない。

「耶律斜軫ですか、騎馬隊を率いていたのは」

延平が言った。遼軍で、音に聞えた将軍だった。突っ込んで押すだけでなく、変幻の戦をする、と言われている。

崩れた宋軍四万は、十里（約五キロ）ほど離れたところでなんとか兵をまとめ、陣を組み直し、遂城から五里のところまで再び出てきているという。

「それほど大きな犠牲が出なかったからよかったものの、宋軍はまた意表を衝いた攻撃を受けかねないと思います、父上」

延平が言った。

といい」

「騎馬二千で先行せよ、延平。遊軍がいないのが、弱点になっている。六郎を伴う

七郎が不服そうな表情をしたが、楊業に睨《にら》まれてうつむいた。

遂城まで、歩兵とともに進めば、ほぼ一日半の距離だった。楊家軍の進軍は他と比較にならないほど速いが、それでも、兵も馬も休ませなければならない。騎馬隊だけで進めば、明日には到着できる。

「耶律奚低は、堅実な戦をする。耶律斜軫は非凡だ。崩すきっかけを摑むのが大事である。耶律沙が出てくるようなら、そこを狙《ねら》え」

「とにかく、駈け回ることだと思います。私と六郎で一千騎ずつ率います」

「それでよかろう。無理はするな。なにか、いやな感じがいまの遼軍にはある」

「父上が到着されるまで、なんとか城外の四万を崩させないようにします」

早朝の出発ということになった。それならば、夕刻前には着ける。

燕京での戦では、思う通りに兵を動かした。しかし、帝が討たれるかもしれないという、追いつめられた状況でだった。

今度は、もう少し冷静に戦ができるだろうか。寸前になって迷い、兵を死なせることはないだろうか。

考えても仕方がなかった。六郎は、できるだけよく眠ろうと努めた。

早朝、延平と並んで駈けた。楊業は、見送りさえもしなかった。七郎が羨《うらや》ましそうに見ていただけである。

速脚《はやあし》で進む。騎馬隊といえど、疾駆《しっく》し続けることはできないのだ。速脚ならば、馬は丸一日でも耐えて駈け続ける。

「兄上、敵の騎馬隊は、二万を超えているでしょうね」

「不安か、六郎？」

「正直、ちょっとこわい気がします。この十倍の騎馬がいると思うと」

遼軍の本領は、やはり騎馬戦である。北は馬の産地で、軍馬はみな質がいい。

「こわくていいのだ、六郎。当たり前のことなのだ。こわがらずに兵を動かす方が、ずっと危険なのだぞ」

「兄上も、こわいのですか？」

「誤魔化《ごまか》す方法は覚えた。つまり、こわがっていない顔をすることはな」

七歳も年長のこの長兄には、なんでも喋《しゃべ》ることができた。延平と三郎《さぶろう》の母は同じだが、あとの兄弟はみんな違う母を持っていた。ただ、六郎には母を同じにする二人の妹がいる。楊業の娘は、その二人だけだった。延平は、妹たちもよくかわいがる。

駈けながらも、遅れる者がいないかどうか、六郎は常に気を配っていた。最後尾に柴敢《さいかん》が付いている。しかし、それより先に遅れそうな者を見つけるのが、行軍の指揮というものだと、六郎は思っていた。

半日駈け、小休止し、夕刻前には遂城の近くに達していた。戦闘は、今日もあったらしい。四万が、今度は歩兵に押しまくられ、五里（約二・五キロ）ほど退《さ》がっていた。遂城とは十里離れていることになる。延平は、斥候《せっこう》を出して、それだけ調べさせた。

「十里も離れていると、城内との呼応も難しいな。まず、四万を五里進ませる。それから、われわれが駈け回ることにする。いまの状態で駈け回っても、いたずらに孤立するだけだろう」

「楊家軍であることを、敵にわからせますか、兄上？」

「楊家軍は、常に楊家軍として闘う。旗を伏せ、顔を隠すのはわれらのやり方ではないぞ」

「わかりました」

「今夜は、ここで夜営する。味方には、楊家軍二千騎が先行して到着している、と使者を出しておく。よく兵と馬を休ませろ」

「明朝すぐに？」

「そうだ」

六郎は頷き、兵を見て回った。丘と丘の間に埋伏《まいふく》した恰好で、見張りは丘の頂上に小隊規模で配置してある。

横になっても、すぐには眠れなかった。斥候が探ってきた敵の陣形を、何度も頭に思い浮かべた。六万が四万に対し、残りの敵は城の押さえに回っている。

ただ押し合うだけでは、逆にまた押しこまれる。延平は、どこかを崩そうとするはずだ。それがどこなのか。考えはじめると、きりがなかった。また、自分の悪い癖を出している、と六郎は思った。明朝、敵を前にした時に、どう攻めるか決めればいいのだ。それでも六郎は考え続けた。

すぐに、夜明けが近づいた。

延平から、乗馬の命令が出た。一度だけ、六郎は兵を見て回った。

「いいか、六郎。俺とおまえは、ひとつになったり分かれたり、とにかく敵を眩惑《げんわく》するのだ。敵陣で崩れたところを見つけたら、迷わずそこを衝《つ》け。しかし、深入りはするな」

「わかりました」

「進発する」

薄闇の中を、駈けた。丘を三つ、四つと越えた。その間に、夜は明けた。眩《まぶ》しいほどの朝陽《あさひ》だった。いくつ目かの丘を越えると、不意に草原を埋め尽した大軍が見えた。

延平が、突っこんで行く。六郎は、少し遅れて、一千騎を駈けさせた。延平が、敵が最も密集したところにむかって、突っこんで行く。ぶつかった。断ち割るような、騎馬隊の動きだった。延平の隊に殺到しようとする敵を、六郎は牽制《けんせい》した。騎馬隊の勢いが弱まったところで、延平は反転してきた。追ってくる敵を、六郎は横から衝いた。

勢いをつけて戻ってきた延平の騎馬隊とともに、六郎は全軍を駈けさせた。敵の陣形が、乱れを見せはじめている。敵が密集したところを避けて、六郎は駈け回り、ぶつかってくる敵を突き倒した。ひとしきり敵の中を駈け回ると、素速く離脱する。最後尾に柴敢がいるのが、はっきりと見えた。離脱した瞬間に六郎は馬首を返していた。

ほかからも、喊声《かんせい》があがっている。土煙が、陽光の強さをいくらか弱めているようだった。六郎は、また敵の中に突っこんだ。

延平は、騎馬隊を小さくかため、密集した敵とぶつかり合おうとしている。

「縦列」

六郎は声をあげた。先頭で、密集している敵に突っこんだ。槍《やり》で貫くように。そう思った。群がってくる敵にはこだわらず、ただ駈けに駈けた。密集している敵を、二つに断ち割っていた。味方の歩兵が押しはじめている。右へ反転し、味方の歩兵にむかって、六郎は駈けた。敵の前衛を、背後から襲う恰好になる。しかし、そのまま進めば、味方ともぶつかる。途中で、六郎はまた右へ反転した。むこうから、延平が駈けてくるのが見えた。ぶつかる寸前に、六郎はさらに右へ反転した。延平は左へ。しばらく延平の軍と並んで駈け、それから二つに分かれた。

敵は崩れていた。味方の歩兵の圧力が、圧倒的になったのだ。敵中から離脱し、丘の斜面を駈け登った。頂上で、一千騎を横列に並べる。中央は『楊』の旗である。逆落《さかお》としの構えで、敵を側面から威圧した。

味方が六里（約三キロ）押しこんだところで、膠着《こうちゃく》した。ともに方陣を組んで、動こうとしない。

六郎は、延平の隊と合流した。

「これでいい、城内の兵力が生きてきた。見ろ、城にむかっていた軍が、陣を組み直しているぞ」

やはり、夢中だった。六郎は、そう思った。しかし、どこかで敵の全容を摑もうとはしていた。最後尾の柴敢の姿も、たえず確認していた。

「よし、牽制を続けるぞ、六郎」

延平が言い、駈け出した。六郎は、延平の騎馬隊が土煙の中に消えてから、一千騎を動かした。

いきなり、延平の軍が引き返してきた。敵の騎馬隊。土煙を見て、六郎はそう判断した。延平の退路を塞がないように、六郎は右にかわした。追ってくる敵の側面を、これで衝ける。そう思った時、敵の騎馬隊は延平ではなく、六郎にむかってきていた。

『奚』の旗。耶律奚低の騎馬隊か。竜巻《たつまき》のような圧力が、六郎を包みこんだ。回りこむように駈けながら、兵を小さくまとめるので精一杯だった。

六郎は駈け続けた。追ってくるのは、二千ほどか。振り切れない。駈けながら、六郎は全身の毛が立つような恐怖に襲われた。前線から、離され続けているのだ。方向を変えようとしても、できなかった。

相討《あいうち》。剣の立合で言えば、そういうものか。六郎は、とっさにそう決めていた。前方の丘。登りきる前に、強引に反転する。そうすれば、斜面の上から攻撃することになる。敵が多くても、圧力はかけられる。しかし、いつまでも保《も》たない。討ち果される覚悟でなければ、それはできなかった。

丘の斜面にかかった。決死の覚悟で、六郎は回りこんだ。一人でも多くの敵兵を。そう思った。しかし、反転して六郎は唖然《あぜん》とした。すでに、そこに敵はいなかったのだ。遠ざかっていく『奚』の旗が見えるだけだった。

「追え」

叫んだ時は、馬の腹を蹴りつけていた。土煙。延平の騎馬隊が、こちらにむかって駈けてきている。挟撃《きょうげき》ができる。敵は、深追いしすぎたのだ。思った時、前を行く騎馬隊がきれいに二つに分かれた。舌打ちをしながら、六郎は右へ行った部隊を追おうとした。しかしそれが、また二つに分かれた。どちらを追っても、残り半分に挟撃を受ける。

左手を、天に衝《つ》きあげた。同時に手綱《たづな》を引く。騎馬隊が、一頭の巨大な獣のように停止した。

「あっちだ」

延平の騎馬隊を見て、六郎は言った。こうなれば、延平の騎馬隊と合体するしかないだろう。それで、兵力は互角になる。しかし、五百騎が横に回りこんできた。もう五百騎は後方にいる。それを確かめた時、前方にも五百騎がいるのを、六郎は認めた。かわす方向は、ひとつしかなかった。その方向にかわした時、三方から迫っていた千五百騎は消えていた。延平の騎馬隊が、挟撃を受けそうになっている。六郎は、それを救うのではなく、歩兵の前線の方へむかった。

それでよかったようだ。

五百騎の敵が、前へ回りこもうとしている。さらに五百騎が、側面を衝いてきた。ぶつからないように、六郎は進む方向を変えた。半端な敵ではない。楊家軍を、平然と引き回しているのだ。

ただ、ひとつわかったことがある。歩兵の戦に、介入させたくないのだ。遼軍は、二万の騎馬隊で押そうとしているが、宋軍は柵《さく》を組み、そこから槍を突き出している。その柵を、徐々に前に出しながら、押しているのだ。柵の両側には、五千騎ずつの騎馬隊も構えている。歩兵同士の、力勝負になっていた。そして、六里（約三キロ）押しこんできた宋軍の方に、勢いはあった。

六郎は、柴敢に合図を送った。調練では、散々やってきたことである。柴敢が、反転した。半数が、それに従っている。敵味方、五百騎同士が四隊。こうなると、消耗戦である。相手を多く倒した方が勝つ。

敵は、それを避けた。巧《たく》みに牽制しながら、ぶつからず、ひとつにまとまった。延平が、押しまくられている。全体の指揮官は、むこうにいるようだった。六郎は五百だけを率い、その側面を衝いた。敵は見事に二つに分かれ、離脱し、ひとつにまとまり、千五百となったこちらの攻撃を避けるように、うまく回りこんだ。柴敢が、追われて合流してきた。

両側から、一千ずつに挟まれるかたちになった。しかし、挟撃ではない。一カ所にいるが、こちらも二隊なのだ。延平が、手を挙げた。六郎は、延平とは反対の方角に駈けた。追ってきた。全体の指揮官がいる方だ。並んできたが、襲いかかってこようとはしない。六郎は、全軍を停めた。騎馬隊の速さが、だいぶ違う。反転してきた敵に、六郎は小さくまとまってぶつかろうとした。直前で、敵は鮮やかに二つに分かれ、片方がすぐに後ろに迫ってきた。柴敢を残し、六郎はひときり駈け、反転した。もう一隊が迫ってくる。縦列で、六郎はそれにむかった。

敵は、二つの縦列になった。両側から挟まれたかたちで、駈け抜けることになる。六郎は、右へ方向を変えた。円を描くようにして駈ける。敵の縦列が反転した。

全身が、汗にまみれていた。敵はもう、楔《くさび》のような陣形で突っこんできている。なんという敵だ。中央を、突き破られた。前に出るように駈け、六郎はなんとか兵をひとつにまとめかけた。六郎にむかって、一千騎が殺到してくる。駄目か。六郎は思った。ならば、先頭の指揮官と相討。それしか、道はない。雄叫《おたけ》びをあげ、六郎は馬腹を蹴った。ぶつかった。押される。圧倒的な力で。抗《あらが》えたのは束《つか》の間だった。振り降ろされてきた剣を、六郎はなんとか剣で撥ね返した。二撃目。受けきれなかった。肩から腕にかけて、熱いものが走った。三撃目が死。六郎は、両手で剣を構えた。なにがなんでも、敵の指揮官に一撃は返したい。死を賭《か》けてなら、やれる。馬が馳《は》せ違おうとした時、敵に動揺が走った。馬は馳せ違ったが、お互いの剣は届かなかった。敵が退く。敵の指揮官が、六郎を見てにやりと笑った。

延平が、五百で側面に突っこんできていることに、六郎ははじめて気づいた。柴敢も、駈けつけてきた。

「城内から出てきた味方が、大きく崩された。再び、城内に撤退している。少し退くぞ、六郎」

戦場は、ここだけではなかった。歩兵のぶつかり合っているところだけでもなかった。城外に出て挟撃を狙おうとした味方が、敵に散々突き崩されたようだ。

城外の四万も、二里（約一キロ）ほど退き、陣を固めた。

楊家軍は、さらにそこから二里離れている。息をついた。敵の二千は、動きを止めようとはせず、いつでも楊家軍と四万の間に突っこめる態勢でいた。

城の方で、なにか異変が起きた。敵の退き鉦《ひがね》が打ち鳴らされている。

楊家軍の本隊が、戦場を迂回《うかい》するようにして到着し、城に攻めかかっていた敵を、背後から叩《たた》いたようだ。

遼軍は、全軍で堅い陣形を組み、それを崩さず、徐々に後退して行った。遂城から十里（約五キロ）ほど離れると、明らかに撤退という感じになったが、楊業から追撃の命令は出なかった。

二千の騎馬隊は、本隊と合流し、六郎は延平に連れられて楊業の陣営に行った。

「手負ったか、六郎」

　幕舎には、楊業のほかに張文《ちようぶん》と七郎がいた。

「浅傷《あさで》です。しかし、兄上が来てくださらなかったら、私は多分死んでいただろうと思います。手強い武将でありました」

「耶律休哥です。髪などは黒く染めておりましたが、間違いはないと思います」

「ほう。あの男か」

　耶律休哥の名は、聞いたことがある。若いが、髪も眉も白く、それで白き狼と呼ばれている。ここしばらく、前線には出されていないという話だった。

「申し訳ありません。父上が考えられたほどの働きは、できませんでした。耶律休哥の、わずか二千ほどの騎馬隊に翻弄《ほんろう》され、下手《へた》をすれば負けるところでした」

「相手が耶律休哥の軽騎兵なら、おまえたちはよく闘った、と言ってもいい。遂城の城兵にかなり犠牲が出たようだが、遼軍は撤退したのだ」

　六郎は、にやりと笑った耶律休哥の顔を思い浮かべていた。嘲笑《ちようしよう》されたという気もするし、まだ若いと教えてくれているようでもあった。腹は立っていない。騎馬隊の動かし方では、むこうがずっと上だった。確かに、自分はまだ若いのだ。ただ、なにをどうすればいいかわからない、という状態にはならなかった。決断が遅れた、とも思わない。

「六郎は、よくやりました」

「わかっている。耶律休哥を相手に、軽い手負いで済んだのだからな」

「それほどの男ですか、耶律休哥とは?」

七郎が言った。張文が、深く頷いていた。

「蕭太后《しょうたいこう》の不興を買ったという話だが、まず遼軍第一の男であろう」

楊業が言い、六郎を見てほほえんだ。しかし、眼は笑っていない。

四

凱旋《がいせん》ではなかった。

しかし、負けてはいない。犠牲は、宋軍の方がずっと多かった。

「このまま、営地へ戻ります」

燕京へ入る前に、耶律休哥が来て言った。耶律奚低は、ただ頷いた。二千の軽騎兵が、麾下から離脱して行くのを、耶律奚低は黙って見送っただけである。『奚』の旗も、もう掲げてはいなかった。

燕京へ入ると、軍を解散させ、耶律奚低はひとりで蕭太后のもとへ報告に出向いた。

蕭太后は、すでに戦の全容を摑んでいた。

「よくやってくれました。私が思っていた以上の戦でした」

「私の手柄ではありません。代州から楊家軍が到着する前に、敵が動いてくれたのです」

「しかし、騎馬二千は、先行して到着し、それをうまくあしらった者がいるとか」

王欽招吉《おうきんしょうきつ》のような軍監を、どこかに潜《ひそ》ませていたのだろう、と耶律奚低は思った。覚悟していたことではある。

「あの二千の騎馬隊が、わが軍の動きをことごとく封じました。あの騎馬隊に対抗できるのは、わが軍にはひとりしかおりません」

耶律休哥のことを言うしかない、と耶律奚低は思った。そして、参戦させたことを咎《とが》められれば、その責めはすべて自分で負う。耶律休哥は、ただ自分の命に従っただけである。

「そのひとりとは、耶律奚低？」

部屋には、ほかに左相、右相がいるだけだった。

「耶律休哥であります」

蕭太后の眼が、耶律奚低を見据えてきた。表情が、いくらか硬くなったような気がする。

「私の命令に従って、耶律休哥が二千の軽騎兵を率いて参戦いたしました」

「おまえが出した将軍たちの名の中に、耶律休哥の名はなかった」

「将校として、私の麾下に入りました。掲げたのも私の旗であり、私の麾下として行軍をいたしました」

蕭太后の眼は、やはり耶律奚低をじっと見据えたままだった。

「その耶律休哥が、先行してきた楊家軍の騎馬隊に当たったというのか？」

「はい。さすがと思わせる働きで、楊家軍の騎馬隊に、ほとんど有効な動きをさせませんでした。それまであの騎馬隊に攪乱《かくらん》されて、わが軍は六里（約三キロ）も後退していたのですが」

「将校として、と申しましたね？」

「はい。私が、そう命じました。誇りに棘《とげ》を刺したまま、戦場を駈けるのか、と当人は申しましたが」

蕭太后が、眼を閉じた。気性は激しいが、道理にはずれることはあまりない。ここは自分ひとりで責めを受けられる、と耶律奚低は思った。

「耶律休哥に参戦を命じた理由は？」

「当然、負けられぬという気持以外にありません。特に、楊家軍に対するには、あの軽騎兵が、どうしても欲しかったのです」

「耶律休哥の軍は、いまどれほどです？」

「騎馬のみ二千四百で、北の土漠で調練に励んでおります」

「私は、不愉快です。おまえが優勢な戦をして戻ってきたのはよいが」

左相と右相は、無表情だった。蕭太后の言葉が、どういう感情から発せられたのか、耶律奚低には読めなかった。

「したがって、罰を与えます」

「太后様。罰はこの私が一身でお受けいたします。耶律休哥は、軍人として私の命令にいやいや従っただけなのです」

「お黙りなさい」

「これだけは、どうかお聞き届けを。私がどのような罰を受けようと、いといません」

「罰は、耶律休哥に対するものである」

「太后様」

「お聞きなさい。直《ただ》ちに二千六百の、優れた騎兵を選び出し、耶律休哥のもとに送ること。耶律休哥は、辺境で五千もの騎馬隊を抱えて苦労することになります。それが耶律休哥に対する罰です」

太后が立ち上がり、従者を呼んだ。左相も右相も頭《こうべ》を垂れているので、耶律奚低もそうするしかなかった。

退出すると、右相の蕭陀頼《しょうだらい》が追ってきた。

武官をあまり嫌わないこの大臣を、耶律奚低もあまり嫌いではなかった。

「耶律奚低将軍。太后様は罰と言われたが、これは罰ではないぞ」

「私も、そんな気がしている」

「耶律休哥の軍を、二倍に増強しろと言っておられるのだ。それも禁軍の中などから、優秀な兵を選んでだ。部隊が二千五百を超えると、営舎も許される」

「早速、私自身で兵を選ぼうと思う」

「太后様も、手放しで耶律休哥をほめるわけにはいかないのだ」

「わかっている、右相殿。罰を与えると言われて、私は動揺しただけだ」

蕭陀頼が、頷いて笑った。確かに、耶律奚低はほっとしていた。

軍営へ戻ると、すぐに側近の者を呼び、兵選びをさせた。

二日で二千六百を選び終え、耶律奚低は自分で指揮して北へむかった。

三日かかった。

耶律休哥は、訝《いぶか》しげな表情で耶律奚低を迎えた。この間来た時はひとりで、今度は二千六百の騎馬を従えているのだ。

「これを、私の軍に加えられると?」

「蕭太后が、自ら決められたことだ。営舎の建設も許されている」

「どういうことです？」

耶律休哥の髪は、もう白い色に戻っていた。

「つまり、太后様は、おぬしを許されたのだろうと思う。あの御性格だ。許すと、はっきりは申されまい」

耶律休哥は、ただ耶律奚低を見つめ返してきただけだった。それでも、借りを少し返した気分にはなれた。

泉のそばに、営舎が建てられることになった。すでに、砂が逆巻《さかま》く風が吹いている。寒い季節の幕舎暮しがどれほどつらいものか、耶律奚低は若いころの体験でよく知っていた。しのぎやすい冬を、耶律休哥に贈ることができた。それもまた、いくらか借りを返したことだと耶律奚低は思った。

五

いきなり、五千の軍を預かることになった。

戸惑《とまど》う前に、秣《まぐさ》や兵糧《ひょうろう》をどうすればいいのだ、という心配が大きくなった。

しかし、耶律奚低が燕京に戻った三日後には、ひと冬分の秣と兵糧が届いていた。五千人分の営舎は、兵を総動員して建てた。厩《うまや》も、同じように充実させた。営舎の周囲を柵で囲み、出入口は二つだけにした。

なによりも耶律休哥が満足したのは、鍛冶屋《かじや》が常駐するようになったことである。これまでは、ふた月三月と、城郭《まち》から連れてきて仕事をさせるしかなかったのだ。武器、武具、馬具など、鍛冶屋の仕事は常時あった。

部隊を五つに分け、それぞれの隊長を決めた。耶律休哥の副官は、麻哩阿吉《まりあきつ》である。まだ若いが、かなりの点で耶律休哥は満足していた。特に、戦場での指揮には卓抜なものを持っている。

冬場には、兵を鍛える。徹底した鍛え方で、死ぬ者も何人か出るが、ひと冬を越すと兵は強くなっていた。

営舎のそばには広大な牧《まき》を作り、羊や豚を飼った。それをやるのは兵ではなく、耶律休哥の軍についた、遊牧の民である。

確かに蕭太后の不興を買ったが、耶律休哥はこういう暮しが嫌いではなかった。禁軍で、ほかの将軍たちに気を遣いながら、調練もままならないより、ずっといい。鍛えるだけ兵を鍛えあげ、その兵を闘わせる戦場が与えられるなら、ほかに望みはなかった。

五千の兵は、平等に扱った。軍律を乱した者は、処罰する。獄舎などを作って、監禁するような罰ではなかった。罪状に応じて、ほかの兵よりもっと苛烈《かれつ》な調練を課す。罪の重い者は、その中で死んで行く。

野戦に関して、耶律休哥は絶対の自信を持っていた。少なくとも、禁軍の将軍で、同じ兵力なら、自分と対等に闘える者はひとりもいないだろう。

勧められたことはあるが、妻帯もしなかった。時々、城郭《まち》に遊妓《ゆうぎ》を買いに行くだけだ。それは、ほかの兵たちも同じで、誰も特別には扱わなかった。

新しく加わった二千六百には、馬の扱い方から調練をやり直した。もともと禁軍でも優れた兵を、耶律奚低は選んでくれたのだろう。よく耐えて、すぐに身につけた。

馬の扱いを身につければ、あとは戦闘の調練だけである。

麻哩阿吉が、二千を率いて出発する。それを追い、耶律休哥がやはり二千を率いる。土漠での遭遇戦の調練は、長い時は二十日はかかる。その間、兵は一日一食で耐え、馬は百里（約五十キロ）は駈ける。そうやって、兵も馬もさらに強くなるのだ。

耶律休哥の頭の中には、先の戦でぶつかった、楊家軍の騎馬隊二千があった。自分が鍛えあげた騎馬隊と、ほとんど互角の闘いをしたのである。

指揮をしていたのは楊業の長男の楊延平だった。楊業とも、楊延平とも、一千単位の騎馬だったが、手合わせはしたことがある。楊業の指揮はさすがと言うほかはなく、騎馬隊の動きはまったく予測がつかず、負けないというだけで精一杯だった。楊延平の方なら、どこかで隙を見て打ち破る自信はあった。

耶律休哥の頭に残っているのは、半分の騎馬隊を指揮していた、まだ若い将軍だった。楊業の六男で、楊延昭《えんしょう》だということは、あとで知った。まだ未熟なところは、多くあった。しかしどういうふうに成長するか考えると、空恐ろしいものがある。なにより、果敢だった。駄目だと悟った瞬間、逃げるのではなく、ためらわず相討を狙ってきた。あの青年は、騎馬隊の指揮だけでなく、歩兵の指揮にもたけているだろう。つまり、戦全体の指揮をするのにも向いている。ああいう息子も、楊業は持っているのだ。いずれまた、闘うことになるはずだった。その時に、どれほどの成長をしているのか。

耶律休哥の調練は、いつも楊家軍を見据えたものだった。自分より強い。自分より戦がうまい。この世にそういう存在があることが、耶律休哥には許せないのだった。

土漠の中の遭遇戦の調練は、冬の間に三度やった。ほかに大事なものが、やはり陣形を組んでのぶつかり合いである。騎馬の陣形は、歩兵とは違う。歩兵は、地に足をつけ、そこを守ることを基本とするが、騎馬はたえず動く。動きの中に陣形があり、それをどれだけ崩さずに動けるかが、指揮官の技量だと耶律休哥は考えていた。

「俺を、宋軍の騎馬隊二千だと思え。むき合った丘の頂上で、対峙している。明早朝から、その調練をやる」

「これは、勝ってもいい調練ですな」

麻哩阿吉が、不敵なことを言った。外見は平凡で、髠髪《こんぱつ》も頂を剃《そ》り短く切り揃《そろ》えただけの、兵士のようなものだった。心に秘められた気概が、耶律休哥は好きだった。豪傑然とした者より、ずっと豪傑と呼んでいい。

「というより、私は耶律休哥将軍の騎馬隊ということになるのですから、決して負けられません」

「おう。よくぞ言ってくれたな、麻哩阿吉。その言葉を、忘れるなよ」

「楊家軍の騎馬隊と闘うつもりで、私はやります」

この冬の調練の間、耶律休哥がどういう敵を想定していたのか、麻哩阿吉はちゃんと読んでいた。

「あの、楊延昭とかいうこわっぱ、いずれは手強い武将に育ってくるでしょうな」

「おまえも、やっぱりあの男か」

「気になります」

になるのだぞ」

「俺は、あんな若造は一蹴《いっしゅう》する自信があるが、明日の調練は、俺があの楊延昭に

「三年後の、楊延昭。そう思えば、やり甲斐《がい》もあります」

土漠の中の、幕舎だった。土漠に調練に出て、もうふた月になる。その間、一度だけ軍を麻哩阿吉に任せ、耶律休哥は軍営に帰っていた。いくら辺境の軍でも、中央から時々指令は届くのである。最近では、耶律奚低からの指令が多く、軍の状態を視察したいという希望を伝えられていた。

翌朝、耶律休哥が起き出した時、麻哩阿吉の軍二千は、すでに進発していた。斥候を出し、あらかじめ決めた丘に布陣していることを確認すると、耶律休哥は自分が率いる二千騎に出動命令を出した。

こちらの布陣が終るまで、麻哩阿吉は動かなかった。布陣して対峙するというのが、調練の要諦《ようてい》である。麻哩阿吉は、現場に立って、地形をよく見きわめるところから、はじめたようだ。

耶律休哥は、丘の頂上でただ騎馬隊を四段に構えた。なんでもない構えであり、それは次にどう動くか予測しにくいものでもあった。麻哩阿吉は、二千をひとつにしているが、それとて、実は四隊にも八隊にも分けられる構えと言ってよかった。手強い。むかい合っただけでも、はっきりとそう感じられた。兵に持たせている

のは、武器ではなく、剣と同じ長さの棒である。それで具足の上から打っても、怪《け》我《が》をすることはあるが、ほとんど死ぬことはない。

耶律休哥は、まず五百騎を、ゆっくりと丘の下に降ろした。丘と丘の間には、やや狭いが、二千騎の軍がぶつかり合える平場はある。誘い出されようと誘い出そうと、条件は同じだった。

五百騎が、相手の丘を駈け登る。すぐに、五百騎が逆落としで応じてきた。耶律休哥は、全軍を駈けさせた。完全に平場に降りてくるのを待ち、麻哩阿吉も逆落としをかけてきた。退《さ》がる。お互いに、丘の中腹に位置を変えて睨み合う、という恰好になった。こうなると、すでに騎馬の陣に入っていた。つまり、動くことこそ陣形なのである。

五百が、横に回りこもうとしてくる。背後の丘の頂上を奪《と》れば、絶対的に優位である。それを防ぎながら、耶律休哥も麻哩阿吉の背後を狙う。二千騎と二千騎が、交錯し、入り乱れ、離れ、ぶつかり合う。何十という細かい集団に分かれたかと思うと、ぶつかる時はひとつになっている。それから、対峙。馬を休ませることも考えなければならず、麻哩阿吉はそれを忘れていなかった。

夕刻まで、攻めては守ることをくり返し、陽《ひ》が落ちると、それぞれの丘に引き返した。ともに、夜襲も試みる。それに対する備えも、万全だった。耶律休哥には、麻哩阿吉の指揮の腕を見てやろうという思いがどこかにあったが、そういう気持では、下手をすると打ち破られかねない。

翌朝からは、力で押した。押し返してくる。一度離れ、離れながら耶律休哥は二千騎を鶴翼《かくよく》に拡げた。包みこむように攻め、次第に鶴翼を絞りこんでいく。小さくまとまった麻哩阿吉が、鶴翼の一カ所を破ろうと全力を注いできた。時の勝負。耶律休哥は、そう思った。鶴翼はさらに縮まり、方陣に近いものになりつつある。それでも、押された。踏みとどまらせる。不意に、押してくる力が弱まった。五百だけを、鶴翼から離脱させていたのである。それが、背後の丘を奪ったのだ。

耶律休哥は、自分の丘に戻った。五百と千五百が、平場の二千を挟撃するかたちである。麻哩阿吉の反撃に、躊躇《ちゅうちょ》は感じられなかった。本隊の方へ、二千を全部むけてくる。逆落としをかけると、きれいに二つに分かれた。しかし、逆落としは五百だけでやったのだ。二つに分かれたひとつを、残りの一千で攻め降ろし耶律休哥はたやすく突き崩した。そこから、全部を打ち落とすまで、丸一日かかった。最後の数騎になった時、麻哩阿吉は突破を試みてきた。耶律休哥自身で、麻哩阿吉を馬から叩き落とした。

土に両手をつき、麻哩阿吉は泣いていた。

「なにをしている。軍営に帰還するのだ」

耶律休哥はそれだけを言った。

軍営に帰ると、燕京からの使者が来ていた。

百里（約五十キロ）ほど南の草原で、禁軍の調練が行われているという。騎馬八千に、歩兵が二万。それを攻めよ、という耶律奚低の命令だった。武器は長棒と短棒のみ。馬から落ちた者は、戦死とみなす。数人の将軍が参加し、さらに十数人の文官と将軍が観戦しているという。

「面白い。相手を楊家軍と見て、攻めてみるか。兵力もちょうどいい」

耶律休哥は、使者に進発の日時を告げた。

軍監が五名来ている。その五名には、いい馬に乗り替えて貰《もら》うことにした。麻哩阿吉は、調練で泣いたことも忘れて、全軍に檄《げき》を飛ばしていた。実戦さながらである。

約束の日の刻限。耶律休哥は、軍監の許可を得て進発した。

わずか百里である。本気で行軍すれば、一日はかからない。夕刻前に、到着していた。斥候が、すでに相手の陣形も確認していた。

「麻哩阿吉、一千で敵の騎馬を攪乱せよ。俺はまず、歩兵を崩す」

あとは、麻哩阿吉との呼吸が合えばいい。その場に応じて、動きを決めるだけだ。

行軍から、休むこともなく攻撃に移った。旗から見て、大将は耶律斜軫のようだ。かつては轡《くつわ》を並べて闘ったこともあるが、いまは数万を率いる将軍に出世している。時には、遼の全軍を率いることもあるのだろう。

麻哩阿吉の騎馬隊で、敵の騎馬隊が動揺しはじめた。歩兵と騎馬で押し包もうとしているが、麻哩阿吉は巧みに騎馬隊を動かし、包囲される寸前でうまく擦《す》り抜ける。何度もそれをくり返しているうちに、苛立《いらだ》ったように騎馬の全軍が動きはじめた。

「歩兵の陣を突っ切るぞ。突っ切ったら、すぐに馬を返し、乱れたところから崩して行く」

駈けた。騎馬の圧力に、歩兵だけでは抗し難い。敵を二つに割るように、駈け抜けた。すぐに馬を反転させる。一千騎ずつに分かれ、さらに突っ切る。歩兵は、できるだけ陣形を崩さないように、後退をはじめた。二里（約一キロ）ほどを押し、耶律休哥は馬首を回した。八千の騎馬が、一千を追い回している。一千はしっかり隊形を組んでいるが、八千はいくつかに分かれ、かなり乱れてもいる。四千で襲いかかって打ち落とすのに、それほどの時はかからなかった。

一里ほどのところに柵が作られ、観戦楼《かんせんろう》が組まれている。その前で、耶律休哥は騎馬隊の隊列を整えた。近づいてこようとする二万の歩兵を、二千騎で攪乱した。

残りの三千騎は、それを静観しているだけである。

観戦楼から鉦《かね》が打たれ、旗が揚がるのが見えた。

耶律休哥は、静かに兵を退げ、二里ほど離れたところで、下馬を命じた。

ようやく、陽が落ちようとしていた。

調練終了の旗が揚げられたのに、二度夜襲があり、二度とも打ち払った。

観戦武官の代表として、耶律奚低がやってきたのは、翌日の、すでに陽が高くなったころだった。

「いや、息を呑《の》むほどの見事さであった」

耶律奚低は、本陣の旗の下で床几《しょうぎ》に腰を降ろし、言った。

「耶律奚低将軍、夜襲とはいかなることでございますか？」

麻哩阿吉が、色をなして言った。耶律休哥は、笑ってそれを制した。

「いや、許せ。耶律斜軫とて、やりたくてやったわけではない。命令を受け、仕方がなかったのだ。でなければ、誰が夜襲などをかけようか。夜襲への対処も、見事であった」

耶律奚低は、ほほえんでいた。

「実は、蕭太后が、観戦されていた。ぜひとも、耶律休哥の軽騎兵を見たいと言われてな。夜襲も、蕭太后が命令されたことだ」

麻哩阿吉が、言葉を呑み込んだ。

「すべての将軍、文官の予測を、遙かに超えた闘いぶりだった。無論、蕭太后の予測されたこともだ」

「そうですか。蕭太后が観戦なされていたのでしたか」

「蕭太后のお言葉を伝える、耶律休哥将軍」

耶律奚低が、居住《いずま》いを正した。

「装備、糧秣《りょうまつ》、軍馬はもとより、軍営の位置まで、希望があれば申せ。そのほとんどは、許せる。そう言われた」

「まず、旗をお認めいただきたい」

誰の麾下にも入らない軍ということである。

「一年後には、任地を応州《おうしゅう》あたりに」

「なるほど」

楊家軍を敵とする。そう望んだことだった。そして、蕭太后もまた、同じことを望んでいるはずだった。

第四章　都の空

北からの軍馬が、四百頭、五百頭と届きはじめた。

一

六郎《りくろう》と七郎《しちろう》の希望を叶《かな》えてやったのだ。

北からの強い軍馬で、三千騎の騎馬隊を作りたい、という希望だった。楊家《ようか》の蓄えの半分以上を、楊業《ようぎよう》は費やすことをいとわなかった。遼《りよう》を敵とする以上、騎馬隊の充実は、不可欠だからである。

その指揮を、六郎と七郎に任せることを、ほかの兄たちも認めた。それぞれが、歩兵と騎馬の混成の部隊を指揮しているが、騎馬だけの部隊も必要だと、痛感していたのである。

楊家の軍費は、五台山《ごだいさん》を通じての、北への塩の道からの収入で賄《まかな》われている。それについて、宋《そう》軍のほかの将軍や、開封府《かいほうふ》の文官から異議や不平が出ていることは知っていたが、楊業は気にしなかった。

塩の道こそが楊家軍の独立性の基盤であり、帝《みかど》もそれを認めているのだ。

すでに六郎と七郎の兵は、馬の調教と騎乗の調練をくり返している。耶律休哥《やりつきゆうか》の軽騎兵と闘ったことが、六郎には大きな衝撃になっていて、七郎もいつかは闘ってみたい、と考えているようだ。

「父上、三千騎の調練を御覧になりますか？」

「いずれな。私は、開封へ行かねばならん。私が戻るまでに、精強無比の騎馬隊を育てておけ、六郎」

開封府の館《やかた》には、いま長男の延平《えんぺい》が詰めていた。充分に楊業の代りをやるが、帝からは楊業にしきりに呼び出しがかかった。

遂城《すいじょう》での戦《いくさ》をひと区切りとして、帝は民政に力を入れているようだった。国が富むことは、悪くない。しかし開封府の文官は、ともすれば北辺の守りを忘れがちになる。遼軍は依然として強力で、そして中原《ちゅうげん》に眼を据えているのだ。

それは、帝に直接話しておいた方がいい、と楊業は考えていた。開封では、平和が帝の眼を曇らせかねない。そして遼は、その時を待っている。

雁門関《がんもんかん》を要《かなめ》とする代州《だいしゅう》の守備は、問題がなかった。二郎《じろう》、四郎《しろう》、五郎《ごろう》の軍が中心となっている。三郎《さぶろう》は、延平とともに開封だった。

楊業は、館の自室に李麗《りれい》を呼んだ。三年前から、代州の城内の小さな家に囲っていたが、正妻の佘《しゃ》氏や娘たちが開封の館に移ったので、いまでは代州の館に入れている。

美しいという女ではなかった。美しい女に関心を持ったことが、楊業にはあまりなかった。芯《しん》が強そうに見える女。あまり華奢《きやしや》ではない女が、楊業のこれまでの好みだったと言っていい。

「明日、私は開封府へ出発する」

李麗は黙って頷《うなず》いた。

「私と入れ替りに、延平が戻る。なにかあれば、延平に相談するとよい」

李麗は、家族のいない娘だった。だから、頼れるのは自分しかいない、と楊業は思っていた。李麗の眼差《まなざ》しを、気に入っている。意志の強さを感じさせる、しっかりした眼差しだった。

「息子どもは、みんな無骨者《ぶこつもの》ばかりだが、延平はもののわかる男だ」

「お留守の間のことは、御心配なされませぬように。私は童《わらべ》ではございません」

「わかっているが、そう言われると淋《さび》しいような気もする」

「都でのお仕事は、戦ほどお命の危険はないのでございましょう？」

「それは、都にいるのだからな」

命の危険はないが、もっと煩雑《はんざつ》なことが多くあるだろう、と楊業は思っていた。廷臣と呼ばれる人間たちが、どういうものであるかも、楊業は知っているつもりだった。戦をしている方が、楊業にとっては遙《はる》かに気が楽なことである。

「都を見てみたいか、李麗？」

「いえ、特には」

「そうか。娘たちは、都と聞いただけではしゃいでいたがな」

李麗は、上の娘とはそれほど違わない歳《とし》だった。妾《めかけ》というより、娘に対するものと似た感情が、楊業にはある。それだけ歳をとった、という気もした。

供回りは三百騎で、王貴《おうき》を伴った。

廷臣の相手など、楊業よりも王貴の方がずっとうまい。人の言葉をそのまま信じない疑い深さも、若いころから持っていた。開封に楊業が貰《もら》った館から、廷臣の動向を届けさせているのも、王貴である。そういうことも必要なのだと楊業にはわかっていたが、どうにも好きになれないことなのだった。

宋という国は、文官の力が強かった。武官にあまり力を持たせない、という考えが帝にあるようだ。そんなことも、楊業にはどうでもよかった。政事《まつりごと》に野心を持ったことなどない。

ただ、文官は現実に遼が攻めこんでくるまで、危機を危機と認識しないところがある。だから軍人が帝のそばにいることも、大事なのだ。

「行軍とは言えぬな、これは」

「代州を出ると、もう戦地とは申せませんから。民の表情も、どこか穏やかではありませんか」

王貴は、具足《ぐそく》もつけていない。もともと、戦はあまり好きではないのだ。

「帝が、民政をまず第一に考えられているのは、賢明なことだと私は思います。国が豊かになるのは、民の力ですから。遼は、民を兵にすることによって、強力であり続けていますが、大きな無理があります」

「そこよ。国が疲弊《ひへい》してくると、他国を侵略して富を奪おうとする。宋も、民政にばかり眼をむけているわけにはいかんのだ」

「代州は、遼の動きを封じるのに、恰好《かっこう》の位置にあります。楊家軍の存在は、いまの宋にとっては大きなものである、と殿は自信を持たれていいのです。都では、禁軍《きんぐん》の将軍たちの、冷たい視線が待っているかもしれませんが」

そんなものは、戦場で撥《は》ね返せばいいことだった。帝を護《まも》る軍も無論必要だが、ほんとうの軍人は前線にいるべきだ、と楊業は思っている。だから、息子たちをあまり長く、都の華やかな空気の中に、置いておきたくはなかった。

代州と開封府の、通信の手段はたえず講じておかなければならない、と楊業は考えていた。そのための手配もしながら、行軍を続けた。狼煙台《のろしだい》を点検する。早馬が揃《そろ》っているかどうかも確かめる。それだけでは弱いので、音で伝えることができないかどうかも、楊業は考え続けていた。

太鼓では、あまり遠くまで音は届かない。火砲《かほう》の音であれば、狼煙台の倍の数で、なんとか届きそうだった。

火砲は、威嚇《いかく》にはなるが、実戦ではあまり役に立たなかった。風が強いと、狼煙は吹き飛ばされる。音も風で流されるが、いい方法が見つかるかもしれなかった。入れ替りに代州へ帰る、延平や三郎にも考えさせればいい。

開封の館に入ると、楊業はすぐに宮殿に伺候《しこう》した。

開封府の城郭《まち》も壮大だが、宮殿も壮大なものだった。太平興国寺《たいへいこうこくじ》などの寺も、開封府の中にある。

廷臣や武官の居並ぶ中で、帝に拝謁した。

「よく、北辺を守ってくれている。いずれ、朕《ちん》は燕雲十六州《えんうんじゅうろくしゅう》を、回復したいと考えているのだ。そのためにも、代州の守りは重要なものである」

「楊家軍をあげて、遼には寸土《すんど》も踏ませないつもりでおります」

拝謁は、儀礼のようなものだった。

終るとすぐに、別の部屋へ呼ばれた。帝と、数名の廷臣がいるだけだった。

「楊業に、都に留《とど》まるように言うのは、私のわがままかな?」

「そのようなことは、ございません。ただ、帝をお護りするために、禁軍があります」

「遼はやはり、わが国を狙《ねら》っておるか?」

「そういう国であります、遼とは」

「私も、遼に間者《かんじゃ》を放っておる。それも、かなりの数だ。いまのところ、わが国にむかう動きがある、という報告は入ってはおらぬ。私は、安心していたのだが」

「陛下、遼はたえず、中原を窺《うかが》っております。こちらに軍をむけてこない時は、兵に厳しい調練を課している、とお考えください」

「はっきりと、そういう動きがあるのかな、楊業将軍？」

廷臣のひとりだった。

「たとえば、耶律休哥という将軍がおります。軽騎兵のみで、五千。この軍は相当に強力であり、やがて代州に対応する位置に配されるもの、と私は思っております」

「しかし、わずか五千であろう」

「十万の軍の先鋒《せんぽう》にその五千がいるとすれば、たやすくかわすのは難しいのです。この五千のうちの二千とは、先年の遂城の戦で手合わせをいたしましたが、数万に匹敵する力を持っている、と私は感じました」

「耶律休哥は、遼国の蕭太后《しょうたいこう》にうとまれ、辺境に回されていると聞いた。それと、遂城の戦で闘ったのか、楊業？」

「はい。耶律奚低《やりつけいてい》の麾下《きか》で、遊軍として動いたようです。五千に増強されたのは、あの戦のあとです」

「楊業ほどの者が、それほどに言うのか」

「陛下、耶律休哥などという将軍が、遂城の戦に参戦していたという記録は、ございません。楊業将軍の間違いではないでしょうか？」

廷臣が、さらに言い募《つの》った。こういう廷臣には、北漢《ほくかん》の朝廷でもよく会った。

「耶律奚低の麾下にいた、と申しあげました。蕭太后にうとまれていたことも確かですが、ひそかに参戦したと思われます」

「わかった。憶《おぼ》えておこう、楊業。それより、今晩酒を酌《く》み交わしたい。八王《はちおう》も愉《たの》しみにしているようだ」

「はい」

通信手段の話。楊家軍に、三千の騎馬隊を作ろうとしている話。帝に話をしなければならないことは、多くあった。

いずれ機会がある、と思うしかなかった。自分は、宋ではまだ新参者《しんざんもの》である。こちらがじっとしていても、遼はやがて必ず侵攻してくる。そうなれば、耶律休哥の軽騎兵の存在もはっきりしてくるはずだ。

宴会は、二晩にわたって続いた。

最初の宴席には、八王をはじめとして、張斉賢《ちょうせいけん》、寇準《こうじゅん》などの文官が列席した。

帝は民政が好きらしく、愉しそうに喋《しゃべ》っていた。相国寺《しょうこくじ》の広大な境内に、月五回の市《いち》が立つ話をしていた。相国寺の周辺にも商家が並び、物の価がどれほどかという話に、花が咲いていた。確かに相国寺や太平興国寺は壮大で、乱世が統一された時から、繁栄を謳歌《おうか》しはじめたようだ。全国から、物資や人が集まってくる。

「汴河《べんが》の修復がはじまっているのだ、楊業。完全に修復が成れば、開封府は、南京《なんけい》応天府《おうてんふ》を経て、泗州《ししゅう》にまで繋《つな》がることになる。私も、南京応天府までは、陛下に随行して船で行ってみた」

八王が、眼を輝かせながら言った。

「国が富むのは、強くなることでもある。陛下のこのお考えは、ほんとうに正しいのだと、流域を見て思う。無論、国の護りは、軍人に働いて貰わなければならないが」

「私も、代州を出て、民を見ながらしみじみとそう思いました。北漢のころと較《くら》べると、民は生き生きとしております。さらに南下し、中原に入ると、この国を動かす基《もとい》の力は民なのだと、実感できます」

「北辺は、苦しいと思う。常に、遼とむかい合い、気を抜くことが許されないのだろうからな。遼の野心は中原にある、と私も思っている」

「まことに、その通りです、八王様。しかも遼は、軍の国です。民はみな兵である、と考えています。十五になると、男子は二年にわたって、兵としての調練を受けます。ですから民を徴集しても、それはすぐに調練を受けた軍になり得るのです」

「私も、それは聞いたことがある。軍の国か。宋は巨大だが、陛下が目指しておられるのは、民の国だ」

それが正しいのだろう、と楊業は思った。でなければ、国の意味もない。しかし、民がしばしば軍に蹂躙《じゅうりん》されるのも、否定できない歴史ではあった。

「相国寺の市は、明日開かれる。娘を連れて見に行ってみるとよいぞ、楊業。市には、人が欲しがる物が並んでいる。市を見ることで、民がなにを求めているかも、わかるところがあると思う」

八王は、聡明な公子だった。先帝の息子で、いまの帝の甥《おい》に当たるが、次の帝という声も軍人たちの間では耳にしたことがある。

「楊業将軍、ひとつよいかな？」

趙普《ちょうふ》という老臣が近づいて来て言った。

「なんでしょう？」

「楊業将軍も、宋の軍を率いるようになった。楊家が握っている北への塩の道も、そろそろ陛下にお返ししてはどうかな」

塩こそが、権力だった。だから宋では、朝廷を通して各地に売られることになっている。楊家が、北への塩の道を握っているのは、異例のことではあった。ただ、その塩の道の保証は、帰順の条件になっている。

「言われている意味はわかります、趙普殿。ただ、あの塩の道があってこそ、楊家軍も立ち行くのです。ひと握りたりとも、自らの安逸《あんいつ》のためには使っておりません」

「国には、国のやり方というものがある。宋では、陛下の名で塩を分配することになっているのだ。それには従った方がいい」

「それだけは、どうかお許しください。身命を賭《と》して、陛下には忠義を尽しますゆえ」

「よさぬか、趙普」

帝の声がした。宴席が静かになった。

「楊業は、私の代理で、北へ塩を送っている。それは私が命じたことでもある。密《みっ》州《しゅう》の塩は、一度開封に運ぶより、そのまま代州へ送った方が手間が省けるからだ」

帝は、楊業と趙普の話をよく聞いていたようだった。

「みなにも言っておく。楊業に軍費が必要なことはわかろう。それを都から運ぶ代りに、塩で替えているのだ。私が決定したことである。楊業は、それによって兵を養うのだ。誰も、異議を挟《はさ》むことは許さぬ」

帝が言ったので、楊業はほっとしていた。八王も笑っている。

「軍費を調達するのは、確かに文官の仕事ではあるが、こういうかたちがあってもいいのだ、と私も思う。陛下は、代州が常に前線であることを考えて、決定を下されたのだ、趙普」

八王が言った。趙普は不満そうだったが、それ以上は言わなかった。

文官と武官の対立が時々起きている、とは王貴から聞かされていた。その時に出る名が、趙普、張斉賢の文官と、武官の筆頭である潘仁美《はんじんび》だった。潘仁美は政事にも野心を持ち、それを文官が警戒しているということだった。

楊業は、文官にも武官にもつく気がなかった。帝の兵であり、帝のために闘う。楊家軍は、それだけでいい。

「明日、相国寺の市へ行ってみよ、楊業。いや、楊家の女たちは、もう行っておるかもしれんな。開封の館に入って、もう半年近くになろうから」

八王が話題を変えた。それで座は紛《まぎ》れ、また騒々しくなった。

「気にするな、楊業。文官、武官、それぞれに言いたいことを持っているが、楊家軍は、そのまま楊家軍でいい。陛下も、それを一番望んでおられる」

八王が、小声で言った。

「それより、楊家軍の調練に、私も一度加わってみたいものだ。一度楊延平にそう言ってみたが、とんでもないと断られた」

「私も、同じ言葉でお断りします。八王様」

「そうか、やはり駄目か」

「時には、死ぬ者も出ます。観閲されるだけなら、私がそばにおりますが。開封府には、三百ほどの兵しかおりません。代州で六郎延昭《えんしょう》と、七郎延嗣《えんし》が、三千の騎馬隊を育てております。この調練など、ぜひ観閲していただきたいものです」

「ほう、三千の騎馬隊を」

「これは、耶律休哥の軽騎兵と並ぶほどに育つと思います」

「白き狼《おおかみ》だな。遼軍きっての」

八王は、戦の話が好きだった。耶律休哥の軽騎兵のことは、誰かに聞かされているのかもしれない。

翌日の武官たちとの宴席にも、八王は出てきていた。文官の話とは、だいぶ違う。帝も、ただ耳を傾けているということが多いようだった。

曹彬《そうひん》、潘仁美、高懐徳《こうかいとく》などと並んで、呼延賛《こえんさん》の顔も見えた。

「遼軍が、北の土漠《どばく》で、大演習を行ったという話を、楊業殿は御存知か？」

高懐徳が、大声で言った。みんなが、しんとした。

「さきほど、陛下にも御報告した」

「なんでも蕭太后自らが観戦した演習だったと、私も聞いておりますが、詳しいことはまだ報告を受けておりません」

「二万八千の耶律斜軫《やりつしゃしん》の軍を、五千の騎馬隊が襲うという演習だったそうだ。五千の指揮官が、あの狼よ。白き狼」

「耶律休哥ですな」

「問題にならなかったそうだ。耶律斜軫の軍は、一日も陣を守ることができず、蹴《け》散《ち》らされたという」

蕭太后が自ら観戦したとなると、耶律休哥は正式に前線に戻って来ることになったのではないか、と楊業は思った。あれほどの武人が、辺境で兵の調練だけをしているというのも、敵ながら惜しい話だったのだ。

「耶律休哥の軽騎兵は、それほどに精強なのか、楊業？」

八王が、口を挟んだ。帝も、興味深そうに耳を傾けている。

「確かに。先年の遂城の戦では、その中の二千と楊延平が手合わせをいたしましたが、すさまじいほどの動きをするようです。これは、陛下には御報告申しあげましたが」

「耶律休哥が戦に出てきている。これは遂城の劉廷翰《りゅうていかん》殿からも報告が来ている。しかし、文官たちはそれを認めようとせん」

別の方へ話題が振れたので、楊業は黙っていた。高懐徳は、さらに文官の悪口を言い募り、呼延賛がさりげなくそれを制した。

「ところで、八王から聞いたが、三千の騎馬隊を育てているところだそうだな」

帝が言った。

一座の眼が、楊業に集まった。

「はい。北より良馬を買い入れました。調練は六郎延昭と七郎延嗣に任せております。六郎は、延平とともに耶律休哥の軽騎兵とぶつかり、驚きに打ちのめされたようです」

「三千か」

「これは、まったくの騎馬隊でございます。歩兵は一兵も入っておりません。そういう騎馬隊を育てるのが、楊家軍では急務であると考えています」

「数があればいい、というものではないのか?」

「はい。耶律休哥の軽騎兵は、きわめて迅速に移動し、予想外の動きをいたしますので、これに当たるには、騎馬隊のみでの調練を積んだ軍が必要であろうかと」

「そうか、そんなものか」

「陛下、遼という国は、決して中原を諦《あきら》めておりません。機会があれば攻め寄せるでありましょうし、ふだんから軍の強化に国を挙げております」

「国の強さとはなんであろうか、楊業？」

帝が、じっと楊業を見つめてきた。

「国が富むこと。民が豊かであること。これこそが国の強さである、と私は思っている。そしてそれは、民政によってなされることだ」

「はい」

「軍を否定するものでは、無論ない。国に武力は必要であるが、武力のためだけの国であってもならんのだ」

帝の考えは、楊業にはよく理解できた。立派な考えでもある。しかし一方には、国のすべては武力である、と考えている遼という国があるのも現実だった。そして遼は、宋を攻めようとだけ考えている。

「いつかは、楊家軍の騎馬隊を見たいものだ、楊業。私は、燕雲十六州を回復するという夢は、捨てていない」

「楊家軍は、陛下に命じられた戦をするだけです。その日のために、調練を重ねております。いつ命じられても闘える軍が、北辺には必要でございます」

帝が、かすかに頷いた。楊業はうつむき、杯に手をのばした。

高懐徳が、酔ってさらに遼の脅威を言い立てた。それを見つめている潘仁美の眼からは、表情は読み取れない。帝は、もう笑って聞いているだけだった。

散会すると、楊業は呼延賛とともに宮殿を出た。

「高懐徳は、正直な男なのです、楊業殿。肚《はら》の中にあるものを、全部吐き出してしまう。陛下も、それがわかっておられるから、笑って見ておられるのです」

呼延賛は、先帝のころからの生え抜きではなく、楊業と同じように、途中から宋に帰順した者だった。口調には、どこか親しみが籠《こも》っている。

「黙って見ていた潘仁美将軍は、実は内心では遼が攻めて来ればいい、と考えているはずです。それも、中原に迫るような勢いで」

「ほう、なぜ?」

「戦時になり、それが厳しくなればなるほど、文官の頭を押さえられるからです」

「しかし、それでは」

「民のことを、深く考えてはいない。自分の立場のことを考えているだけです。いずれ、楊家軍を利用しようともするでしょう」

「私は、陛下の命に従うだけだ、呼延賛殿」

「それで済めば、苦労はないのですがね。この国の文官と武官の対立は、表面に出ない分、陰湿なところがあります。それは、心しておかれた方がいい」

「忘れないようにします」

一礼し、楊業は従者が曳《ひ》いてきた馬に乗った。楊家の館は、旧曹門《そうもん》を出たところにある。開封府は、いわば内城《ないじょう》と外城《がいじょう》に分かれていて、宮殿などは内城にあった。内城だけでは足りず、広大な外城が築かれたのだ。それでも足りなくなり、城郭《まち》の外にも人家が拡がりつつあるようだった。

館に帰ると、楊業はすぐに着替え、寝室に入った。気疲れしているようだった。

庭の隅に造られた営舎では、まだ声がしている。延平らが、代州から来た兵の、歓迎の宴を開いているのかもしれない。時々、笑い声も起きているのが聞える。

二

楊延平にとっては、都の暮しは居心地のいいものではなかった。

あまり戦がうまいとは思えない将軍が、威を張っている。延平など、いつも呼び捨てにされていた。そんなことはどうでもいいが、文官にもまた口うるさくいろいろと言われた。城外へ調練に出ようとしても、許可を受けなければならないのである。

延平は、代州の荒野が懐かしかった。

父の代理だから、耐えていた。三郎はもう少し気楽で、相国寺の近くの妓館《ぎかん》に、馴染《なじ》みの女を作ったりしていた。

　父が開封府に来たことによって、延平は三郎を伴って代州へ帰ることになった。母や妹たちは、口では代州が懐かしいと言い、一緒に帰りたい素ぶりを見せた。しかし延平は、女たちが都の暮しが気に入っていることを、よく知っていた。代州には、開封府ほどのうまい料理屋もなければ、衣料や装身具の店もないのだ。月に五回開かれる相国寺の市には、女たちだけで毎度のように出かけていることも、延平は知っていた。

　女たちは、それでいいのだ。男は、ここで一年暮すと、骨抜きになりかねない。北から三千頭の馬を買い入れ、六郎と七郎が騎馬だけの軍団を作ろうとしていることを、延平は報告で聞いて羨《うらや》ましいと思った。できれば、自分でその騎馬隊の指揮をしてみたかった。しかし、これからも父の代理で開封の館にいなければならないことは、しばしばありそうだった。

　代州にある館より、遙かに豪奢《ごうしゃ》だった。それに意味があると延平は考えていなかったが、女たちはやはり気に入っている。それを責めようとも思わなかった。

　ただ、妹たちには、武芸を仕込んだ。女といえども、楊家では武芸は必要なのだ。八娘《はちじょう》も九妹《きゅうまい》も、その点では申し分なかった。薙刀《なぎなた》を執《と》ると、延平でさえたじろぐような腕を見せる。武芸を磨くことが、楊家の女の使命と思っているところもある。馬も、実によく乗りこなした。だから、延平は女たちに文句も言えないのだった。

父が兵三百を連れてきたので、延平は以前からいた三百を連れて帰ることにした。都の空気を吸った。それが、兵たちにどういう影響を与えたかは、まだわからない。

三百名のうち百は騎馬で、歩兵も重装備はしていない。行軍は楽なものだろうが、開封府と代州の通信手段を考えろと父から言われているので、代州に帰り着くまで時はかかりそうだった。

「延平殿、通信の手段はなにか思いついたのか？」

「光ですな、王貴殿」

「ほう、光か」

「方法は、ひとつが駄目な時もうひとつというように、二段構えの方がいいでしょう。ひとつは、父上が言われた通り火砲の音でいい。もうひとつが、光です。大きな銅鏡を備えて、反射させる。夜は、火を見せたり隠したりという方法で、大丈夫でしょう」

「中継所の数が、もっと増《ふ》えるかな？」

「地形さえ選べば、それほどでもないと思うのですが。とにかく、帰りはそれを測りながら進みます」

「そうか。通信はなんとかなりそうか」

「なにか、御懸念《ごけねん》でも、王貴殿？」

「直接、楊家軍には関係ないことなのだが」

王貴は、延平と並んで腰を降ろした。

「この国が文官によって統治され、したがってしばしば武官と対立する。それは、わかっておられるな？」

「まあ、しばらく開封におりましたから」

「遼が攻めてきた。激戦になった。それを代州から開封府に伝えても、文官たちは深刻に受けとめないかもしれん。文官の本能だろうが、銭倉《ぜにくら》の銭を減らしたがらないのだ。攻めてきても、国境の警備軍が打ち払う。どこかで、そう思っている」

「そのための警備軍だという頭が、文官にはありますからね」

「だから、情報が帝に届く前に、小さなものとして曲げられる可能性がある。これは悪意というのではなく、文官の本能がさせることだと言った方がいいかもしれん」

今後、その傾向が強くなるかもしれない、と王貴は考えているようだった。

宋による、河東路《かとうろ》の平定。続いて燕雲十六州への進攻と、大敗。翌年の、遼による遂城への二度の攻撃。戦が続いたが、今年になってから小康状態《しょうこう》になっている。それは、来年あたりまでは続くかもしれない。遼も、遂城の戦でかなり疲弊した。

事実、延平が開封府へ来た時は、まだどこにも戦時色があり、文官の間にも緊張が見られたが、半年とちょっとの間にそれは消えてしまっている。いま開封府には、平和ののどかさしかない。そしてそういう時には、文官と武官が細かいことで対立する。

「遼軍の国境への侵犯は、小さいうちにしっかり繕《つくろ》った方がいいというのが、殿のお考えなのですが、傷口が拡がらないかぎり、文官は真剣に考えないかもしれん」

開封府にいると、確かに北辺の国境は遠い。そこで戦があったとしても、まるで外国で戦闘が行われているとしか感じられないかもしれないのだ。

「事実を迅速に伝えるために、父上も通信の手段を考えておられるのだろうが」

「それさえも、無駄な出費と、文官には言われかねない。そして楊家軍の出過ぎた行為だと、武官には言われる」

「王貴殿の苦労が、大きくなりますね」

「まことに、この開封府には魔物が跋扈《ばっこ》している、と私には思える。戦の方が勝敗がはっきりしていて、わかりやすい」

自分は、父の代理ということで、なにか言われても黙っていれば済んだ。父はそういうわけにもいかず、勝敗のはっきりしない、剣さえも抜くことのない戦を、なんとか凌《しの》ぎきっていかなければならないのだろう。そばで支えるのは、有能な指揮官ではなく、すべてに眼が届く、この王貴のような男だ。

「それで、延平殿はいつ出発されます？」

「今日じゅうに、八王様や呼延賛将軍に御挨拶《ごあいさつ》をし、明日にでも」

心は残るが、代州の荒野に、やはり延平の思いは魅《ひ》きつけられていた。

延平は出発すると、二十里（約十キロ）おきに、軍を停《と》め、地形を調べた。

「三郎は、二十里遅れて進め。二十里隔《へだ》たっていても通信が可能かどうか、試しながら進む」

「銅鏡の光が届けば、夜の火も見えるのでしょうね、兄上？」

「それも、夜営の時に試す」

三郎は、代州に帰ることが、特に嬉《うれ》しそうでもなかった。都が、それほど居心地が悪いところではなかったのだ。楊家軍の部将で、楊業の息子ということになれば、禁軍の兵にも畏敬《いけい》の念で見られ、城内の妓館や酒店でもよくもてる。

「しかしなぜ、遼という国は戦ばかり仕掛けてくるのでしょうな、兄上。お互いに国境を侵さず、きちんと棲《す》み分けていれば、ともに国は富むと思うのですが」

「三郎は、宋という国が富んでいると思っているのだな？」

「それはもう。兄上も、相国寺の市の賑《にぎ》わいを御覧になったでしょう。戦で無駄なものを失わなければ、あれ以上の物資に恵まれるのです」

「人に勝ちたい。相手の国に勝ちたい。それも、性《さが》のようなものだろう」

平和が続けば、富むだけではなく、また別の問題が起きる。文官の力が強くなり、役人の意思だけが通るようになりかねない。そうなれば、上であろうと下であろうと、役人に袖《そで》の下を使わざるを得なくなる。そういう動きのようなものを、開封府にいて、延平はかすかだが感じていた。

「三郎は、都が好きか？」

「嫌いではありませんでした」

「代州へ戻れば、また調練の日々だ。あの都の繁栄を護るために、日々調練をくり返し、戦になれば命を賭《か》けて闘う。あんなものを護っているのかと、いずれは考えるような気がするな、俺は」

「調練には精を出しますよ。だから時には、都にも行かせて貰いたい、と俺は思います」

屈託なく、三郎は笑っていた。まだ若いのだ、と延平は思った。

開封府から代州まで、およそ千二百里（約六百キロ）はあった。二十里の距離で中継点を作っていくとしても、六十カ所は必要になる計算だ。

たとえそれが百カ所必要だとしても、作った方がいい、と延平は思った。

馬を替えながら駈けに駈けても、十日近くはかかってしまう。それが光を使った通信だと、ほぼ一刻《いっこく》（三十分）だと思えばいい。瞬時にして、北辺の情報は開封府に届くのである。一カ所に十名の兵を配置するとしても、たった六百で済むのだ。

夜の火を使った通信も、二十里だと問題なく届く。ただ豪雨や砂塵《さじん》の舞う嵐だと、届かない可能性がある。靄《もや》も、視界を遮《さえぎ》るだろう。それを補助する手段として、火砲の音を使えばいい。

行軍ではほぼ十日の行程だが、二十日以上の日数をかけて、延平は代州に戻ってきた。

すぐに、雁門関《がんもんかん》の巡視に回った。そこが、代州守備の中心である。

四郎の軍三千が駐屯していた。

応州《おうしゅう》に遼軍の動きがあったので、二郎と五郎が一万を率いて、大石寨《たいせきさい》と茹越寨《じょえつさい》の間に展開しているという。そういう情報も、雁門関に来るまで、はっきりとわからない。

「際限がありませんな、兄上。遼軍は、いつでもどこでも攻撃の構えを見せる。しかし宋軍は動こうとせず、対処するのはわれわれだけです」

無気力な四郎の喋り方だった。それに二郎などは腹を立てたりするが、ほんとうは無気力なわけではない。戦の指揮をやらせても、冷静だが果敢というところもあった。

兄弟の中では、暗い性格が際立《きわだ》っている。そして、自分の考えはいつも内に秘めたままだ。父は、それもまた認めていた。

「おまえは、ここでのんびり構えているわけか、四郎？」

「馬鹿馬鹿しいでしょう、相手の瀬踏《せぶ》みにつき合って兵を動かすのも」

確かに、遼軍の動きは瀬踏みで、こちらの動きを試しているのだ。

「二郎は、なんと言った？」

「もし戦になったら、雁門関の軍で側面を衝《つ》けと。俺も、その準備はしています」

荒武者を絵に描いたような二郎や五郎と、四郎があまり合わないのはわかっていた。いつも冷静すぎるのである。部将同士で、意見が合いすぎるのも、危険ではあった。ひとつの方向にむかい、別のものを見落としてしまうからだ。

それでも二郎や五郎は、四郎のもの言いに舌打ちして兵を出したのだろう。昔はよく、四郎を殴《なぐ》っていた。いまそうしないのは、結果として四郎が正しかったことが多かったからだ。

延平は、四郎の話をよく聞いてやる。

北漢を見限って宋に帰順しようという時も、四郎だけは考えが違った。そして、それを知っているのは、延平だけである。

北漢を見限るのではなく、押し潰《つぶ》すべきだと、四郎は言ったのだ。北漢を潰して、河東路を制圧する。その間は、遼と結んで、東西の河北路《かほくろ》を狙う構えを取って貰う。宋軍は、北京大名府《ほっけいたいめいふ》を中心として、河北に厖大《ぼうだい》な兵を出さざるを得ず、河東路を楊家軍が制圧するのはたやすい。

そして河東路で十数万の兵を養い、まず宋を攻めて中原を奪《と》る。それから先、遼と結ぶか闘うかは、情勢を見て決めればいい。

つまり、四郎の眼は天下を見ていたのだった。北漢のだらしなさを考えれば、不可能とは思えなかった。そうすべきだという思いが、延平の心のどこかにもあった。

北漢では、楊家軍は傭兵《ようへい》扱いであったし、宋に帰順しても、外様《とざま》の軍閥にすぎないのはわかっていた。

しかし、父はそれを認めようとはしなかったはずだ。できるかできないかではなく、生き方の問題だったのだ。父は、どこまでも軍人であろうとし、戦場こそが楊家の生きる場所だと考えていた。それは、いまも変っていない。河東路の制圧は、軍人の戦ではなく、新しく国を建てるための、覇権の戦にならざるを得ないのだ。そういう戦を、父が考えるはずもなかった。それは父の純粋さであり、美徳と呼んでもいいものだが、四郎はそれを、男としての小ささだと言い放った。

楊家が命運を賭けるとするなら、確かに四郎の言うことが正しかった。同じ考えを、王貴も持っていた気配がある。しかし、父がいての楊家だった。父が、楊家のすべてだと言ってもいい。父は、北漢を見限るのさえ、ずいぶんと躊躇《ちゅうちょ》したのだ。

父は、覇権を求め、国を建てていくような種類の人間ではなかった。王の持つ残酷さや非情さとは、およそ無縁の人間であり、それを延平は男として小さいとは決して思わなかった。

「六郎や七郎は、どうしている」

延平は話題を変えた。

「毎日、飽きもせずに馬に乗っています」

「おまえの、その皮肉な口調はどうにかならんのか、四郎。世の中で、決しておまえひとりが正しいのではないぞ」

「はい」

延平に対して、四郎は素直なところがある。四郎の母が死んでひとりになった時、延平は毎日四郎と一緒に寝、一緒にめしを食った。四郎は五歳の時に母を失い、そのころ十歳だった延平には、まだ母がいたのだ。延平は、五年も四郎と同じ部屋で暮した。

四郎の母は代州に流れてきた遊妓《ゆうぎ》で、父に囲われ、四郎を生んだ。延平の母は、四郎が館に入ってくるのを必ずしも歓迎しておらず、時にはつらく当たった。

三郎以外の兄弟は全員母が違ったが、なぜか四郎だけが受け入れられなかったのだ。それに同情したというだけでなく、延平は四郎を嫌いではなかった。

「六郎と七郎が育てている騎馬隊を、おまえはどう見ている？」

「精強になりつつあります。いままで、楊家軍にはいなかった騎馬隊でしょう」

「それほどになったか」

「兵も選びましたが、馬がいい。北の馬は、やはり違います」

「耶律休哥の軽騎兵とぶつかってみないことには、ほんとうの実力はわからんな」

「耶律休哥は、こっちへ来るんですか、兄上？」

「多分、遼は楊家に耶律休哥の軍を充《あ》てようとしてくる、と俺は思う」

「そうですか」

「嬉しそうではないか、四郎」

「騎馬隊に騎馬隊で当たる。これは確かにひとつのやり方ではありますが、利巧《りこう》とは言えない。犠牲が出るでしょうから。精強な騎馬隊ほど、かかりやすい罠《わな》がある、と俺は思います。じっくり考えてみますよ」

「そんなに甘くはない、耶律休哥は」

それから延平は、楊家軍の配置の報告を受けた。軍の情報はすべて、代州の館か、雁門関に集まることになっている。

全体から見ると、やはり二郎と五郎がかたまりすぎている。二郎を雁門関に呼び戻すように、延平は命じた、遼軍全体が南下してくる気配は、いまのところないのだ。

「ところで、おまえにひとつ言っておこう」

「なんでしょう？」

「確かに、おまえはうまい戦をやる。おまえと較べると、六郎など見るも憐《あわ》れなほど戦下手《べた》で、俺も頭を抱えたものだ。いつも、考えすぎていたのだ。しかし、ある時、それを突き抜けた。すると、果敢な戦ができるようになった。なんと言っても、人望がある。兵は、六郎のためなら踏ん張ろうと思うのだ」

「俺は、人望がありませんか？」

「ないな。だから、ぎりぎりのところでは、六郎に負ける。おまえのために死のうとする兵が、何人いるのだ？」

四郎がうつむいた。四郎は、あまり兵に関心を示さない。いつか死ぬかもしれない、と思っているからだ。その時に苦しまなくてもいいように、日ごろから兵と親しもうとしない。やさしさと臆病さがないまぜになったものを、四郎は抱えていた。

「しばらく、考えてみろ、四郎」

四郎は、うつむいたままだった。自分が、一番よくわかっていることだろう。延平は、軽く四郎の肩を叩《たた》いた。

三

馬はいい。しかし、兵の呼吸がなかなか合わない。

六郎は苛立《いらだ》っていた。どこをどう見ても、耶律休哥の軽騎兵の動きには及ばない、としか感じられないのだった。

考え得るかぎりの、調練を課している。すでに、楊家軍のほかの騎馬隊より、ずっといい動きをするはずだ。それでも、なにか足りない。調練を重ねることで、解決することなのか。それとも、実戦が必要なのか。

七郎は、兵の動かし方がうまい。特に、騎馬隊の指揮になると、非凡なものを感じる。しかし、七郎にもなにか足りない。三千を千五百ずつに分け、ぶつかり合ってみても、耶律休哥の軍に感じたような、圧倒的な迫力がない。

「耶律休哥の軍とも立派に闘える、と私は思いますが」

柴敢《さいかん》は、何度も同じことを言った。

六郎は、返事をしたことがない。なにかが足りないと感じていることを、うまく言葉で説明できなかったからだ。

七郎は、幕舎《ばくしゃ》では眠っていることが多かった。話し合おうにも、調練だけで精一杯という感じなのだ。楊家軍の調練はもともと厳しいものだが、六郎はその二倍もの調練を課していた。兵の中にも、倒れる者が続出しているが、やめようとは思わなかった。

兵の一瞬の判断。指揮の巧拙《こうせつ》とは違う、ひとりひとりの資質が問題なのか、とも思えた。

都にいたはずの延平が、二十騎ほどを連れてやってきたのは、そういう時だった。

「悪い癖を出しているな、六郎」

顔を見ると、延平はすぐにそう言った。

「悪い癖？」

「そうだ。おまえをひと眼見てわかった。また考えすぎているな」

「兄上。相手はあの耶律休哥の軽騎兵なのですよ。考えても、考えすぎということはありません」

「そこが、考えすぎなのだ。実は、俺の考えではない。六郎が考えすぎないように、と父上が言われたことだ」

考えすぎて、調練ではいつも判断が遅れた。その自覚はある。しかし、今度の場合は、まるで違うのだ。耶律休哥の軽騎兵と、実際にぶつかった。その動きの鮮やかさ、速さ、巧《たく》みさ、すべてが自分の肌に残っている。傷さえも受けたのだ。

その耶律休哥の軍を想定して、騎馬隊を動かしている。そして、遠く及ばないと痛切に思う。いくら父が心配し、兄がそう言ったからといって、今度ばかりは納得がいかない。頭ではなく、肌がそう言っている。

「不服そうだな、六郎」

「今度ばかりは、考えすぎているとは思えません。俺は実際に、耶律休哥の軍と闘ったのですから」

延平は、ただ笑っていた。

馬を見て回る。三千五百頭いる。五百頭は、戦場での損耗《そんもう》に備えたものである。兵数も三千二百。二百は予備の兵力であり、軍営の設営や馬の世話、兵の食事などを担当していた。延平も、馬を見た時はさすがに感嘆の声をあげていた。

幕舎に戻ると、行軍の調練に出ていた七郎が戻っていた。四列縦隊で、一番右の列の者が、馬の間を縫って左へ移る。それをくり返す調練で、誰かが気を抜くと、とたんに隊列が乱れる。

「痩《や》せたかな、七郎？」

「顔と躰《からだ》はです、兄上。尻のところの皮は、ずいぶんと厚くなりました」

延平が、七郎の背を叩いた。

「馬を大事にしているようだな。それはいいことだ」

七郎は、戻ってきた時の馬の世話は、兵にやらせる。休ませるのは、それからだった。

「耶律休哥の軽騎兵というのは、どんなものなんですか、兄上。六郎兄上の言うことを聞いていると、この世のものとも思えません」

「明日、おまえたちの調練を見せて貰おう。俺も、耶律休哥とは闘った。きちんとした眼で、較べてやろうではないか」

「これ以上はない、という動きをします、わが騎馬隊は」

延平を驚かせてやれる、と七郎は思っているようだ。しかし、やはりなにかひとつ足りない騎馬隊なのだ。

陽《ひ》が落ちた。幕舎の前で、何カ所か火が燃やされている。薪《たきぎ》を集めたり、火を燃やしたりすることは、予備の兵がやる。調練に出た兵は、見張り番の隊を除いて、糧食をとるとすぐに眠ってしまう。夜、兵が起きていられるほど、甘い調練はしていない。

「明日、輜重《しちょう》隊が来る」

幕舎の中で、延平が言った。

「なにを、運んでくるのですか?」

「おまえらに、必要なものだ」

七郎は、もう眠りこんでいた。延平も横になった。六郎は、一度幕舎を出て、陣内の見回りをした。馬は、静かにしている。見張りの兵は、居眠りなどはしていない。そういうことを確かめてから、六郎は幕舎に戻り、横たわった。

騎馬隊に足りないものはなんなのか。眠りに落ちる前に、しばしそれを考えた。

翌朝、陽が昇るのと同時に出動した。

五里(約二・五キロ)の距離を置いて、草原に陣を二つ取った。ともに、小高い丘陵である。三千騎は、二つに分けていた。半分を、七郎が指揮している。

いわゆる、平場の騎馬戦である。騎馬の力が最も生きるし、またその力が隠しようもなく剝《む》き出しになる。

持っているのは武器ではなく、調練用の棒だが、七郎の隊はすでに実戦のような気を発していた。五百騎ずつ、三隊に分かれて草原に出てくる。

六郎は、千五百を同時に出した。

駈けた。七郎の三隊はさらに小さく分かれ、横に拡がった。六郎は縦列の合図を出した。七郎の騎馬隊の真中を、縦列の騎馬隊が突っきって行く。反転した。その時、六郎の騎馬隊は、百騎ずつ十五に分かれていた。七郎の騎馬隊は、再び三つに戻った。入り乱れる。しかし、ほんとうの隊形は、お互いに崩していない。乱れ馳《は》せ違えば、きれいに元の陣形に戻っている。

今度は、六郎が隊形を六つに分けた。騎馬の陣は、変幻である。決して、停止して陣形を組んだりはしない。七郎は千五百が一隊になっていた。

ぶつかる。六、七十騎を叩き落としていたが、七郎は全軍で一隊を囲み、全滅させた。調練では、馬から落ちたら戦死と見なされる。六郎の隊が、二つにまとまった。ひとつにまとまっている七郎の隊を、両側から突き崩していく。五十騎単位で七郎の隊が四つ離脱し、蠅《はえ》のようにうるさく駈け回った。

お互いに退《ひ》く。ともに、千二、三百に減っている。さらにぶつかり合いをくり返した。

最後の二百ほどになった時、延平の中止命令が出た。

死んだ兵。つまり馬から落ちた兵は、次の調練の場所まで、馬を曳《ひ》いて走ってくる。

十里（約五キロ）ほど駈けた丘陵の斜面で、今度は、千五百を一切《いっさい》分けずにぶつかり合いをやった。力と力の押し合いである。丘陵の斜面をうまく使った方が、有利になる。わずかに、六郎が優勢だった。二刻《にこく》（一時間）押し合いをやり、斜面の上に回りこむことに成功したのだ。

七郎が、兵を叱咤《しった》している。

さらに十里駈け、調練を続けた。水も、食いものもない。それが口にできるのは、調練が終った時である。

陽が落ちる前に、陣営へ戻った。

輜重隊が到着していた。

兵たちに、馬の世話をさせる。六郎も七郎も、それは例外ではなかった。

「いい騎馬隊だ」

幕舎の前に腰を降ろしていた延平が言った。ほほえんでいるが、ほかにも言いたいことがありそうだった。やはりなにかひとつ足りない騎馬隊だ、と六郎は思っている。

「動きは、実に速い。しかし、精気に欠けるな、六郎」

足りないものがそれなのか、六郎は束《つか》の間考えた。

「おまえは、やはり考えすぎだ。明日一日、調練は休むことにしろ」

なにを言われているのか、六郎にはよくわからなかった。

「明日は、遅くまで眠り、朝餉《あさげ》のあとは川で躰を洗う。全員がだ。それから、馬も洗ってやれ。それが終ったら、全員で宴《うたげ》の準備に入る」

「宴ですと、兄上。どういうことです？」

「おまえは、なにも考えるな、六郎。なにも考えず、言われた通りのことを、兵たちに伝えて来い。輜重隊が、酒をたっぷりと運んできた。羊も、十頭いる。ほかにも、いろいろと持ってこさせているぞ」

「承服できません。俺は、兵を鍛えるためにここに来ているのです」

「こわい顔をするな。肩から力を抜け、六郎」

延平の大きな手が、六郎の顎《あご》を摑んだ。

「一日だけ、俺の言う通りにしてみろ。馬も谷間に放してやるのだ」

六郎は不満だったが、延平の大きな手に、ぐいぐいと力が籠《こ》められてくる。六郎は、かすかに頷いた。延平の手が、ようやく放された。

昔、延平によくこうやって叱《しか》られた。時には、なぜ叱られているかもわからないことがあった。しかし延平は、そうやって六郎に言うことを聞かせてきたのだ。

延平に言われた通りのことを六郎が兵たちに伝えると、大きな歓声があがった。ひとりぐらいなにか言うのではないかと思ったが、七郎まで手を叩いて喜んでいた。

翌朝になった。

みんな用意された朝食をとると、川へ行って躰を洗いはじめた。嬉々《きき》としている。六郎も仕方なく、川の水で躰を洗い、ついでに馬も洗ってやった。馬は、気持よさそうにしていた。

薪が大量に集められ、まだ陽が高いうちから、盛大に火が燃やされた。延平は羊を殺し、血を容器に取り、羊の巻いた毛を火で焼きはじめた。

「楊家軍の野戦料理を、これから俺がおまえたちに教えてやる。一度食うと、思い出すたびに涎《よだれ》が出るぞ」

すっかり毛が焼けてしまった十頭の羊の腹を、延平は小さな刃物で裂いた。肝《かん》の臓だけは大鍋《おおなべ》に取り分ける。まだ羊の腹の中は生で、内臓はすべて掻《か》き出された。その内側に塩が薄く塗られ、内臓の代りに野菜やにんにくが詰めこまれた。生のままの米も、相当な量が入れられた。延平は、羊の腹の裂け目を、細い紐《ひも》で縫い合わせた。肛門《こうもん》や、首の傷も縫われた。

途中から面白くなり、六郎はそばで覗《のぞ》きこんだ。焚火《たきび》の上に、長い丸太が三本組まれ、上から羊が火の上にぶらさげられた。

ほかのところでも同じことが行われていて、十の焚火に十頭の羊がぶらさがった。

兵たちは、思い思いに打身《うちみ》の手当てをしたり、談笑したりしている。

いい匂《にお》いが満ちてきた。羊の腹に詰めた野菜にまで、熱が通りはじめたのだろう。脹《ふく》れあがっていた羊の腹も、いくらか縮んだ感じになってきた。

大鍋がいくつか並べられ、血と肝の臓が一緒に煮こまれた。そこには、山椒《さんしょう》の実を擂《す》り潰《つぶ》したものも、大量に入れられている。

所在なくなり、六郎は馬が放されている谷間の方へ行った。谷は行き止まりで、入口に十人ほどの見張りがいれば充分だった。草は、すでに枯れた色になりかかっている。それでも、馬はのんびりと草を食《は》んでいた。

岩に腰を降ろした、七郎の姿があった。馬になにか語りかけている。

「やあ、六郎兄上が来た」

近づくと、七郎が言った。馬は、岩の上の七郎に顔を寄せて、じっとしている。

「いま、六郎兄上の話をしていた」

「ほう、なんと？」

「恨んではならんぞと。おまえを強い馬にしたくて、六郎兄上は厳しくするのだけではない。


と。だから苦しくても耐えろと」

「おまえも、苦しいのか、七郎？」

「俺は楊家の男だから」

　兵たちは苦しいのだ、と七郎は言っているようだった。兵は、楊家の男というわけではない。

「おまえは、よく馬と語るのか？」

「当たり前でしょう。俺を乗せて駈けるんだから。六郎兄上は、よく兵たちと語り合っていた。立派だと思って、俺は見ていた。だけど、騎馬隊の調練では、ほとんど兵と語ろうとしない。いつも塞《ふさ》ぎこんでいて。耶律休哥のことがそんなに気になっているのだろうか、と柴敢に訊いてみたけど、ちょっと違うかもしれないと言っていたよ」

　六郎は、岩に登って、七郎と並んだ。六郎の馬も、呼ぶとやってきた。

「ここまで、うまそうな匂いがしてくる。楊家軍の野戦料理か」

「俺は、馬と語ることも忘れていたよ、七郎」

「それでも、馬は六郎兄上を慕っている」

　七郎が笑った。六郎は、馬の鼻面《はなづら》に手をやった。眼が悲しそうだと思った。

「馬も生きものだから」

七郎が、両手で馬の首を抱くようにした。

「乗る人間を慕わなくちゃ、馬鹿馬鹿しくて走っていられないさ」

「そうだな」

六郎は岩に寝そべり、流れる雲に眼をやった。しばらく、そうしていた。

集合の鉦《かね》が鳴った。

「行こう、兄者。羊が焼けたんだ」

はしゃぐように七郎が言い、岩から跳び降りた。

兵たちは、眼を輝かせて集まっていた。

「みんな、調練は苦しかったと思う」

延平が、兵に肩車をさせ、大声で言った。

「強くなければ、戦場で死ぬ。だから六郎は、心を鬼にしたのだ。おまえたちを、無駄に死なせたくないからだ。おまえたちは、強くなった。馬も鍛えられた」

六郎は、足もとに眼を落とした。

「俺は、六郎から頼まれたものを持ってきた。そして、頼まれるまま、楊家軍の野戦料理を作った。これを食う資格が、この調練に耐えたおまえたちにはある」

兵たちが、歓声をあげた。耶律休哥のことしか考えていなかった自分を、六郎ははじめて恥じた。

まず、酒が配られた。幕舎の前の卓にも、三人分の酒が運ばれた。

はじめに食うのは、肝の臓を血で煮こんだもので、山椒が利《き》いていた。汗が噴き出してくるほどだ。食欲は刺激される。

延平が合図をすると、羊が降ろされ、解体されはじめた。

肋《あばら》のついた肉が、運ばれてきた。思わず、六郎はそれにむしゃぶりついた。

「うまい、これは」

解体する時、やはり山椒が少し振られていた。七郎は、ものも言わず口を動かしている。腹に詰められた野菜と米が運ばれてきた。それも、躰にしみこむようにうまかった。

方々で、兵たちの笑い声が起きた。酒も肉も、たっぷりある。

「六郎様、俺はこの調練に耐えて、よかったと思っています。楊家軍の野戦料理を食う資格が貰えたんですから」

酔った兵が、そばへ来て言った。涙を流していた。そんな兵が、夜更けまでに何人も来た。方々で、歌がうたわれている。

六郎は、肉を、米を、嚙《か》みしめた。

「なにか、いままでわからなかったものが、わかってきたような気がします、兄上」

「そうか。それはよかった」

「まだ、はっきりと見えてはいないのかもしれませんが、兄上にも、七郎にも、兵たちにも、いろいろ教えられたような気がします」

「俺など、おまえの歳では、父上について行くだけで精一杯だった。よくやっていると思う。七郎もだ」

陣営は、少しずつ静かになってきていた。兵たちも、やはり疲れているのだ。

翌朝、夜明けとともに六郎は全軍を集合させた。

また、調練の日々のはじまりである。

草原に出て行った。風が吹いている。しかし、陽の光はまだ暖かかった。

「気を抜くな」

六郎は大声を出した。兵たちの動きが、いままでとまるで違っていた。なにかが見えた、と六郎は思った。

四

延平と三郎で考え出した、光の通信は悪いものではなかった。夜でも、火を使って通信はできるのだ。

六十カ所の中継所で、それが可能だという。

すでに、三郎が中継所の建設場所に、杭《くい》を打ちはじめていた。しかし、これは楊家軍のものではなく、宋軍のものなのだった。

楊業は毎日役所へ行き、文官との話を詰めた。一カ所に兵十名の駐屯で、六百名が必要になる。これは最低の数で、保守と防備を同時に考えれば、二十名にしたいところだった。

ひとつのことを進めるのにも、なかなか上へあがらない。業《ごう》を煮やして、楊業は直接、上層部との話をはじめた。張斉賢とも趙普とも牛思進《ぎゅうししん》とも、話をした。

みんな話は聞く。しかし、答は別なのだった。考えておく、という答しか返ってこない。本気で、北辺の防備を考えているのか、と問いつめたくなるほどだったが、楊業はこらえていた。戦場ではない。判断がひと月ふた月、いや一年二年遅れようと、役人はなんの痛痒《つうよう》も感じないのだ。

いざとなれば、八王か、あるいは帝に直接奏上しようという気になった。しかし、中継所の建設を考えれば、まず役人の方から声があがった方がいいのだ。建設に費用がかかるし、中継所の兵を養う方策も立てなければならない。そういうものの権限を持っているのは、役人だった。

時々、呼延賛と会った。

通信の中継所については、呼延賛も絶対に必要だと認めていた。楊業が、文官を説得しようとしていることも、正しいと言った。すべてが帝からの下命ということになれば、文官は、どこか見えないところで反撥《はんぱつ》し、妨害もしかねない。

建設するならば、戦が途絶えているいまだった。乱世を統一したこの国にとって、現在の最も大きな脅威は、外へむかおうとする遼なのだ。しかし、戦が途絶えていれば、文官たちは平和という認識しか持たない者が多かった。

どれだけ膝《ひざ》を交えて喋っても、そうなのだ。戦は、それが起こった時に軍が対処すればいい、という考えは文官の頭にしみついていた。

「あまり、苛々《いらいら》されますな」

見かねて、王貴が宥《なだ》めた。

「これだから、都は好かん。北漢の時もそうであった。太原府《たいげんふ》へ行くと、いつも虫酸《むしず》が走ったものだ」

「文官は、多分、一カ所の防備ではなく、国というものを全体で捉《とら》えるのでしょう。そうして見れば、文官がなさねばならぬことは、この国には多すぎるのです。やっと、すべてを統一したというところですから」

「だからこそ、他国の侵略には備えるべきではないか」

張斉賢は、汴河《べんが》の修復が急務なのだ、と言った。趙普は、丞相《じようしよう》（首相）として、南も西も大事であり、国の事業の何番目かに中継所建設を加えようと言った。

少しずつ、文官も楊業の考えに理解は示しはじめた。しかし、いかにものんびりとし過ぎている。

遼は、攻めると決めれば、すぐに攻めてくるはずだ。民政などより、ずっと軍事が優先している。しかし文官は、遼とて宋と同じように国造りをしなければならないと考えている。

「寇準殿と、もう少し詳しい話をしてみたらいかがです」

ある日、呼延賛が言った。

「中継所の建設がどれぐらい急務なのか、この間気にしておられた」

寇準は、まだ若いが、将来は丞相が確実だろうと言われている文官だった。親しく語り合ったことはないが、楊業は役所ではなく、寇準の館に面会の申し入れをした。役所では、面会ができるまでに、時がかかりすぎるのだ。

寇準からは、夜ならいつでも、という返答が来た。

返答が来たその夜に、楊業は王貴ひとりを伴って、寇準を訪ねた。高官にしては、質素な館だった。

「楊業将軍の御訪問を受けるとは、これはまた光栄の極みです」

文官のいつもの挨拶で、楊業は失望しかかった。しかし、寇準の顔は、すぐに真剣なものになった。じっと楊業を見据えてくる。

「楊業将軍、すぐに本題に入りたいのですが、通信の中継所の話ですな」

「その通り」

「国家にとって、必要なものは多くあります。中継所の建設を優先しなければならない理由を、おっしゃってください」

「戦の損失は、国にとって大きなものでしょう。それをできるかぎり少なくするために、通信の迅速は欠かせません」

「それは、理解できます。しかし、ただでさえ軍費がかかりすぎている。そういう現状もあるのです」

「もっと、軍費はかかります、戦が激しくなれば。遼は、軍政の国家です。それを民政の眼で見ても、なにもわからないと思います」

「つまり、甘い？」

「この国で、十五歳以上の男子を、すべて兵にできますか。できるのならば、中継所の必要もないでしょう。兵力で圧倒してしまえるのですから」

「兵力は、かなり上回っているはずです」

「全体の兵力は。しかしこの国は、西にも南にも備えなければならない。遼は、この国だけを敵と見なせるのです。私は軍人だから、つまらぬ言辞《げんじ》を弄《ろう》したくない。

北辺の兵力は拮抗《きっこう》しています。そして、戦になれば、最後は負けます」

「ほう。楊業将軍が、負けると言われるか」

「たとえば、私とあなたがここで決闘をする。多分、私が勝つでしょう。私は戦のために躰を鍛え、日々武芸の腕をあげようと努力しているからです。あなたがここに罠《わな》を仕掛けていれば、一度ぐらいは負ける。しかし、二度目、三度目には、必ず勝つ」

「兵の練度が違う、と言われているのですな」

頭の回転は、さすがに速い。理解する能力も、老人たちよりずっと上だ。楊業は、寇準を見つめ膝を乗り出した。

「楊家軍でさえ、負けますか？」

「負けます。楊家軍の兵力は、三万に満たない。ただ、ほかの軍が三日しかもたないところを、三カ月はもちこたえられます」

「宋軍は、やはり強くはないのですね。かつて楊業将軍が北漢におられた時、三万に満たぬ軍を、十万で抜けなかった。先帝の時も、いまの陛下の時も」

「はっきり言って、禁軍は懦弱《だじやく》です。まあ、それはいい。宋軍が遼に勝《まさ》っている点は、かなり兵力が多いということだけです。それを生かすしか、遼の攻撃に耐える方法はないと思います。そして、兵力を生かすためには、迅速な通信なのです」

寇準が、眼を閉じた。たったこれだけのことだ、と楊業は思った。通信の中継所があるだけで、戦で失われるものの、かなりの部分を救える。

「安いものですな」

眼を開いた寇準が言った。

「通信が整備されることで、戦の拡がりを防げるのならば、中継所の建設など安いものだ」

「私は、ずっとそう言い続けている」

「丞相府でも、楊業将軍の言われることについて、議論はされていないのですよ。必要だと理解もされています。しかし、緊急性が理解されていないのです」

「戦は、規模がひとつ大きくなれば、二倍以上、軍費が増えます」

「まさに、われら文官も、それについては身にしみています」

これ以上、寇準には言う必要はないだろう、と楊業は思った。これだけ理解しても、実現に動かないのなら、それもまたこの国の姿なのだ。

寇準は、しばらく交通路や輸送の話をした。話が潰《つい》えた時の、言い訳をあらかじめしている、というふうには思わなかった。交通路は必要であり、物資の輸送が盛んになれば、国が富む。それは、楊業には理解できることだった。そして文官は、国を富ませるために心を砕いている。寇準が、じっと楊業を見つめてきた。

「いい機会なので、軍人としての楊業将軍のお考えを聞きたい。無論、この場だけのことで、他言はいたしません」

「なんでしょう?」

「陛下は、燕雲十六州を回復することを、悲願としておられる。これは可能でしょうか?」

楊業は、腕組みをした。難しい質問だった。この国のありようにも、大きく関《かか》わることだろう。

「一時的に回復することは、不可能ではありません。あくまで一時的で、恒常的に回復するのならば、あの地に二十年間、二十万の軍を駐屯させられるかどうか」

「無理です」

言下に、寇準が言った。

「十万でさえも、無理でしょう。もう一方で、陛下が考えておられる、国を富ませることを同時にやるのだとしたら」

「ならば、いまの国境を守り抜くことです。別なことで、遼が疲弊することもあるかもしれない」

「しかし、陛下の悲願なのですよ」

力無く、寇準が笑った。

楊業は、しばらく遼の騎馬隊の話をして、寇準の館を辞去した。

丞相府で、それからどういう議論になったたか、楊業には知る由《よし》もなかった。楊業が寇準を訪《おとな》ってから五日目に、丞相府から通信の中継所の建設案が、帝に上奏された。

その翌日、帝の許可がおりた。

「文官も、捨てたものではないな」

北漢の宮廷とは大違いだ、と楊業は思っていた。王貴は、冷静な表情をしていた。

「いつもこうとは、かぎらないと思います。寇準という文官は、私も買いますが」

「ひとりでも、ああいう文官がいてくれるのは、救いではないか、王貴」

「寇準は、軍というより、殿を認めたのだと思います。それは楊家にとってはよいことですが、禁軍の将軍たちは、苦々《にがにが》しく見ておりますぞ」

禁軍を、楊業は気にしなかった。戦場の働きが、軍人のすべてなのだ。

通信の中継所の建設は、三郎が拝命した。

潤沢《じゅんたく》とまでは言えないが、費用も必要なだけは出るようだった。三郎は、即座に建設にかかった。大きな銅鏡も、開封府で作られはじめている。

「戦だけではないのだな、楊業」

宮殿で顔を合わせた時、八王にそう言われた。

「実は、文官の間で根回しをしていた楊業が、いつ泣きついてくるのかと思っていた。陛下にも、その話はしてあったのだ」

「そうでございましたか」

「寇準を説得し、寇準が丞相府を説得した。文官の中で根回しをし、文官の決定で実現したということに、大きな意味がある。この国のありようが、そうであればいいと私が思っているかたちで、このことは実現した」

「私は、ただ懸命でした。必要なことだと思ったからです。どうにもならなくなったら、八王様のところへ駈けこもうかと、正直思っておりました」

「私がなにか言うより、ずっといいかたちで実現したぞ、楊業。この国を栄えさせるためには、文官の力が必要なのだ。武官に顔を潰されることを、文官は嫌う。そこを、うまく凌《しの》いだと私は思う。中継所に駐屯する兵の数も、三十名になったそうではないか」

「望外の喜びです、八王様。建設のための人も多く出していただいたようです。来年の春には、完成していると思います」

資材なども、やはり文官の力に頼らざるを得なかった。それも、うまく運ぶことになった。

「人には、潰されたくない顔というものがある。戦の上手には、それもよくわかっているのだ、と私は思った」

「生来の愚直さが、今度だけはうまく生きたのだと、不思議な気分で思っております」

八王が、声を立てて笑った。

都にいるのも悪くない。楊業は、はじめてそう思った。代州にいれば、ただ腹を立てただけだろう。この国のありようを、少しは理解することができた。

都にいることをもっと愉しんでいるのが、女たちだった。

佘賽花《しゃさいか》は、二人目の妻だった。代州の大商人の娘である。最初の妻は、三郎を生んだ直後に死んだ。

佘賽花は三人の子を生んだが、下二人は娘だった。八娘《はちじょう》、九妹《きゅうまい》である。男子は、延平と三郎だけが母を同じくし、あとはみんな違う。

娘たちの着るものが、華やかになった。妻も、念入りに化粧などをするようになり、代州にいるころよりずっと若く見えた。

都に女を囲おうという気に、楊業はどうしてもなれなかった。北の女の方が、好きである。どこかに、土の匂いがする。それに、逞《たくま》しいとも思える。

男子の使用人は、代州にいる時と同じ身なりをさせた。駐屯させている三百の兵の兵装も、楊家軍のもので、華美になることは避けた。食事なども、代州と同じものしか出させなかった。食事もいいとなれば、代州で調練に明け暮れている兵も、みんな都の駐屯を志願するようになる。

　楊業は軍人であるので、都にいる間は、宮殿内の禁軍府に出仕する。特に仕事があるわけではない。北から集まった情報を整理し、曹彬《そうひん》にあげるのが仕事らしい仕事だ。時には、将軍たちの会議にも出る。

　会議に出ると、軍内の人間関係もほぼ見えてくる。曹彬は、年齢や経歴、そして人格から言っても、軍の頂点に立つのにふさわしい人物だった。ただ、すべてを丸く収めていこうという傾向はある。潘仁美は祖父の代からの忠臣で、名門の意識の強い生え抜きの軍人だった。文官が権力を持つのが、我慢ならないというところがある。この二人が軍の中心で、ほかに呼延賛、高懐徳、懐亮《かいりよう》兄弟、劉君其《りゆうくんき》、賀懐《がかい》浦《ほ》、田重《でんちよう》をはじめとする、三十名ほどの将軍がいる。半数は、地方軍の指揮に出ていた。将軍たちと語り合ったりするより、若い将校を相手にするのが、楊業は好きだった。楊家軍の調練のやり方などを、熱心に知りたがる。

　十数万の禁軍は、どことなくまとまりを欠いているように、楊業には見えた。将軍の下で、それぞれ独立しているような感じなのだ。それに、呼延賛、高懐徳の数万を除けば、弱体だった。調練が甘すぎる。

楊業は、女たちのように都の暮しを愉しむということはできなかった。じっとしていると、北辺の情勢が気になる。楊家軍の調練も検分したかった。かといって、息子の誰かを都に置いておくのも不安だった。

それに、帝が頻繁に楊業に会いたがった。話は軍学一般から、燕雲十六州を回復するための、具体的な策にまで及んだ。

煩雑な文官との交渉事など、王貴が一手に引き受けるようになったので、その点だけは楽である。しかし、どこか深いところで、やはり疲労は積もっていた。

通信の中継所の検分も兼ねて、代州へ帰る願いを出してあるが、いつまでも受理されなかった。代州の様子は、延平の詳しい書簡で知るだけである。

「馬を鍛えるのさえ、ままならぬな、王貴」

「そう言われますな。殿が都におられるということは、北辺に変事がなにもないということでもあります」

息子たちは、それぞれによく働いているようだった。

冬になったころ、遼軍がしばしば小部隊で国境を侵犯する、という情報が入ってきた。そろそろ、遼は南下の瀬踏みをはじめている。それはほかの将軍たちも一致した認識で、楊業はようやく代州への帰還の許しを得た。

女たちは、館に留まったままである。それもよかった。八娘や九妹は、芯まで都の色に染まることなく、兵士を相手に武芸も磨きあげているのだ。

三百の駐屯の兵を、入れ替えることにした。そして、王貴は残していく。軍人としては、張文《ちょうぶん》を呼んだ。

都は、これでなんの問題もない。

朝廷に挨拶をし、楊業が都を出たのは、年が明けてからだった。原野には、冷たい風が吹き渡っていた。

第五章　遠き砂塵

一

遼軍《りょう》が、しばしば国境を侵していた。

ただ東の国境線であり、代州《だいしゅう》との国境にはまだ姿を現わしていない。

延平《えんぺい》は、楊家《ようか》軍の主力を雁門関《がんもんかん》に集結させていた。国境を侵すといっても、大規模なものではない。その地の守備軍で、対処できる程度のものだった。ただ、遼軍全体は、南に下がってきている気配がある。

「遂城《すいじょう》あたりまでなら、援軍を出してもいいのではありませんか、兄上？」

六郎《りくろう》は、騎馬隊の力を、実戦で試したくてうずうずしているようだった。七郎《しちろう》も同じらしいが、小競《こぜ》り合《あ》いに楊家軍そのものを出す気が、延平にはなかった。代州の国境を侵してくれば別だが、まだ瀬踏《せぶ》み程度の動きなのだ。

年が明けた。父が代州に戻るという知らせが、開封府《かいほうふ》から届いていた。光による通信の中継所を検分しなければならないので、多少の時はかかるらしい。

遼軍の配置は、黒山《こくざん》と呼ばれる者の手下《てか》が、ほぼ探り出して、雁門関にも報告してきていた。帝《みかど》が使っている間者《かんじゃ》で、総勢で二百を超えるのだという。

いまのところ、主力は燕京《えんけい》近辺に展開していた。最も気になる耶律休哥《やりつきゅうか》は、北の駐屯地を動いていない。

なにがあっても、対処ができるようにはしてあった。兵糧《ひょうろう》も充分である。

遂城から西の国境も、遼軍は侵すようになった。雁門関に集結させていた楊家軍の一部を、二郎《じろう》に指揮させて大石寨《たいせきさい》まで進ませた。金城《きんじょう》（応州《おうしゅう》）に対応する位置にある。

「慌《あわ》てるなよ。代州を探らないかぎり、遼の本格的な侵攻はない。それを見据えた上で、待つのだ」

「兄上のおっしゃられることは、わかります。しかし、二郎兄上が大石寨にいれば、侵攻の隙《すき》はありません。入ってくれば、挟撃《きょうげき》を受けるかたちになると見えているはずですから」

「わざと隙を作れ、と六郎は言っているのか？」

「少々の隙は、騎馬隊の速さで埋められる、と私は思うのですが」

誘え。六郎はそう言っているのだった。

しかし、あえて誘って戦《いくさ》に持ちこむ理由は、なにもない。燕雲十六州《えんうんじゅうろくしゅう》の回復が帝の悲願だというが、いま宋《そう》は、国を挙げて戦に取り組もうともしていない。

「逸《はや》るな、六郎。騎馬隊が必要になる時は、必ずくる。こちらから誘うことに、大した意味はないぞ」

それでも、六郎と七郎が率いる騎馬隊は、雁門関から東へ十里（約五キロ）の地点で、本隊とは離れて駐屯させていた。即座に動かせる態勢である。

遼軍の動きを伝えても、父が急いで帰還するという気配はなかった。三郎《さぶろう》が建設中の中継所を、ひとつひとつ検分し、時には鏡を実際に使ったり、夜間の火による通信を試みたりしているらしい。

小競り合いなど、こちらで勝手に対処しろということだろう、と延平は思った。いつまでも父の意向を気にするな、と言われているような気もした。

一万ほどの兵力が、金城の近辺に集結している、と黒山の手の者から報告が入った。遼軍は、民《たみ》の数に較《くら》べて、兵力がある。十五歳以上の男子を、みんな一度は兵に取るからだ。常備の兵力ではずっと宋が上だが、ひとたび遼が国を挙げて軍を整えるとなると、想像できないほどの兵力を擁することにもなる。遼軍の現勢力を見て、それが全兵力だとは思わないことだった。

金城に集結しているのも、近辺の民が集められたというふうに見える。どれだけ速《すみ》やかに民を動員できるのか、入念に試しているというようにも、延平には思えた。一度は調練を受けた兵だから、集結するとすぐに戦に対応できる軍になる。そのあたりが、遼軍の恐ろしさだった。

二日後に、一万は一万八千になっていた。

「国境を侵すなら、そうさせる。それからの反撃は、単に打ち払うだけではなく、金城まで攻めて、できればそこを落とす」

「その時は、騎馬隊が先鋒《せんぽう》でしょうな、兄上。私は、そのつもりですが」

六郎が言ったことを、延平は否定しなかった。ここは、騎馬隊の力を試してみる、絶好の機会かもしれない。しかし遼軍にも、その力は知られることになる。いずれはそうなるのだ、と延平は思い直した。三千五百頭の馬を、北から買い入れている。騎馬隊の存在そのものは、遼軍に摑《つか》まれているはずだ。

さらに二日後、金城の兵力は二万を超え、南にむかって移動をはじめていた。まず、遼軍が国境を侵攻してくるのを待った。この段階になると、延平はもうほかの部将に異議は挟《はさ》ませなかった。

二郎、四郎《しろう》、五郎《ごろう》が指揮する一万五千を、国境の南二十里（約十キロ）の地点に展開させた。雁門関には、八千が残るのみである。

二万での侵攻というのは、一連の国境の小競り合いで、最も規模が大きい。それだけ、楊家軍を警戒しているということか。それとも、別の目的を持っているのか。少なくとも、精鋭部隊とは思えない。

ほんとうは、打ち払うのに一万五千で充分なのだ。しかし、新しい騎馬隊を動かしてみたいという思いが、やはり延平にもあった。

国境が侵された、という知らせが入った。

延平は、まず雁門関の軍五千を自ら指揮し、国境へ五里（約二・五キロ）の地点まで進んだ。それから、二郎に開戦の伝令を送った。

楊家軍が、動きはじめた。遼軍は、騎馬五千に、歩兵一万五千の編制である。

先鋒がぶつかった、という知らせの次には、敵を国境へ押し返している、という注進が入った。やはり、楊家軍が実力では圧倒していた。ただ、素速く退《ひ》く敵には、痛撃は与えにくい。

「六郎に、伝令。国境を越え、退却してきた敵の側面を衝《つ》き、金城まで追撃するように。その間に、討てるだけ敵を討て」

六郎の後衛《こうえい》を、二郎たちがやることになる。今後の戦では、しばしばそういうこともあるだろう。騎馬隊の、本隊との連携を試すにも、いい機会だった。六郎はともかく、七郎は突っ走りかねない。

敵を国境のむこうに押し返すのに、それほどの時はかからなかった。

自領で陣形を立て直した遼軍の側面を、六郎が衝いた。遼軍は瞬時にして崩れ、金城にむかって潰走《かいそう》しているという。五千の騎馬隊がいたが、ものともしなかったようだ。二郎の本隊が、残兵狩りのように、国境を越えて進んでいる。

金城まで逃げこんだ遼軍は、六、七千だったという。わずか三千の騎馬隊で追ってだ。

金城に本隊も迫ったが、延平は撤収の命令を出した。城を攻めるには、囲むしかない。援軍が来れば厄介《やっかい》なことになるし、第一、長期戦の準備もないのだ。

六郎は、殿軍《しんがり》で戻ってきた。

捕獲した武器類が、続々と運ばれてくる。そういうものより、一千頭近くの軍馬を手に入れたのが大きかった。五百頭の予備の軍馬はあったが、それが千五百に増えたのである。

戦況については、すぐに父に伝令を出した。いまのところ、返事は返ってきていない。

雁門関の一室に、部将たちを集めた。

大きな地図を囲み、戦況を分析する。

「やはり、瀬踏みでしょう。ほかの地域の小競り合いと、なんら変るところがない。楊家軍を意識した上での、二万という兵力だったと俺は思う」

二郎が言った。ほかの者も、同意するように頷《うなず》いている。

「俺は、騎馬隊を実戦で動かせてよかった、と思っています。七郎も」

「二万を、構えさせもせずに金城まで追い立てたのは、確かに眼を見張るものがあった」

「二郎は、騎馬隊を評価するのだな？」

「ええ、兄上。耶律休哥の軽騎兵がどれほどのものかは知りませんが、六郎と七郎の騎馬隊は、確かにいままでの楊家軍にはないものです。驚くべき強さを見せた、と俺は思っています」

四郎が、口もとに皮肉な笑みを見せているのに、延平は気づいた。四郎の意見は、全員の前では言わせない方がいいだろう。冷水を浴びせるようなことを、必ず言う。

「そろそろ、遼軍は全面攻勢を考えているのではないでしょうか、兄上」

五郎が言った。

「それはそれで、厄介なことでしょう。宋軍には、精強な兵があまりいない。一連の小競り合いを見ていても、打ち払うのにずいぶんと手間をかけています。あまり恃《たの》みにならない味方ですが、それでも兵力だけは多い。全面攻勢をかけてきたら、楊家軍が先鋒となって、燕雲十六州に逆に進攻してやればいい。奪《と》った城の守りぐらいなら、宋軍でも充分です」

「五郎、楊家軍も宋軍の一部だ。違うような言い方をするのではない」

それに、全面的なぶつかり合いになったところで、楊家軍が先鋒を取れるとはかぎらない。ほかの兄弟たちは、都の雰囲気を知らない。代州の守り以外で、楊家軍が前面に出されるのは、敗色の挽回のためという可能性が最も高いのだ。

闘い方については、ほかにもいろいろと意見が出された。精鋭の遼軍ではなかったとしても、圧倒的な勝利だったのだ。指揮官たちの口数も多くなる。

とりあえずは、上々の戦だったということで、散会した。

延平は、四郎ひとりを、眼配《めくば》せして残した。四郎は、うつむいて黙りこんでいる。

「言いたいことが、なにかありそうだな、四郎？」

「別に」

「いまは、俺しかいない。なんでもいいから、言ってみろ」

「では言いますが、俺は根本的にこの戦のやり方は間違いだった、と思いますよ。勝って当然。勝ったことを喜ぶなど、笑止《しょうし》の沙汰《さた》です」

「俺の指揮がまずかった、と言っているのだな、四郎は？」

延平は、ちょっと感情的になりかかった自分を、なんとか抑えた。四郎相手では、馴《な》れていることだ。昔は、腹を立ててよく殴《なぐ》ったが、いまはそんなこともない。

「では、どう闘えばよかったのだ？」

「もっと、手厳しくやればよかったのです。三十里（約十五キロ）以上、遼軍をこちらへ引きこむ。そして全軍で殲滅《せんめつ》。一兵たりとも遼へは帰さない。それぐらいの峻烈《しゅんれつ》さがあって、はじめて楊家軍はおそれられたでしょう。兄上が、いろいろ試したい、と思われたことはわかりますが」

　手温《てぬる》い、と四郎は言っている。四郎に全軍の指揮を任せたら、間違いなくそういう戦をしただろう。

「遼は強い。あまり刺激しすぎるのも考えものだ。俺は、あの程度で充分だったと思っている」

「強い相手だからこそ、こちらはもっと強く厳しい、と思い知らせるべきです」

「全体を見る眼が欠けているな、おまえには。いつも、そうだ。遼軍が全力で楊家軍にむかってきたら、支えきれん。何十万という軍だろうからな。その時、宋軍のどれほどが、楊家軍のために闘うと思う？」

「楊家軍が先鋒になって闘うには、それ以外の方法はないのでは？」

　ある意味では、四郎は楊家軍の立場を一番よく把握していた。しかしそこから、いつも極端な結論が出てくる。それが、ほかの兄弟たちの反撥《はんぱつ》を買うもとにもなっていた。

「おまえがそういう意見を持っていたということは、父上に申しあげておこう」

「いいのです、そんなことは。兄上にさえ自分の考えを話せれば、俺はそれでいい」

　そう言い残して、四郎は部屋を出て行った。

延平は、ひとりになると、しばらく腕を組んで考えこんだ。

人には、それぞれ性格がある。楊家の兄弟たちはみんな陽だが、四郎ひとりが陰なのだった。それをどうすればいいのか、延平にはわからなかった。ずっと考え続けてきたことでもあるのだ。

兄弟の全員が、独立した指揮官になった。四郎ひとりを、少し遠いところへやってみるのも、ひとつの方法かもしれない。しかしそうすれば、四郎の孤立はさらに際立《きわだ》ち、結局兄弟の中から弾《はじ》き出されるかもしれない。

父が代州に戻ってきたのは、年が明けてひと月以上経《た》ってからだった。

戦の直後に、報告は届いているはずだったが、延平は直接自分の口からも報告した。四郎が抱いている考えも、忘れずに伝えた。父は、ひと言も言葉を挟まず聞いていた。

「苛烈《かれつ》すぎるのかな、四郎の性格は」

すべてを聴き終えてから、父は呟《つぶや》くように言った。

「あれの母親も、そういう女だった。大人しそうではあったが、内に激しさと暗さを秘めていて、時々驚かされたものだ」

「いまのところ、四郎が、ほかの兄弟と不和ということはないのですが」

「四郎ひとりを、遠くへやってみようというおまえの考えも、悪くないかもしれん。それも、楊家軍の旗を掲げさせずにだ」

「どこへやるか、考えておきます。四郎は、自分だけがと、多分思うでしょうが」

「孤高の武将が、楊家軍にひとりいるのも悪くはない」

李麗《りれい》が、父の着替えを持って入ってきた。延平の姿を見て遠慮したようだが、父は構わず軍袍《ぐんぽう》を脱いだ。

「代州はいいな、延平。都にしばらくいると、心のどこかが腐ってくるような気がする」

「私も、そうでした。女たちには、愉《たの》しい華やかさに満ちているようですが。ところで、通信の中継所は、いつごろ完成するのでしょうか？」

「あとひと月というところかな。三郎はよくやっている」

ふだん着に着替えた父の躰《からだ》を、李麗が揉《も》みはじめた。そんなところまで見ていたくもなくて、延平は一礼して退出した。

「兄上、先の戦で捕獲した軍馬を、つぶさに見てみたのですが、一千頭のうち、使いものになるのは四百頭ほどです」

館の庭にいた六郎が、声をかけてきた。つまりは、大した馬も揃《そろ》えていない遼軍を、打ち払ったということだ。それでも、四百頭は少なくない数だった。延平は、六郎にただ頷いてみせた。

二

遂城の西、五十里（約二十五キロ）の北平寨《ほくへいさい》に、三千の部下とともに駐屯するように命じられた。父からの、直々《じきじき》の命令で、四郎はなにも言わずそれを受けた。代州から四百里（約二百キロ）も東に離れた小さな山寨《さんさい》で、完全に楊家軍とは切り離されたかたちになる。楊家軍の旗を掲げるのも禁じられ、宋の旗だけを掲げている。

遼が宋を攻める場合、遂城が要《かなめ》になる地点にあたることはわかっていた。宋としては、なんとしても遂城を奪《と》られるわけにはいかないのだ。それでも遂城には劉《りゅう》廷翰《ていかん》がいて、兵力も七万に増強されている。わずか三千の楊家軍が、近くの寨にいる必要などあるとは思えなかった。

父は、理由さえ言おうとしなかったが、出発前に兄の延平は、四郎を呼んで説明してくれた。つまりは、もっと部下と馴染《なじ》めというのだ。そのために、四百里も離れたところで、しばらく部下とだけ暮す。それによって、部下がなんなのか、大将がどうあるべきなのか、考えろ、と延平は言った。

自分は罰を受けるのか、と四郎は訊いた。そんな理由はなにもない。ただ、兄弟それぞれに、鍛え方が違うのだ、と延平は答えた。

部下がなにか、大将がどうあるべきか。そんなことはいまさら考えるまでもなく、四郎の中にしっかりした考えがある。大将は、孤高であるべきなのだ。部下と交わることなど、決してすべきではない。そういうことが、戦の判断を鈍《にぶ》らせる。

しかし、四郎は反論はしなかった。

おまえのために死のうとする部下が何名いる、と延平に言われたばかりだった。六郎のためなら、部下はみんな死のうとする。だから、最後の最後はおまえが負ける。延平は、そう言ったのだった。

やり方の違いだ、と四郎は思っていた。いずれ六郎は、ひとりの部下を救うために、百名を犠牲にしてしまう、ということをやるに違いなかった。人の心は、それほど強くなれるものではないのだ。大将のために部下が死ななくても、戦に勝つために死をいとわなければ、それでいいのだと思った。

考えていることを、あまり口にしない。理《り》不尽《ふじん》だと思っても、黙ってうつむいて過ぎ去るのを待つ。

母が死に、楊家の館で暮すようになってから、それは身についたやり方になっていた。継母の佘賽花《しゃさいか》の眼が、いつもほかの兄弟たちに対する時より、冷たかった。ほかの兄弟たちはそれに無頓着だったが、ひとり延平だけはいつも庇《かば》ってくれた。

自ら申し出て、何年も同じ部屋で起居《ききよ》してくれたのだ。

父は同じくしても、母は違う兄弟だった。

四郎の母は、ただ哀《かな》しいだけの存在だった。激しさを見せる時も、荒れ狂う時も、四郎の眼にはただ哀しく映った。遊妓《ゆうぎ》であったということが、母の心のどこかで負い目になっていたのかもしれない。

ひと月に一度ほどしか、父は母を訪《おとな》いはしなかった。代州の、壮大な館に居を構えながら、四郎が母と住んでいたのは、二つの部屋しかない、見すぼらしい家だった。

母が病んでも、父は見舞いには訪れず、医師をさしむけただけだった。母が死ぬ時、四郎はひとりだけで看取《みと》った。

楊家の息子だとは、幼いころから母に聞かされ続けてきた。事実、母が死ぬと、四郎は壮大な館で暮すことになった。

武術を仕込まれ、兵法を学び、戦の指揮を教えられた。ほかの兄弟と較べて、劣っていたとは思わない。むしろ優れていたはずだが、誰もそれを認めようとはしなかった。延平でさえ、しばしば四郎のやり方を叱《しか》った。

いまは一軍の将で、しかし目立った働きはしていない。大きな失敗も、またない。自分が考える戦が、楊家軍ではできなかったからだ。それが、父には凡庸《ぼんよう》に見えたのかもしれなかった。

三千の軍は三つに分け、三人の副官に指揮させ、調練をくり返した。こんな場所では、調練しかやることがなかった。

国境の小競り合いはまだ続いていて、遼軍はいずれ遂城に攻め寄せるだろう。その前に、劉廷翰から、出動の命が届くかもしれない。別に、待ってはいなかった。一時的だが、一応遂城の軍の管轄に入っている。だから、出動命令も劉廷翰から来る。優れた武将とは、どうしても思えなかった。小さな国境の侵犯にも神経質になり、いつも苛立《いらだ》っている。

楊家軍の一部が、この北平寨にいることを、遼軍はまったく気づいていないだろう。三千の宋軍が駐屯している砦《とりで》、としか思っていないはずだ。

四郎の中では、宋軍と楊家軍は明確に違っていた。北漢《ほくかん》のころの禁軍《きんぐん》と楊家軍が、まるで違う軍だったようにだ。軍にも質があり、貌《かお》があった。楊家軍は、むしろ遼軍と似たところがある。

「遂城からの使者です」

使者は、頻繁《ひんぱん》に来ていた。たえず、遼軍の動静を伝えてくるのだ。

また同じ使者だろうと思ったが、出動の要請だった。本来なら命令のはずだが、劉廷翰は楊家軍に気を遣ったようだ。そういうところにも、劉廷翰の自信のなさが現われている、と四郎は思った。

「六千の遼軍なのだな」

北平寨より、さらに西の国境にいるという。放っておけばいいものだが、劉廷翰は一歩も遼軍を入れない、と気負っているらしい。

このあたりで、実戦をやっておくのも悪くはなかった。調練だけだと、どうしても兵は倦《う》みはじめる。

「承知した、と劉廷翰殿に伝えてくれ」

「かしこまりました。それで、遂城からどれほどの援軍を送ればよろしいでしょうか？」

「いらん。われらだけで、打ち払おう」

「しかし、六千でございます」

「六千が、一万であろうと二万であろうと」

使者が、絶句していた。本気で軍を出す気はない、と思ったのかもしれない。

「この三日の間に、国境の遼軍は打ち払う。三日経《た》っても打ち払えぬ時は、それこそ劉廷翰殿に出陣をお願いし、私はその下で働こう」

これで終りだというように、四郎は手を振った。使者が出ていく。四郎は、従者に命じて、すぐに太鼓を打たせた。

三名の副官に、四郎は短い命令を伝えた。

二刻《にこく》（一時間）後には、まず歩兵が北平寨を出陣した。斥候《せっこう》は、五騎単位で出してある。大抵は三隊で、状況を摑みながら、くり返し出すのだ。

騎馬は、三百騎だった。本来なら五百騎は欲しいところで、騎乗の調練を積んだ者も、それだけいる。敵の馬を奪えばいい、と四郎は思った。

一日で、国境まで進んだ。

六千の遼軍は、しっかりした陣形を組んでいるようだ。騎馬も、一千騎近くはいる。

「馬の質を見きわめろ」

四郎は、斥候に命じた。駄馬を奪ったところで、役には立たない。馬の質によって、当然作戦を変えることになるのだ。

「ほう」

馬はすべて良馬だという報告を受け、四郎は声をあげた。あまり期待はしていなかったのだ。同時に、遼軍の中の、かなりの精鋭が出てきているのだとも思った。遼の旗だけを掲げているので、誰の軍かはわからない。

「一度で決めなければ、厄介かもしれん」

最初のぶつかり合いで相手の力を測ることなど、四郎には無意味と思えた。最強の状態の自軍を、最初にぶつける。それで敵を崩せない時は、もう一度陣形を組み直す。

ただ、策は認めていた。ぶつかるだけの戦なら、ほかの兄弟たちと同じことになる。

四郎は、地形を頭に思い描いた。騎馬隊を誘いこめば、その力を半減できそうな、谷間の隘路《あいろ》がある。それを、うまく使うことだった。まず、騎馬隊で、騎馬隊を誘い出す。そこからだろう。

歩兵の指揮を三人の副官に任せた。それぞれの、役割は伝えた。

騎馬隊の先頭で、五里（約二・五キロ）ほど駈けた。すでに、遼の領内である。しっかりした魚鱗《ぎよりん》を組んでいる、遼軍が見えてきた。騎馬隊は、両翼《りようよく》にいる。できれば、二隊とも歩兵から引き離したかった。迷わず、四郎は三百の騎馬を百五十ずつに分け、攻めかけた。

敵の騎馬隊は、はじめはあしらうような動きをしたが、百五十がさらに三隊に分かれ、さざ波のような攻撃をくり返すと、押し包む態勢で出てきた。

逃げた。谷へ誘うように、逃げた。さすがに良馬が揃っていて、追い脚《あし》は速かった。捕捉《ほそく》されれば、そのまま包みこまれるだろう。

谷の直前。敵の騎馬隊は動きを止めた。罠《わな》がある、と感じ取ったのだろう。やはり、いくらか戦を知っている者が、指揮をしている。

遼軍は、一斉に馬首を返そうとした。

その騎馬隊に、草の間に埋伏《まいふく》しておいた歩兵が、いきなり襲いかかった。すべて、戟《げき》や槍《やり》の長い武器を持たせてある。

同時に、四郎は三百の騎馬隊を反転させ、馬首を返した敵の背後に突っこんだ。馬上の敵兵が、次々に突き落とされていく。四郎も、四、五人を剣で打ち落とした。態勢を立て直す暇は、与えなかった。殲滅《せんめつ》させる。四郎が戦で考えることは、すべてそれだ。

乱戦で、敵は拡がりはじめた。すでに三、四百騎しか残っていない。

横から剣でうちかかってきた敵とぶつかり、組み合うと、四郎はその躰を投げ落とした。剣を突きつける。斬り倒さなかったのは、子供の躰のような気がしたからだ。いや、子供に似ているが、子供ではない。

「斬れ」

女の声だった。四郎は、土で汚れた敵の顔を見つめた。髭《ひげ》もなければ、剃《そ》り痕《あと》もない。眼が合った。斬れ、と女はかすれた声で、もう一度言った。なにか、不思議な気分に、四郎は包まれていた。眼は見つめ合ったままだ。

不意に、二十騎ほどが、猛然と四郎にむかって駈けてきた。その中の二人を打ち倒している間に、両脇から二騎に抱えあげられ、女の姿は馬群の中に消えた。

すでに、全軍が追撃に入っていた。自軍の騎馬が逃げこんでくるので、敵の陣は崩れていた。潰走させるのに、それほどの時は要さなかった。十里（約五キロ）ほど追ったところで、四郎は鉦《かね》を打たせた。原野には、点々と敵の屍体《したい》が転《ころ》がっている。

馬を集めながら、戻った。

かなりの馬は駈け去っていたが、三百頭近くは集めることができた。

斥候の報告によると、敵は自国領内深くに撤退したという。

「劉廷翰殿に三日と言われたそうですが、二日で済みましたな、殿」

副官のひとりが、そばへ来て言った。これで五百騎の騎馬隊を編制し、百頭近い予備の馬も持つことができると、副官は喜んでいた。

四郎は、別のことを考えていた。

戦場にいた女。あれはなんだったのか。あの女を救い出そうと駈けてきた二十騎も、並の迫力ではなかった。四郎ひとりにむかって、決死の突撃をしてきたのだ。二人を打ち落とすだけで、精一杯だった。その間は、女の方を見る余裕もなかったのだ。

「遂城には、伝令を出しました」

「わかった」

言いながらも、四郎はまだ女のことを考えていた。顔は土で汚れていたが、眼ははっとするほど澄んでいた。若い女だ。馬から抱えあげた時の、なんと言っていいかわからないやわらかな感じが、なまなましく腕に蘇《よみがえ》ってくる。

北平寨に帰還した。

捕獲した三百頭近くの馬は、すべて良馬だと副官が報告してきた。それほどの良馬が揃った騎馬隊を、いままで遼軍は小競り合いで出してきたことがあったのか。近隣から集めた兵の調練も兼ねて、国境の瀬踏みをしてきたところが、いままでの遼軍にはある。しかし、あれは精鋭だった。

そして、剣を突きつけられた兵士ひとりを救うために、二十騎もの騎馬が、なぜあれほど必死になっていたのか。

帰還した翌日、遂城から酒や数頭の羊が届けられた。ひと夜、酒を飲み、思うさま肉を食らうことを、四郎は許した。厳しい調練と実戦だけでは、決して兵は強くならない。幼いころから、大将の心得として、しばしば延平に教えられてきたことだった。

三

蕭太后《しょうたいこう》は、苛立っている。

王欽招吉《おうきんしょうきつ》は、耶律奚低《やりつけいてい》とともに、うなだれていた。北平寨のあたりから宋領を侵そうとした六千の軍が、散々に打ち破られたという報告が入ったところだった。騎馬隊の受けた被害は、潰滅《かいめつ》的なものであったらしい。

「郭興《かくこう》がついていて、なんとしたことです。それに、相手は三千に過ぎなかったというではないか」

打ち払われた遼軍は、ただの遼軍ではなかった。瓊峨姫《けいがき》がいたのである。前の帝の妹で、いまの帝の叔母に当たる、蕭太后の娘である。幼いころから武芸が好きで、戦にもよく出たがった。蕭太后は、それを許してきたところがある。実際、並の兵士と剣で渡り合っても、負けることはほとんどない。

六千を率いていた郭興は、まだ戦場に立つことがある、遼軍の最古参の将軍だった。そこそこの戦功があり、大きな失敗は皆無である。戦場に出たがる瓊峨姫につけるには、最適の人選と言えた。

いま遼は、民を戦場に出すために、実戦による調練をくり返している。十五歳から二十歳の間に、二年間は兵として調練を受けた民は、実戦ですぐに以前の力を取り戻す。

しかし、郭興が率いていたのは、正規の禁軍だった。代州を襲った軍が、完膚《かんぷ》なきまでに楊家軍に打ち破られた。それを、いくらかでも挽回《ばんかい》しておこうと、蕭太后の命により、禁軍が出動した。しばらくは国境付近にいて、瓊峨姫を燕京に戻してから、本格的に動くことになっていた。緒戦で、とんでもない事態が起きたことになる。

蕭太后は、いまは敗戦のことより、瓊峨姫の安否が心のすべてを占めている。王欽招吉にしても耶律奚低にしても、黙って待つ以外にないのだった。

「瓊峨姫様は、御無事。二日後、郭興将軍とともに、燕京に帰還されます」

注進が入った。蕭太后の全身から力が抜けるのがわかったが、出てきた言葉は違った。

「一度戦場に出た者の生死など、どうでもよい。敗戦の原因は?」

注進の使者は、答えられなかった。

「郭興将軍の帰還を待たれ、詳しい話を訊かれた方がよい、と思います。太后様」

王欽招吉が言うと、耶律奚低も頷いた。蕭太后は、唇を嚙《か》みしめている。

この気の強さが、王欽招吉の全身をふるわせた。恐怖のためではない。鳥肌が立つほどの、快感になるのだ。若いころから、そうだった。

王欽招吉が、穆宗《ぼくそう》皇帝に仕えたのは、十六歳の時だった。武門が重んじられる遼にあって、王欽招吉にあるのは、学識と才覚だけだった。大きな出世は望みようがなかったが、はじめから側近として使われた。

蕭太后が嫁いできたのは十八歳の時で、王欽招吉と同じ年齢だった。帝の正室として、はじめて拝謁《はいえつ》した時は、この世がひっくり返ったような衝撃を受けた。あの日のことは、いまでもよく憶《おぼ》えている。これほどの美貌が、ほんとうにこの世のものなのか、と思ったほどだ。それから四十二歳の今日まで、決して誰にも語ることのない、ひそかな恋の炎を燃やし続けてきた。

成就《じょうじゅ》することもない、恋だった。

王欽招吉は小男で、顔に皺《しわ》が多く、鼠《ねずみ》と武官たちに呼ばれていることも知っていた。自分の容姿など、どうでもいいことだった。自分が、蕭太后になにができるのか、ということだけ考えて、いままで生きてきたのだ。

二十八歳の時に穆宗皇帝は崩御し、幼い賢《けん》が八歳で即位し、景宗《けいそう》となった。その景宗も長命ではなく、二十一歳で崩御した。一歳の隆緒《りゅうちょ》が残され、そのまま即位し聖宗《せいそう》となった。ついこの間のことだ。

遼は、喪に服することもなかった。蕭太后はひたすら人の死を呪《のろ》い、供養は寸土《すんど》でも宋の国土を奪《と》ることだと思い定めている。

四十二歳で、孫の後見をする太后となったが、美しさはいまも衰えていない。豊満なその顔には、ますます妖《あや》しさが湛《たた》えられているように、王欽招吉には見えた。もっとも、蕭太后の顔を、正面から見つめたことなどほとんどなかった。

「戦況は、郭興から詳しく聞くことにしましょう。しかしその前に、次の軍の手配をしておくのです」

「禁軍でございますか？」

耶律奚低が言った。燕京の周辺には、いま禁軍六万が展開している。しかしそれは蕭太后を護《まも》るための軍であり、もしもの時は、上京臨潢府《じょうけいりんこうふ》まで、太后を移さなければならないのだ。

「禁軍でなくともよい。敗戦を雪《すす》ぐ戦を、国境のどこかで一度しておくのです」

「かしこまりました。耶律沙《やりつさ》に二万を預け、東の方を攻めさせてみます」

「とにかく、一度負けたら、一度勝つ。必ず、勝つ。それを忘れてはなりません。代州を攻め、楊家軍に敗れたことを、私は忘れていません」

つまり、今度のものも含めて、二度の敗戦ということだ。どこかで、二度勝たなければならない。

禁軍の規模は時によって変るが、いまは十万に達していて、残りは幼帝のいる上京臨潢府である。

「それから、楊家軍に対する構えをしなければならぬ、と思う」

「禁軍を充《あ》てるほど、楊家軍は大きくありません。精強な地方軍を、四万程度」

「それで勝てますか、耶律奚低？」

「その四万に、精強な騎馬隊が加われば」

「耶律休哥ですね」

王欽招吉が、最も嫌っている名が出た。髪も髭も白い、気味の悪い男である。いや、そうではなく、蕭太后の心の中を、なんとなく王欽招吉は感じてしまうのだ。蕭太后は、どこかで若い耶律休哥に心を寄せた時期がある。そういう自分が許せず、耶律休哥に無理な命令ばかりを与え、ついには命令を拒絶させた。それで、北の土漠《どばく》の中の駐屯という、苛酷な罰を与えたのだ。

耶律休哥は、ひと言の抗弁もしなかった。蕭太后の、心の中を知っていたのか。あるいは、もともとがそういう男なのか。両方だ、と王欽招吉は思っていた。

耶律休哥は、いまは騎馬隊だけの、五千の軍を率いる将軍である。遼軍で最強であろうと、ほかの将軍たちも認めている。

その耶律休哥が、ついに正式に戦場に出てくるのか。そして宋軍で最強の、楊家軍に充てられるのか。

嫉妬《しっと》はあった。自分にはどうにもできないことだ、という思いもある。戦場に出たところで、自分はなんの役にも立たないのだ。

「王欽招吉は、どう思いますか？」

下問されることは多く、長い年月の間に、それは当たり前のことになっていた。

身分は低い。大臣ですらない。それでも、蕭太后の側近であることを、左相《さしょう》や右相《うしょう》でさえも認めている。

「耶律休哥将軍の軍以外に、楊家軍とまともにぶつかり合える軍はおりますまい」

「耶律休哥の軍は、なぜ禁軍よりも強くなったのであろう」

「過酷な調練を、長い間続けられました。それに、御本人が、生まれながらの戦の才をお持ちでありますす」

「戦の才か。私にも、わかるような気がします。どのような豪傑であっても、戦の指揮ができぬ者もいる。耶律休哥には、確かに戦の才がある。とにかく、四万の軍は揃えておきなさい。耶律休哥をいつ出すかは、私が決めます」

半分は耶律奚低に言われたことで、二人で同時に頭を下げた。

二日経って、郭興の軍が帰還してきた。

六千が四千に減っていて、馬も武器もかなり失っていた。

謁見《えっけん》の間に現われた郭興は、うなだれていた。出陣する前より、ひと回り小さくなったように見える。

「精兵でございました。しかも二段の罠を構えて、われらを待っておりました。半数の敵に敗れたことについて、弁明はいたしませせぬ。戦の報告を終えたのちは、速《すみ》やかに死を賜《たまわ》りますよう」

老将軍は、死を覚悟して、燕京に帰還してきたようだった。

郭興が、戦の様子を詳しく語りはじめた。

いかにもありそうな罠を前にして、郭興はしっかりと軍を止めていた。止めたところにもうひとつ罠があった、ということだ。

「ひとつ訊きます。騎馬隊を動かしたのは、おまえの考えなのですか、郭興？」

「はい」

「なぜ、動かした？」

「宋軍の騎馬隊が、うるさくまとわりついてきましたので」

「それだけの理由ですか？」

「そうです」

「おかしい。おまえの戦のやり方は、いつも騎馬隊と歩兵が助け合うものだった。両方を離してしまう戦を、おまえはこれまでしたことがない」

「魔がさした、としか申しあげようがありません。死を賜るのが、当たり前だと思います」

「瓊峨姫が、わがままを申したのですね。うるさくつきまとう敵の騎馬隊を、蹴散《けち》らしてしまおうと」

「あの軍の指揮は、私が執《と》っておりました。たとえ一兵の動きであろうと、すべては私が責《せめ》を負うべきことです」

「通常の戦では、そうであろう。しかし、瓊峨姫がいた。そのわがままも、聞いてやらなければならなかった」

「指揮をしたのは、私であります、太后様」

「通常の戦ならば、おまえは罰を受けて当然です。しかし瓊峨姫に押しきられたということなら、私にはなにも言えません」

「こんなふうにして、戦の結果は出ます。太后様は、その結果だけを見て、次のことをお決めになればよろしいと思います。私ごときが」

「郭興、おまえはもう老いている。これだけ戦場を生き延びてくれれば、すでに死がこわいものではなくなっていよう」

「失敗いたしました」

「それでも、おまえは戻ってきた」

「死ぬために、戻りました」

郭興が戦場での死を選ばなかったのは、瓊峨姫を無事に燕京まで連れ戻さなければならないと思ったからだろう。

「もうよい。戦の様子は、よくわかりました。私は、老練な将軍を、ひとり失わずに済んだことを、喜ぶべきなのでしょう」

「負けたのです、太后様」

郭興は、なにがなんでも死のうという気でいるようだった。いかに瓊峨姫がいたとはいえ、わずか半数の敵に完膚なきまでに打ち破られた。その屈辱は耐え難いのだろう。

軍人とは、おかしなものだ。こういう場面では、王欽招吉はいつも不思議な気分に襲われる。せっかく生き延びたのなら、なぜ次に勝つことを考えないのか。

「瓊峨姫を、ここに呼びなさい」

蕭太后の声が響いた。

従者が二人、駈け出して行く。謁見の間に重苦しい空気が流れたが、蕭太后ひとりは、身動きするなというように、郭興をじっと見据えていた。その眼差しに射抜かれてみたい、と王欽招吉は考えていた。めまいに襲われ、立っていられなくなるのではないのか。それも、信じられないほどの、快感によるめまいである。

どれほどの時が経ったのか。

謁見の間に、息を弾《はず》ませた瓊峨姫が駈けこんできた。郭興が、いきなりひれ伏した。

「瓊峨姫様を危険な目にお遭わせしたのは、ただただ、私の落度でございます」

「瓊峨姫。郭興は、ここで敗戦の責を負って、死ぬと申しているのです。戦場にいたおまえは、どう思いますか？」

「そんな」

瓊峨姫が、叫び声をあげた。さすがに軍袍は脱ぎ、女らしい装いをしているが、まだ髪が整わず、飾りをつけただけのように見えた。娘の方は、王欽招吉はいくら見てもときめくことはなかった。

「敵とは、こう対峙しました」

瓊峨姫がしゃがみこみ、扇子の先で床《ゆか》に陣構えらしきものを描いた。

「わが軍の騎馬隊は両翼で、敵もまず騎馬隊だけが現われたのです。少勢でしたが、うるさい蠅《はえ》のようにまとわりつき、攻めると見せては離れるのです」

瓊峨姫は、できるだけ細かく、敵の数まであげていった。

「わずかな騎馬隊で執拗《しつよう》に絡《から》みついてくるのは、歩兵の準備が整っていないからだ、と私は考えました。いま思えば愚かなことで、敵の誘いに乗ってしまったのだ、と思います。郭興には、決して動いてはならぬ、と言われていたのですが」

「その時、郭興はどこにいました？」

「軍の中央。歩兵を後ろに従える位置に。私は、右翼の騎馬隊の中に。ほんとうに闘いがはじまったら、郭興は私のそばに来ることになっていました。私は、うるさい敵の騎馬隊を見て、郭興はなにをしているのだと、苛立っていました。そして、自分だけで追い払おうと思ったのです。ちょっと追って、遅れた者を五、六騎倒せばいいと。しかし、追いつきそうで、追いつけない敵でした。左翼の騎馬隊は、郭興の命令で、私を守るために出たのだと思います。郭興も私と並んできて、引き返せと二度叫びました。谷の入口まで駈けた時、はじめて私は誘われていたことを悟りました」

それからは、郭興が報告した戦況の通りの展開だった。ただ、瓊峨姫は敵の大将とぶつかり、投げ落とされ、斬られかかったのだという。そこに、郭興が率いる二十騎ほどが遮二無二《しゃにむに》突っこんできて、二騎で瓊峨姫を両脇から抱えあげ、戦場を離脱していた。

「ならば、おまえは討ち果されるところを、郭興に救われたということではありませんか」

「罰せられるべきは、私だと思います、母上」

「その通りです。郭興はそのまま将軍の地位に留まること。自裁は許しません」

郭興は、ひれ伏したままだった。

「瓊峨姫、おまえはこれ以後、戦場に出ることを禁じます」

反論すると思ったが、瓊峨姫はただ頷いただけだった。

「それにしても、宋軍は侮《あなど》り難い。北平寨のような小さな砦《とりで》に、それほどの戦上手がいるとは。それがわかっただけでも、今度の戦は無意味ではありませんでした」

死を禁じられた郭興が、耶律奚低とともに退出して行った。

玉座でぐったりとして、母は足もとを見つめていた。夫に早く死なれ、病弱であった息子を太后として支え、その息子にも死なれた。いまも、ようやく言葉を喋《しゃべ》るようになった孫を、やはり太后として支えざるを得ない立場に立っている。

瓊峨姫は、母の性格を誰よりもよく知っているつもりだった。峻烈《しゅんれつ》であり、しかし全体を見る眼を失わない冷静さは持ち、王たる者の意志が全身を貫いている。そういう母も、瓊峨姫の前では、決して他人には見せない涙を見せることもあった。

「一緒に来なさい、瓊峨姫。それから、王欽招吉も」

四

謁見の間を出ると、母は離宮の方へむかった。従者がひとり、前触れをして行く。離宮といっても宮殿と繋《つな》がっていて、もとは後宮《こうきゅう》であったところだ。後宮を使う者が遼には長い間いなかったので、いつの間にか離宮と呼ばれるようになり、男子の出入りも許されている。左相や右相と政事《まつりごと》の話をする時も、大抵は離宮が使われていた。

母は、話し合いによく使う、入口の部屋に入った。壁に、遼国の地図が描かれているところだ。さらに奥は住居《すまい》になっていて、そこだけは男子の出入りは許されていない。

「郭興には、もう実戦の指揮はできますまい。新兵を調練する場に回しなさい」

王欽招吉にむかって、言われたことだった。部屋の隅でかしこまっている、鼠に似た小男が、恭《うやうや》しく拝礼した。母は、この男の才覚を買っている。多分能力はあるのだろう、と瓊峨姫も思っているが、好きではなかった。男はやはり、闘うことを知っているべきである。

「たとえ私の娘であっても、戦場での命令には従わせる。それが、一軍の将たる者です」

「はい」

「王欽招吉、いまのところ国境でのせめぎ合いは、私には五分五分の情勢に見えます。それを、六分四分か七分三分に見えるようにまでしなさい」

五分五分なのは、宋が国境の兵力を増強し、守りをかためるという姿勢でいるからだ。これ以上押すと、さらに兵力が増強される、と瓊峨姫は思った。

母は、それを狙《ねら》っているのかもしれない。国境に宋軍の兵力が集中したところを叩《たた》けば、中原《ちゅうげん》への進出の道が開けるかもしれないのだ。母の視野の中には、国境だけでなく、いつも中原が入っていた。そして、遼は攻める国、という信念もある。

「謀略を使ってもよい。とにかく、こちらが有利という状態を作りなさい」

「はい。全力をもって」

母は、王欽招吉から瓊峨姫に視線を移した。もう王欽招吉はいないも同然で、ただ彫像のように部屋の隅に立っている。

「瓊峨姫、おまえはまだ、私に言いたいことがあるのですね？」

こういう母の鋭さには、瓊峨姫はもう驚かなくなっていた。兄が死ぬ一年ほど前から、心の底を見通したようなことを、しばしば言うのだ。

「はい。郭興の前では言えないことでした」

「それは？」

「私は、宋軍の大将に命を救われたのだと思います」

母の眼が、じっと瓊峨姫を見つめてくる。

「馬から投げ落とされ、私は顔に剣先を突きつけられました。そのまま、かなりの間、睨《にら》み合っていたのです。その気になれば、何回も私を殺せたと思います」

「おまえは、武器は？」

「馬上では剣を持っていましたが、ぶつかり投げ飛ばされた時に、落としていました」

「素手のおまえに剣を突きつけ、しばらく見つめていたのですね」

「私が、女であることに気づいたのかもしれません。しかし、女が戦場に出ることも、まったくないわけではありません。あの大将は、やはり私を助けました。郭興が突っこんでくるのに気づいても、首を刎《は》ねて駈け去る余裕は、充分にありました。私の顔を見て、笑っただけです」

母が、大きく息をついた。

宋将に命を助けられたなどと謁見の間で言うと、それこそ郭興は命を断っただろう。それを言わない分別は、瓊峨姫にもあった。

「わかりました。そのことについては、忘れなさい」

「忘れるのですか？」

「おまえはもう、戦場に出ることはないのです。たとえそれを恩と感じても、返すすべはないのですから。多少、武芸が男勝《まさ》りでも、戦場で生き延びられるとはかぎりません。だから、先ほど申したように、戦場に出ることそのものを、今後は禁じます」

これまで、何度も戦場に出てきた。傷ひとつ負ったことはないのだ。だから戦場に出るのを禁じられるとしても、しばらくの間だと思っていた。

「今後、ずっとですか？」

「おまえには、ほかにやるべきことがあるのです」

「なんなのですか、母上。私に、ほかにやるべきことがあるのですか？」

「あなたは、十九歳の女ではありませんか」

母が、見つめてくる。

なんのことか、おぼろに見当はついた。そろそろ、そういうことを言い出されても、おかしくはないのだ。

「結婚をし、子を産めということですか？」

「ほかに、なにがあります」

「でも母上、私には相手がおりません」

「おまえが、相手を見つける必要はない。私が、結婚相手を決めましょう」

「そんな」

「私が、おまえに似合うと思う相手は、耶律休哥です」

髪も髭も白い、不気味《ぶきみ》な男。しかも、すでに三十代の半ばには達しているはずだ。

「遼軍随一の武将です。おまえとの間に生まれる子は、いずれ遼軍の総帥《そうすい》となってもおかしくない」

瓊峨姫は、しばらく声も出せないでいた。耶律休哥は、全身の毛が白いという噂《うわさ》まである。まるで獣《けもの》ではないか。

いつかは結婚するにしても、母の言い方はいかにも唐突だった。

瓊峨姫は、黙って腰をあげた。

「待ちなさい」

「耶律休哥は、母上の御不興を買って、北の土漠へ追いやられた者でしょう。だからいやというわけではありませんが、結婚の相手は自分で見つけます」

「おまえの結婚は、自分のためであると同時に、この国のためでもあるのです」

「耶律休哥と結婚することが、なぜこの国のためなのですか？」

「耶律休哥の軽騎兵の部隊は、この国で最強でしょう。しかし私は、耶律休哥の国への忠誠心に、いくらか不安を持っています。おまえの夫になることで、その不安は拭《ぬぐ》えるのです」

　どこかに、嘘がある。瓊峨姫はそう思った。その忠誠心に不安を持つ将軍を、母は生かしておくような人間ではなかった。

「いますぐとは言いません。耶律休哥の気持も、訊いておきます」

「その必要はありませんわ、母上」

　それだけ言い、壁のところに彫像のように立っている王欽招吉を一瞥《いちべつ》すると、瓊峨姫は部屋を飛び出した。

　そのまま、自分の居室に入る。下女に命じて、着ているものを脱いだ。

　女の着物より、男の着物の方が、自分には合っている。髪飾りもむしり取り、髪をまとめると、赤い幘《さく》を被《かぶ》った。さすがに、頭頂を剃って髡髪《こんぱつ》にしようとまでは思わなかった。

剣を佩《は》くと、ようやく気分が落ち着いてきた。

耶律休哥とは、何度か会ったことがある。白い毛が、そのころはものめずらしかった。やがて、母の不興を買い、北の土漠へやられた。あれは何年前のことだったろう。あれから、耶律休哥には一度も会っていない。

自分に剣を突きつけたまま、驚いたような視線を投げかけてきた、あの若い宋将の方がずっとましではないか、と瓊峨姫は思った。澄んだ眼だった。

五

北の土漠の春は、まだ遠かった。

雪は多くないが、風が吹き荒《すさ》ぶ。身を切るようなその風に耐えながら、何日もの行軍をくり返したり、調練を続けたりすることで、兵も馬も一段と強くなる。

食糧や秣《まぐさ》は、昨年と較べると充分すぎるほどだった。おまけに、幕舎ではなく、ちゃんと建てられた兵舎が砦《とりで》の中にある。

兵装は、防寒のために厚い布が一枚増えていた。実戦の時は、その布は不要である。兵の動きが悪くなるのだ。

耶律休哥は、五千の兵の中から、特に優れた者を百名選び出し、赤い具足《ぐそく》を着けさせた。馬具も武具も、すべて赤である。

赤騎兵《せっきへい》と名付けた。

直接、耶律休哥の下にいる部隊で、常に先鋒の役を担《にな》っている。自分の手や足と同じように動く兵を、耶律休哥は以前より欲しいと思っていたが、軍に余裕ができてきて、それも可能になった。

赤騎兵百名は、一頭の獣のように動く。そう動けるだけの、苛酷《かこく》な調練を施した。仕上がった赤騎兵に、耶律休哥はほぼ満足していた。時には、動きすぎるほどよく動く、と思えるほどだ。あとは、実戦で使ってみることだけだった。

五千の軍は、副官の麻哩阿吉《まりあきつ》が掌握し、一千ずつの大隊を率いる隊長も、ほぼ育ってきた。百名ずつの小隊を率いる者も、耶律休哥が見たかぎりでは、粒《つぶ》が揃っている。

それでも、全軍で五千だった。赤騎兵百が先鋒といっても、それは耶律休哥軍の中のことだけで、宋とのぶつかり合いになれば、耶律休哥軍全体が、遼軍の先鋒を担うことになるはずだった。

兵たちは、その持つ力によって、遼軍の中で優遇されはじめていることを、敏感に感じ取っている。それは、食事ひとつにもあらわれていた。優遇されているという気持が、誇りになるように、麻哩阿吉がうまく導いていた。それで、兵は死をおそれない。遼軍のどの兵よりも、勇猛に闘わなければならないのだと、思いはじめている。

兵舎で火が入っているのは、集会所になっている広い部屋だけである。耶律休哥自身の部屋にさえ、火は入れなかった。薪《たきぎ》が不足しているわけではない。自分や兵の躰を、甘やかしたくないだけだ。

ただ、兵舎にいる時の食事は、熱いものである。三日に一度は、生の肉を食らうが、それは病気を防ぐためだった。

遼軍はいま、宋との国境でしきりに小競り合いをくり返している。兵力増強のための調練を、実戦で行っているのだ。遼の民で十五歳以上の者は、みんな軍の調練を受けているので、新しく徴兵された者も、すぐに実戦に投入できる。いかにも、蕭太后らしいやり方だった。

大規模な戦は近い、と耶律休哥は読んでいた。宋は、国境線に兵力を集めざるを得ないだろう。集められた大軍を打ち破れば、一気に中原へ進むことができる。主力を潰《つぶ》すというかたちになるからだ。

簡単に考えればそうだということで、実際には虚々実々の駆け引きが、すでに行われているはずだ。

北の土漠暮しで、耶律休哥はその場に立ってはいなかったが、情報だけは集めていた。戦の勝敗は、情報が決することも少なくないのだ。そういうことをなす者を、三人雇っている。いかにも心許《こころもと》なかったが、それ以上の数を雇うことはできなかった。

人が訪ねて来た、と従者が告げた。

わずか三人の一行で、思い当たるふしはなかった。

集会所で、耶律休哥を訪ねてきた三人に会った。王欽招吉だった。昔から、蕭太后の側近としてかなりの力を持っていると言われている。小柄で顔に皺《しわ》の多い、鼠のような男だ。燕京にいたころ、何度か会ったことがある。

「お久しぶりですな、耶律休哥将軍」

この男の眼が、耶律休哥は好きではなかった。どこか、惨《みじ》めさを感じさせるような光を、いつも宿している。

「王欽招吉殿か。この地の果てに、どのような御用件です？」

六

王欽招吉は、疲れきった表情をしていた。軍人ではないこの男が、燕京からここまで来るには、六日はかかっただろう。途中に泊る家もなく、野宿を続けてきたに違いなかった。

「とにかく、暖まられるとよい。話は、火のそばでお聞きします」

「ありがたいですな。屋根の下の火は、心まで暖めそうだ。これほどの酷寒だとは、私の想像を超えておりました、将軍」

「これでも、兵は馴《な》れてしまうものです。前の冬までは、兵舎もなかったのですから」

王欽招吉がここへ来た理由は、考えても仕方がないことだった。政事の陰にいる人間の肚《はら》の中など、軍人である自分に読み切れるわけがなかった。戦場で出会えば、真先に首を飛ばす。耶律休哥にとっては、そういう種類の人間だった。

だから耶律休哥は、辺境の軍の指揮官として、ただ率直に王欽招吉とむかい合った。

「たった二人の従者でここまで来られるとは、いささか無謀な気もいたします。冬には、道もわかりにくくなる」

「さすがに、こんな旅ははじめてだったような気がしますが、私はよくひとりで各地を歩き回るのですよ。宋を、半年ほど流れ歩いたこともありました」

出した湯の椀を、両手で包みながら王欽招吉が言った。この男は、酒を飲まない。なにかで、耶律休哥は以前からそれを知っていた。湯を出したのは、そのためだ。ここに、茶などはなかった。

「落ち着かれたら、御用件を、王欽招吉殿。それとも、今日は休まれて、明日にしますか？」

「いや、明日早朝には、出立しようと思います。将軍は酒など飲まれるとよい。私は湯でお相手をしながら、話しましょう」

「私も、湯で結構。馴れています」

王欽招吉が笑った。顔の皺が深くなった。この男が笑うのを見るのは、はじめてではないか、と耶律休哥は思った。

「将軍は、ここで五千の軽騎兵を率いておられ、それは間違いなく遼軍最強の騎馬隊である、と私は思います」

軍のありようについては、文官になにも言われたくはなかったが、耶律休哥は黙って聞いていた。いやなことは、拒絶すればいいのだ。

「本来なら、将軍は遼軍全体の指揮を執られてもおかしくない。少なくとも、前線に出ていただきたい、と思います」

耶律休哥は、火に薪をくべた。従者も退《さ》がらせてあるので、部屋には二人きりだった。

「全軍の指揮を執ってみませんか、将軍?」

「軍のことは、耶律奚低将軍が統轄しているはずです。ここでそんな話をするのは、穏当ではない」

「確かに。しかし、太后様の御意志がそのあたりにあると考えれば、話は別でしょう」

「私がこの辺境にいるのも、太后様の御意志のはずですが」

「峻烈で果断なお方です。だからいまはそうしておられる。状況が少し変れば、遼軍全体の指揮を任せようともお考えになるはず」

「遼軍に、大きな問題があるとは思えません。状況が変ればというのは、どういうことなのです?」

「耶律休哥将軍が、妻帯されることです」

「なんと。王欽招吉殿は、この私に妻帯を勧めるために、ひどい旅をして来られたのか?」

王欽招吉の眼が、じっと耶律休哥を見つめてきた。鼠の眼ではない。むしろ猛禽《もうきん》のような眼だった。この男は、巧みに眼の色も使い分けるのかもしれない。そう思いたくなるほど、鋭い光だった。

「お相手は、瓊峨姫様です」

　蕭太后の娘。確かにまだ独身で、男勝りの武芸を身につけている、という噂も耳にしたことがある。時には、実戦に出ることさえあるようだ。蕭太后の血を受けた、先帝の妹であり、立場としては太后などよりずっと自由なのかもしれない。

「なにを言われるかと思えば」

「蕭太后の御意志なのです、これは」

　王欽招吉が命令を受けてここへ来たのかどうかはわからないが、太后の意を汲《く》んでいることは間違いないだろう。

　耶律休哥は、また新しい薪を火にくべた。気持のいい音をたてて、薪が燃えあがる。

「軍人ならば、全軍の指揮を執りたいと思われるでしょう、将軍。軍人たる者の夢ではないのですか？」

「やめましょう、王欽招吉殿。なにも聞かなかったことにします」

「将軍、太后様の御意志なのですよ」

「どなたの御意志であろうと、変りはない。妻帯することによって、軍内で昇りつめようなどと、私は考えたくもない。軍人は、軍功によって昇っていくものです。それがまた、闘う者の誇りでもある」

「しかし」

「それで太后様の御勘気《ごかんき》に触れるというのならば、この辺境の土漠で、ただ朽ち果てよう。私は、それが男だと思っている」

「そうですか」

王欽招吉が、肩を落とした。それは、耶律休哥にとっては、意外な反応だった。もっと蕭太后の威光を背負い、嵩《かさ》にかかった言い方をしてくるだろう、と思っていた。どこまで耐えられるかわからないが、できるかぎり耐えよう、と耶律休哥は自分に言い聞かせていたのだ。

「旅の間、ずっと考えつづけていました。もしかすると、耶律休哥将軍の、触れてはならないものに触れるかもしれないと」

うつむいた王欽招吉が、湯に手をのばし、小さな音をたてて啜《すす》った。

「私は、戦場ではなんの役にも立たない人間ですが、それでも男の誇りというものについては、自分なりにわかっているつもりです」

「ならば、聞かなかったことにして、よろしいのですね？」

「私も、言わなかったことにいたします。遼軍きっての将軍に、言うべきことではありませんでした」

力なく、王欽招吉が笑った。

「人の心、いや自分の心でさえ、複雑でわかりにくいものですね、将軍。将軍が喜んでこの話を受けられたら、私の気持はまた違っていたという気がします」

耶律休哥は、黙って椀に湯を注《つ》ぎ足した。ほんのちょっと、王欽招吉は頭を下げたようだった。

「私は」

「もうよしましょう、王欽招吉殿。たとえ太后様の命であろうと、私は受けません。それが私の生き方であり、それだけのことです」

王欽招吉が、また湯を啜った。

「馬の乳で作った酒があるのを、御存知ですか、王欽招吉殿？」

「いや。聞いたことはありますが、飲んだことはありません」

きちんと飲まなければ、この男にとっては知ったことにはならないのかもしれない。万事がそうだとも思えた。

「もうすぐ、鉦《かね》が打たれます。夕食です。試してみませんか。はじめは飲みにくいが、馴れるとなかなかいいものですよ」

「酒は、あまり飲めないのです。ひとりきりの時しか、実は飲んだこともありません。しかし、将軍のお勧めには従いたいような気がします」

「ならば、出させましょう。口だけでもつけられるとよい」

王欽招吉が頷いた。

蕭太后の勘気に触れ、また土漠の幕舎暮しになるかもしれない、と耶律休哥はなんとなく考えていた。それもまた、悪くない。

「この国は広い。森もあれば、地平まで続く草原もあり、土くれの荒野も、砂漠もある。しかし、豊かではありません。中原を領土に加えることができたら、ほんとうに豊かな国になる、と私は思います」

「そのためには」

「大きな戦が、何度も交わされるでしょう。宋は軟弱だが、どこか腰が強い。遼は鋼《はがね》のようですが、折れることもあるかもしれません。いささか心配でもあります」

中原の獲得は、蕭太后の悲願だった。それがいいことなのかどうか、耶律休哥にはわからなかった。考えもしない。自分は軍人なのだという思いが、常にあるだけだった。

夕食の鉦が打たれはじめている。

第六章　両雄

一

三千の騎馬隊は、楊業《ようぎょう》が想像した以上だった。北から入れた馬は、どれも申し分なく、兵の調練も徹底していた。

遼《りょう》の、耶律休哥《やりつきゅうか》の軽騎兵が、どの程度のものか、詳しくは知らない。耶律休哥は戦上手《いくさ》で、楊業も耶律休哥とぶつかった時は、緒戦から隙《すき》を見せず、お互いに隙の探り合いに終始した。一度ぶつかった瞬間、そのまま押せると思ったが、押した時には相手はかわしていた。それ以上は押さず、耶律休哥も兵を退《ひ》き、構え直した。お互いに、もう一度のぶつかり合いに到る前に、全軍が退いた。手強《てごわ》い、という印象だけが、残っている。耶律休哥の方も、そうなのかもしれない。

その耶律休哥の軽騎兵に翻弄《ほんろう》された六郎《りくろう》が、七郎《しちろう》とともに全力をふり搾《しぼ》って作りあげたのが、この騎馬隊だった。

「思った以上だ、延平《えんぺい》。私が言ってやることは、なにもない」

「国境線で小競り合いが起きていますが、一度打ち払うと、代州《だいしゅう》には攻め寄せてこなくなりました」

調練は続いているが、六郎と七郎の騎馬隊だけが、別の動物のように動いている。

楊家《ようか》軍の調練を見ると、禁軍《きんぐん》を中心にした宋《そう》軍の調練が、いかになま温《ぬる》いものかよくわかる。ただ、兵力だけは大きい。そして、一部だが精兵もいる。

「今年あたり、大きな戦がはじまるでしょうか、父上？」

「今年は、まだであろう。もっとも、意表を衝《つ》くのは遼の得意なことではあるが」

戦機というものがある。どちらからともなく、それは熟してくる。片方だけが熟しても、それは城攻めのような、持久戦になってしまう。片方に、守るという意識しかないからだ。

楊業が見たところ、戦機はまだ熟していなかった。遼は、新しく徴兵した者を戦場に出している。まず実戦をやり、兵の資質を見きわめるというのは、いかにも遼らしい過激さだが、これから厳しい調練に入るはずだった。調練の大事さを、よく知っているのもまた、遼という国であるのだ。

禁軍に、呼延賛《こえんさん》や高懐徳《こうかいとく》と並ぶほどの実力を持っている将軍が、あと二、三人いれば、と楊業は思っていた。曹彬《そうひん》はともかく、潘仁美《はんじんび》のような将軍が、軍の頂点に立っている。そして有力な将軍は、ほとんど潘仁美の言いなりと言ってよかった。

潘仁美は、もともと軍人よりも文官にむいた人間だった。野心もそのあたりにあるらしく、文官と対立する軍人と言えば、潘仁美しかいないのである。

宋は、文官の国だった。民というものが、大事にされる。民が豊かになれば、国も豊かになる。先帝といまの帝《みかど》は、はっきりとそういう国を目指していた。軍は、民や国の豊かさを守るためのものである。したがって、文官の意向がいまは優先されている。しかし、戦になれば、やはり軍人の考え方が第一ということになる。

文官を押さえるために、戦をはじめたい。潘仁美には、極端に言えばそういう考えがあると言ってもいい。北辺の情勢を、おかしなふうに利用しかねなかった。帝は、民のために戦を避けようという思いが強いが、同時に燕雲十六州《えんうんじゆうろくしゆう》回復の悲願も抱いている。その隙間に、潘仁美の言葉が入りこまないともかぎらないのだ。

代州の情勢が誤って開封府《かいほうふ》に伝わらないように、通信の中継所を設けたのは、潘仁美のその動きを封じる意味もあった。

それに、八王《はちおう》がいた。本来ならば帝になるはずだったが、まだ年少だという理由から、叔父である趙光義《ちようこうぎ》が帝になった。できることなら戦は避けるべきで、燕雲十六州も遼との外交で取り戻すのが賢明だという、確乎《かつこ》とした信念が八王にはある。帝に正面からものを言い、帝もそれに耳を傾ける、唯一の人間が八王でもあった。

文官は、みんな優秀である。しかし文官特有の価値観を、超越した者は見当たらない。つまり事態への即応はできず、すべて討議をくり返すということなのだ。民政ならむしろそうあるべきで、楊業にも強い異論は唱えられないのだった。

調練が終っても、楊業は六郎と七郎の騎馬隊だけを残留させた。

金城《きんじょう》（応州《おうしゅう》）あたりに、また不穏な動きが出てきた、という情報があった。新兵は後方で調練に入り、精鋭が集結しているというのだ。

遼が宋を攻めるなら、代州を奪《と》るか、遂城《すいじょう》に足場を置くかである。代州に楊家軍がいる以上、遂城を攻めようとするのは、眼に見えていた。遂城を落とせば、宋軍は主力を北に集結せざるを得ない。それを打ち破れば、遼は中原《ちゅうげん》に手が届くのだ。

金城の軍は、すぐに東へ移動し、遂城を攻める軍になる、と楊業は見ていた。金城に集結したのは、楊家軍に対する陽動と見ていいだろう。

楊業は、通信の新しい中継所を使って、開封府と三度やり取りをした。三度のやり取りが四日で済んだというのは、以前では考えられないことだった。しかも、正確にこちらの情勢は伝わったらしく、その軍を殲滅《せんめつ》させるためには、こちらから攻めてもいい、という許可も届いた。

「金城の精鋭二万が東へ移動しはじめたら、われらも東へむかう。三千騎のみでだ」

六郎と七郎を呼び、楊業は言った。延平もともに行くことを命じたので、代州の楊家軍の総指揮は、二郎《じろう》に任せた。

「北平寨《ほくへいさい》にいる、四郎《しろう》の三千には知らせますか、父上？」

「あくまで、宋軍として動くということで、こちらの指揮下に入れよ、延平」

「つまり、『宋』の旗を掲げよということですか。しかし、四郎は立派な楊家軍です」

「それはわかっているが、遂城のそばにも宋軍の精鋭がいる、と遼には思わせたい。そう思わせねばならんのだ。しかるのち、われらは楊家の旗を掲げる。そのことは、おまえが四郎に話してやれ、延平」

「もう少し詳しく、説明していただけませんか、父上。四郎だけが、楊家軍からはずされているように、私には思えます。四郎のその思いは、なおさらでしょう」

楊業は、頷《うなず》いた。

頷いたがしかし、どこか延平の問いかけが不満でもあった。六郎も七郎も黙って聞いている。

「戦というのは、先の先まで見通してやるものだ。六郎も七郎も、戦場の指揮だけではなく、そのことも身につけなければならん」

「はい」

二人が、同時に答えた。

「遼軍は精強だが、その中でも最も精強な部隊と言えば、どれになる？」

「それは、耶律休哥の軽騎兵でしょう」

間髪《かんはつ》を入れず、六郎が言った。

「その耶律休哥は、どこに配置されている？」

「北の駐屯地で、いまだ前線への配置が決まった、という情報はありません」

「そうだ。遼は、最強の部隊を、最後の最後まで出そうとしてこぬだろう。先日、四郎は六千の敵を難なく打ち負かし、北平寨には精鋭がいる、ということを遼に見せつけた。あれが楊家軍だったとわかれば、遼の蕭太后《しようたいこう》も宋軍を侮《あなど》るだろう」

「宋軍の精鋭中の精鋭は、楊家軍であるがゆえに、他の宋軍は警戒するに当たらない、ということですか？」

「わからぬ、そんなことは。蕭太后の心のうちがわかるはずはないし、わかろうとすることも危険だ。読み違えれば、すべてがおかしくなってくる。大事なのは事実で、私は耶律休哥がどこに配置されるかという事実を知りたいのだ。遼はそれを知らせたくない。これは、戦場で行われるのとは、また別の戦だ」

「敵を先に動かす、ということですな」

「そのために、こちらが動く。しかし、眼くらましのために、四郎の部隊が必要なのだ」

「わかってきました。先の先まで読む戦というものが」

「おまえは北平寨に先行し、四郎にこのことを説明せよ。金城の敵は、明日にも動きはじめるかもしれぬぞ、延平」

耶律休哥は、代州の楊家軍に充《あ》てられるだろう、と楊業は思っていた。なにもしなくてもそうなるはずだが、時機を早くして力を見きわめたいという思いがあった。

耶律休哥は、言われているほどの戦巧者《いくさこうしゃ》なのか。しばらく対峙《たいじ》してみれば、それはわかる。お互いに読み合える立場でむかい合い、ぶつかる。それが、楊業の戦のやり方と言ってもよかった。

延平が出発した三日後に、金城の二万は東へ移動をはじめた。

楊業は、国境線から離れて三千騎を移動させ、実際の追尾は斥候《せっこう》を出すにとどめた。

移動をはじめて二日目に、北平寨から延平が戻ってきて、合流した。

「いやあ、『宋』の旗を高く掲げると、四郎は申しました。それから、騎馬は指揮や伝令の三十騎にとどめると。二万を三千で止め、そこに三千騎が襲いかかる。それがよいと思うとも申しました」

延平が、地図の一点を指した。そこは平原で、兵力の差が出やすいところだったが、騎馬隊の実力を測るには、最も適したところでもあった。

「ここでいい、と四郎が言ったのだな?」

「はい。いまからなら、いくらでもやりようがあると。ただし、持ちこたえるのは半日。それ以上は犠牲を覚悟しなければならないので、兵を退くと」

歩兵だけで、二万を止める。しかも、平原でだ。普通に考えれば、敵の二倍の兵力が必要なところを、三千で半日持ちこたえる自信が、四郎にはあるのか。いまの敵の行軍の速さだと、あと二日でぶつかる。

「四郎は、どこか変っていました、父上。どこがどうとは言えないのですが」

「まあ、よい。言ってきたことを聞くかぎり、悪い変りようではあるまい」

「私も、そうは思うのですが」

「どこか、気になるのか、延平？」

「兄弟の中で、一番変りそうもないやつでしたので」

七名の男子に恵まれた。楊業が父親として教えたのは、楊家の男であるという誇りだけだった。戦になれば死ぬ。当たり前のことが、息子たちにも起きる。誇りを教えながら、その覚悟も楊業はした。

全軍を、国境線に近づけて進めた。敵を追尾するという恰好《かっこう》である。

斥候の報告によると、敵の動きはきわめていい。禁軍の一部かもしれない、と楊業は見当をつけた。遼の禁軍は、宋の禁軍とはかなり趣きが違う。

平原に阻止線を敷いた四郎が、正面から遼軍とぶつかった、と伝令が知らせてきた。

「ここから駈けて、どれぐらいかかるかな、六郎？」

「およそ二刻《にこく》（一時間）というところでしょうか。四郎兄上の言われた半日には、充分に時間があります」

「よし、本来なら千五百ずつに分けるところだが、三千でどれほどの動きができるのか、私自身が指揮して試してみよう」

楊業は、それでも急がなかった。半日は、犠牲を出さずに持ちこたえられる、と四郎は言ったのだ。

斥候の報告は、次々に入ってきた。

四郎は、騎馬隊に対する準備を、充分にしているようだ。砂袋を壁のように積みあげ、その上から逆茂木《さかもぎ》の代りに槍を突き出させているという。横に迂回《うかい》しようとすれば、落とし穴もあるようだ。

楊業が戦場に到着したのは、ぶつかり合いがはじまってから、四刻（二時間）を過ぎたころだった。

楊業は、三千騎をそのまま敵の背後から突っこませた。見事な動きだった。三千が三千とは思えず、自分の躰《からだ》が巨大なものになったような気さえした。ひとりひとりが、指揮をする楊業自身の躰のように思い通りに動くのだ。こういう騎馬隊を指揮していると、快感さえ襲ってくる。

敵を断ち割り、打ち砕き、いくつもに分断した。敵も、必死で態勢を整え直そうとしていて、それはいい動きだったが、騎馬隊の速さの方が勝っている。立ち直りかける寸前で、風を吹きかけたように、敵は散らばってしまうのだった。四郎の歩兵も動き出し、追い撃ちをかけはじめた。楊業ははじめて騎馬を分散し、逃げる敵の先回りをさせた。『楊』の旗が、土煙の中で躍る。

楊業は、指揮官がいるらしい三百ほどの集団に、五百騎で攻めかけた。容赦はしなかった。すぐに半数になり、十数人になり、立っている者はひとりもいなくなった。

戦場は、遼兵の屍体《したい》で酸鼻《さんび》をきわめていた。狭い範囲に屍体が折り重なるように倒れているのは、騎馬が逃げる敵を押さえたからだろう。一万五千は討った。充分に殲滅《せんめつ》と言える戦果だった。

宋の領内に戻ってから、楊業は四郎と対面した。

「見事な戦であったな、四郎」

「はじめから、六郎、七郎の騎馬隊を父上御自身が指揮されて、挟撃のかたちになるのはわかっておりましたから。私がやったのは、小さくかたまり、敵をも散らせないようにしただけです」

四郎の部隊の犠牲は、わずか十四名だったという。二万とぶつかり合ったとは、信じ難いような数だった。ただ、四郎がやったのは、敵を引きつけ、あとは守りをかためて、ひたすら待つということだった。勝つための戦ではなかったのだ。

「どうだ、北平寨での駐屯は？」

「なんとなく、気に入っております」

「気に入っているか」

言って、楊業は声をあげて笑った。いまもまだ、『宋』の旗を掲げさせたままである。それを、四郎は嫌がっているようでもなかった。

「うるさい兄たちがいなくて、いくらかは解放されたか？」

「そういうことでもありません。ただ、なんとなく気に入ったということで」

四郎は、二十名ほどの捕虜を確保していた。以前ならば、即座に殺したはずだ。

「あの、捕虜は？」

「宋軍のやり方です。いずれ処断しますが、遼の内情を訊き出せるだけは、訊き出そうと思っております。私が宋軍の将軍でいるかぎり、やり方もそうします」

どこか、四郎は不敵だった。そして、愉しそうでもあった。

二

涿州《たくしゅう》からの使者が到着した時、耶律奚低《やりつけいてい》は伝達された内容が信じられず、しばらく茫然《ぼうぜん》としていた。涿州、易州《えきしゅう》周辺の軍の統轄は、劉厚徳《りゅうこうとく》将軍がやっていた。戦場における実績は少ないが、軍の掌握はうまく、移動の無理なども決してさせない。

易州、涿州を中心に、遂城攻撃軍の七万を編制しようとしていた。その中核の一部が、金城に集結し、東へ移動していた二万なのである。それが、ほぼ全滅に近い損害を受けたのだ。しかも、攻撃してきたのは、三千騎の楊家軍の騎馬隊を含む、六千の宋軍だったという。

耶律奚低の頭に最初に浮かんだのは、遂城攻撃軍を最初から編制し直さなければならないということではなく、蕭太后の怒りにふるえた顔だった。

耶律奚低は、五騎の従者のみで、とりあえず宮殿に馬を走らせた。

謁見の間である。蕭天佑《しょうてんゆう》、蕭《しょう》陀頼《だらい》の左相《さしょう》、右相《うしょう》のほかに、王欽招吉《おうきんしょうきつ》も控えていた。

耶律奚低の報告を、蕭太后はじっと眼を閉じて聞いていた。二万の精兵が、六千の宋軍に全滅に近い損害を受けたと言った時も、その表情はまったく動かなかった。それは、かえって不気味でもあった。

「宋軍の方から、攻撃してきたということですね？」

しばらくの沈黙のあと、蕭太后の乾いた声がした。

「しかも、六千でこちらの領内の二万を全滅させた」

「そういうことになります」

「それほどに、宋軍は強力だったのですか？」

「北平寨から出たと思われる三千は、小さくかたまり、守りをかためていたようです。背後から襲った楊家軍の騎馬隊が、いままで以上に強力で」

「待ちなさい。北平寨から出た三千は、先日、郭興《かくこう》将軍を打ち破ったのと同じ軍ですね？」

「騎馬隊はいなかったといいますが、多分、同じだろうと思えます。劉廷翰《りゅうていかん》の指揮下の部隊ということになります」

「遂城守備軍に、宋は精鋭を集めているということですか？」

「兵力こそ増大していますが、遂城守備軍が精鋭だという情報はございません」

「私のところに入っている情報でも、そうです」

蕭太后は、自分でも情報を集め、常にそれと軍に入った情報を照らし合わせている。そうすることで、曖昧《あいまい》なものを消していこうとしているのだろう。

「唯一、北平寨の軍だけが精強である、ということになりますね」

「規模が三千です。たまたま、精強な軍が配置されたと考えるしかありません」

「たまたまで、二度までも敗戦の屈辱を受けるのですか。二度とも、完膚《かんぷ》なきまでの負けようではないか」

「はい」

耶律奚低は、うつむくしかなかった。

遂城守備軍は、周辺も合わせると、七、八万に達している。その中に、三千の精兵がいたとしても、なんの不思議もなかった。

「楊家軍と、よく連携していると考えていますか、耶律奚低?」

「連携というより、要請を受けて、二万のわが軍を止めるために動いた、というように私には見えます。実際、攻撃の戦は、わが軍が潰走《かいそう》しはじめてから、はじめて行っています。それまでは、ただ守り抜くというだけで」

「しかし、三千です」

二万を止めるにしては、いかにも小さかった。劉廷翰なら、大軍を送って来そうだ。それが、いままでの劉廷翰のやり方だった。

「楊家軍の騎馬隊三千はよろしい。精鋭であって当たり前です。問題は、北平寨の三千です」

確かに、二度の敗戦を考えると、あの三千の存在が大きな意味を持っている。無論、耶律奚低も手を拱《こまね》いていたわけではなかった。どういう軍かは、調べさせている。ただ、孤立したかたちの北平寨に間者《かんじゃ》が入りこむのは困難で、若い将軍が指揮をしているということがわかっているだけだ。

「劉廷翰麾下《きか》というのは確かで、兵糧《ひょうろう》から秣《まぐさ》に到るまで、遂城から届けられています。遂城から北平寨まで、しっかりした糧道があるということです」

王欽招吉が言った。

遂城が攻められた時、側面から攻囲軍を牽制《けんせい》するために、劉廷翰は北平寨に精鋭を配置したのだろうか。あるいは、遼軍の侵攻路が、遂城の西になる、と宋では読んでいるのか。

「遂城を攻める時の、最大の障害があの北平寨ということになるかもしれません」

王欽招吉という男を、耶律奚低は好きでも嫌いでもなかった。もともと、戦場に立ったことはない男なのだ。戦のことでなにか口出ししてきても、黙っている。ほとんど無視しているに近いと言っていいだろう。

「北平寨の三千を叩《たた》くことは、遂城を叩くより重要なことになるかもしれません、太后様。直《ただ》ちに、軍を出すべきではないでしょうか」

「それは、性急にすぎる、王欽招吉。まずは、しっかりと軍を立て直すことであろう」

左相の蕭天佑が、苦々《にがにが》しげに言った。

蕭太后の眉《まゆ》が、ぴくりと動いた。しかし、なにも言葉は出てこない。

「遂城攻撃軍も、編制し直さなければなりません、太后様。急いでそれをやるとしても、三月《みつき》はかかります」

耶律奚低は言った。

「たった三千を、押し潰《つぶ》してくる軍も、わが国にはないのですか、耶律奚低？」

「それはありますが、国と国の戦と考えた場合、大きなことではありません」

「精兵と信じた二万が、なすすべもなく全滅させられてもですか、耶律奚低。これを遼軍全体の敗北と、おまえは考えないのですね？」

「二万には、自領を行軍中という油断があったと思います。おまけに、襲ってきたのが、先年より調練を重ねていた、楊家軍の騎馬隊です」

「だから、負けではないと？」

「負けは、負けです。ただし、国家の負けではありません。そこを、お見落としなされませんよう、太后様」

謁見の間が、しんとなった。

宋軍の主力が国境線に集結した時、それを打ち破る自信が、耶律奚低にはある。そして、それこそが国家と国家の戦なのだ。

「耶律奚低。言いたいことはわかりました。私に、冷静になれと言うのですね。冷静になりましょう。しかし、北平寨の三千は、私には無視できません」

「それは、私自身が、指揮をして殲滅して参ります。出動のお許しを」

「待ちなさい。おまえは、遼にとって大切な将軍なのです。もう少し、北平寨を見きわめましょう」

蕭太后は、決して冷静になったわけではない、と耶律奚低は思った。腹の中は煮えくり返っているだろう。しかし、それで判断を狂わせるということもないのだった。

不意に、足音がした。

具足《ぐそく》姿の若者が飛びこんでくる。よく見ると、瓊峨姫《けいがき》だった。

「なんです、瓊峨姫。おまえが戦場に出ることを、私は許さないと言ったはずです」

「しかし、母上。二万の遼軍を殲滅させたのは、北平寨のあの宋軍だと聞きました。私は、黙っているわけにはいきません」

「だから、戦場なのですか。命を落としかかったことを、もう忘れたのですか」

瓊峨姫は、時折戦場に出ていた。日ごろから武芸が好きで、剣ではそこらの兵ぐらいは打ち負かしてしまう。しかし、郭興に連れられ、なんとか生きて燕京《えんけい》へ戻ってきたのは、ついこの間のことだった。

「とにかく、戻って着替えなさい。そして、私を待っていなさい」

「母上、女もやはり雪辱《せつじょく》は果したいのです。それは、おわかりになりますね？」

「それと、戦場に出ることと、混同してはなりません」

蕭太后の声には、怒りと苛立《いらだ》ちが含まれていた。成行《なりゆき》を心配しているのか、王欽招吉が全身を強《こわ》ばらせている。瓊峨姫が、渋々という様子で、謁見の間を出て行く。蕭太后の眼が、再び耶律奚低にむいた。

「討ち果された二万の補充は、直ちにはじめなさい。この国の男子はすべて兵士になり得るが、それにも限りがある。このような敗北を、今後私は許しません」

「敗因がなんであったのか、将軍たち全員に考えさせます」

「それでよい。しかし、北平寨の三千を、私は放置する気もありません」

「すぐに、兵を出されるのですか？」

「いや、耶律休哥を呼びなさい」

その名を聞いた瞬間、耶律奚低は救われたような気分になった。耶律休哥の名は、はじめから頭に浮かんでいたが、言い出せないでいたのだ。

「すぐにでも、使者を立てます」

「使者でなくてよい。出動命令を伝えるのです。耶律休哥の軽騎兵すべてに。耶律休哥には、南へむかう途中で、燕京に立ち寄るように言いなさい」

「かしこまりました。しかし、耶律休哥を、北平寨に充てるかたちで配置されるのでありましょうか？」

「それは、まだ考えていない。北平寨へは、一矢《いっし》を報《むく》いるだけです」

耶律休哥軍は、どうしても楊家軍に充てたい、と耶律奚低は考えていた。歩兵四万と耶律休哥の五千騎を組み合わせれば、充分に楊家軍の押さえになり得る。楊家軍の動きさえ封じれば、いかに宋軍が大軍であっても、打ち破るのは難しいことではない、と耶律奚低は考えていた。

「耶律休哥に、出動命令を出します」

「あの軍の、馬の備えは？」

「各自が二頭、一万頭ということになっております」

「耶律休哥は、それでよいと言っているのですか？」

「はい。以前まで、各自一頭でありました。二頭というのは、禁軍の騎馬隊の備えと同じで、馬の調教も済んでいるようです」

それ以上、蕭太后はなにも言わなかった。遠くを見るような眼をしている。拝礼し、耶律奚低は謁見の間を退出した。

北の耶律休哥の駐屯地には、早馬を出した。

それから、燕京近辺にいる将軍を、すべて召集した。耶律休哥が来る前に、敗因だけでも探っておくべきである。

しかし、なにも出なかった。

二万を止めた兵も精強なら、背後から襲いかかった騎馬隊も、それ以上に精強だった。

「宋が、守りから攻めに転じたということではないのだろうか、耶律奚低将軍？」

郭興が言った。耶律沙《やりつさ》は不服そうな表情で腕を組んでいる。耶律休哥が呼ばれて、なぜ自分に出動命令が出ないのか。顔に、はっきりそう書いてあった。耶律斜軫《やりつしゃしん》は、眼を閉じたままだ。ほかに、華勝《かしょう》と金秀《きんしゅう》という、若い将軍がいた。

「こちらの領内に入ってきたことが、その証《あかし》かもしれん。燕雲十六州を、宋はなんとしても奪い返したいと思っているであろうし」

「攻めに転じたのなら、もっと大軍を出してくる、という気がする、郭興殿」

「そこが、これまでの宋軍とは違うのではないかな。楊家軍を加えて、宋の戦のやり方が変ったのでは」

「考えにくい」

眼を閉じたまま、耶律斜軫が呟《つぶや》くように言った。

「とにかく、機敏に動く軍であった。楊家軍のほかに、あれほどの軍がいるとはな」

北平寨の三千と闘ったのは、郭興ひとりだった。話を聞くだけで、みんなその手強さは知らない。

「敗因は見つかりませんな、耶律奚低将軍」

耶律斜軫が、ようやく眼を開いた。

「こんな話をするより、戦の仕度《したく》をした方がいいと思います。やがて、劉厚徳殿も見えられるでしょうが、あの方にかぎって、行軍に不備があったり、軍律が乱れたりということはないはずです」

劉厚徳は涿州、易州の軍管区を受け持っていて、今度の遂城攻撃軍の、召集の責任者でもあった。戦場での軍功は少ないが、軍の編制などには、驚くほどの力量を発揮する、遼では得難い将軍でもあった。

翌日も、軍議が続いた。

劉厚徳が到着したが、敗因になるものを語ることはできなかった。待っていた三千は、こちらの領内に入った敵なのである。全軍で殲滅しようとして当然だった。その際、背後に対する備えも怠っていない。

要するに、敵が予測を超えた強さを持っていた、ということだ。劉厚徳は、蕭太后に拝謁したあとで、沈みこんでいた。いまだに、二万が殲滅されたことが、信じられないという。

「こんな軍議を、何度やっても意味はない。戦の準備をすべきでしょう、耶律奚低将軍」

耶律斜軫が、苛立ったように言い、耶律沙もそれに同調した。

「出動の命令は、出ていないのだ。耶律休哥を待つしかあるまい」

「あの白髭《しらひげ》に、なにができる」

「言葉を慎《つつし》め、耶律斜軫。耶律休哥の出動は、太后様が御自身で言い出されたことだ」

二人の将軍は、年齢が近かった。かつては競争意識も強かったが、いまでは耶律奚低が軍内での地位はずっと上である。

「しかし、出動準備を整えて、燕京に到着するまで、あと五日はかかりますぞ」

「それでもいい。私は、北平寨の敵をしっかりと見きわめたいと思う」

「耶律奚低将軍、私はくやしいのです」

「気持は、わかる。しかし、太后様が決定されたことだ」

耶律斜軫や耶律沙という将軍たちを、次第に抑えきれなくなっている自分を、耶律奚低は感じていた。もう、四十五歳である。

「それに、殲滅された二万の補充を、どうするかも考えなければならんのだ」

「それについて、申しあげます」

金秀が立ちあがって言った。同時に、華勝も立ちあがっている。

「われらを、遂城攻撃軍に加えてはいただけないでしょうか。兵は精鋭である、という自負は持っています」

二人とも、一万を率いる将軍だった。眼が、必死である。

「燕京の守備は？」

「禁軍の一部を、われらの代りに南下させていただきたい。そして新しく徴兵した二万を、北で調練すればよいと思います」

遂城攻撃軍には、精鋭が必要だった。耶律斜軫や耶律沙は、当然主力になる。

「それが、最も早い方法ではあるな」

劉厚徳が言った。

「おまえら、ただ手柄を立てたいだけで、気軽に言うのではないぞ」

「耶律斜軫将軍。われらは、この時を期して、調練に励んできたのです」

華勝が、直立したまま言った。

「まあよい。悪い考えではない、と私も思う。太后様にお伺いを立ててみる」

二人が、頷いた。

「耶律斜軫、おまえにも若いころがあったのだろう。若さを、どこかで認めてやれ。そして、その闘いぶりを見守ってやれ」

「それは、おっしゃる通りです」

耶律斜軫が苦笑した。いま軍の中枢《ちゅうすう》にいる将軍たちを鍛えたのは、耶律奚低自身である。あのころは、猛将と人に言われることもあった。自分が鍛えた将軍たちの中で、やはり耶律休哥が抜きん出ている、と耶律奚低は思っていた。

「軍議は、もうよそう。耶律休哥を待つしかない。それぞれが、自分の軍へ戻れ」

戦は続く。これから、まだ何年も闘い続けなければならないだろう、と耶律奚低は思った。

金秀と華勝のことは、上申するとすぐに蕭太后の許可が出た。二万の軍は、それぞれ易州と涿州に行くことになった。

蕭太后は、戦に出るという瓊峨姫を抑えるのに腐心しているようだった。ここは、女が出るような気軽な戦ではないのだ。

全軍を巡視して回ることしか、耶律奚低のやることは残されていなかった。

燕京の北にいる軍から、耶律奚低は巡視をはじめた。軍律は悪くない。装備に乱れのある軍もない。負けるはずのない、精鋭たちのはずだった。

早馬で出動命令を出して、三日目に耶律休哥が燕京に到着した。

　早すぎる。途中まで来ていたのだろうと言う者もいたが、耶律休哥はきちんと自身の駐屯地で出動命令を受けていた。

耶律奚低と話す間もなく、宮殿に呼び出された。耶律斜軫、耶律沙など、数人の将軍も、文官たちと並んで謁見の間に控えた。

「到着が早すぎる。どういうことです、耶律休哥？」

「早馬と同じで、早すぎるとは思いません。馬を二頭頂戴《ちょうだい》しているので、交互に乗り替えながら駈けてきました。私のほか、二百騎だけです。本隊は副官が率い、二日後に到着いたします」

耶律休哥は、赤い具足で身を固めていた。率いてきた兵の半分も、赤い具足である。赤騎兵《せっきへい》と呼ばれていることを、耶律奚低は噂《うわさ》で聞いていた。

「よろしい。話は聞いていますね？」

「北平寨に、精強な三千がいて、楊家軍の騎馬隊と連携し、わが軍の二万をたやすく殲滅させたとか、聞いております」

蕭太后のふっくらとした頬《ほお》が、ぴくりと動いた。

「耶律休哥、おまえの任務は、その三千を打ち負かすことです」

「たったそれだけでございますか？」

「たったとは？」

「私は、五千騎を太后様よりお預かりしております。いかに精強とはいえ、わずか三千の敵に、五千騎は必要ありません」

「ほう。それでは、何騎で闘おうという気なのです？」

「いまいる二百騎で、充分でございます」

蕭太后の頬が、またぴくりと動いた。

「ただし、北平寨を攻めることはできません。また、砦《とりで》を攻める軍でもありません」

「どういう軍だというのです」

「野戦のための軍です。太后様が欲しておられる、中原を奪《と》るための軍として、調練をして参りました。したがって、原野を駈け、攻城戦はいたしません」

耶律奚低は、背中に汗が流れるのを感じた。蕭太后に対して、これほどはっきりとものを言う将軍は、遼軍にはいない。

「闘いたくない、と言っているのか、耶律休哥？」

蕭太后の声が、低く沈んだものになった。それが怒りの前兆であることは、みんな知っている。

「闘います。そのために駈けてきたのです。ただ、二百騎で闘うために、条件をひとつ作っていただきたいのです」

「ほう、どういう？」

「北平寨の敵を、一万ほどの軍で原野に誘い出していただきたいと思います。これは闘うための軍ではないので、精強である必要もありません。闘いは、すべて二百騎で引き受けます」

蕭太后が、低い呻《うめ》きに似た声を洩《も》らした。怒りではない、と耶律奚低は思った。

「戦に条件などと申しあげるのは、不遜《ふそん》きわまりないと心得てはおります。しかし、軍にはそれぞれ得意とするものがあり、それは殺すべきではない、と考えます。私の軍は、野戦のために練りあげてあります」

「わかりました。易州に金秀の一万がいます。それを使うとよい」

「軍の指揮権は、すべて私が持ってよろしいでしょうか？」

「今回、それを許しましょう。なにしろ、二百騎で三千を打ち負かすと言っているのですから。野戦が得手《えて》だと言っても、敵には二百騎を超える騎馬隊もいるのです」

「お心を遣われることなく、戦果をお待ちくださいますように」

「よい。その意気は買いましょう。戦果次第で、今後のおまえの独立行動権を認めてもよい。負けて帰れば、北の土漠《どばく》へも戻さぬ。私の前で、死んで貰《もら》います」

「軍人でございます、私は。死は、古い友のようなものです。それより、私に出動の機会を与えていただいたことに、御礼を申しあげます」

また、蕭太后の頰が動いた。

退出すると、耶律奚低はすぐに耶律休哥を営舎に呼んだ。

「なぜ、無理をする、耶律休哥？」

耶律斜軫や耶律沙が北叟笑《ほくそえ》んでいる、とまでは言えなかった。あの三千に二百騎で勝とうなど、無謀以外のなにものでもなかった。

「これから、宋との大きな戦になると思います。その戦で、私の騎馬隊は、常に独立行動権を持っていたいのです」

自分も含めた、すべての将軍たちの指揮下に入りたくない、と言っている。しかしなぜか、耶律奚低は不快さを感じなかった。

「勝てればのことだぞ、耶律休哥」

「楊家軍の騎馬隊は、近くにいないのですね？」

「いない。代州の荒野で、調練をくり返している、という報告が入っている」

「ならば、勝てます」

「しかし」

たった二百騎で、という言葉を耶律奚低は呑《の》みこんだ。誰もが七、八日はかかると思っていたのに、一日半で燕京に到着してしまうような男なのだ。

「信じよう、耶律休哥」

「私を信じてくださるのは、いまのところ耶律奚低将軍だけというわけですか」

「おまえが勝てば、誰もがおまえを信じるようになる」

「中原を、思うさま駈けたい。それが、私の夢です」

蕭太后の夢でもある。

この二人は、どこかで魅《ひ》かれ合っていた。耶律奚低は、そう思っていた。しかし、なにかが邪魔をしている。それで、二人の間には素直な愛が育たず、愛憎というものになった。いまにして、そういうものが見えてくる。もっと以前に気づいていれば、耶律休哥を全軍の指揮官として仰ぎ、宋との戦に臨むことができたのだと、耶律奚低は思った。

二人を遮《さえぎ》っていたものがなんなのかは、見えてこない。蕭太后が、太后であり続けたせいなのか、女に屈したくないという、耶律休哥の意地なのか。耶律休哥が笑った。歯まで、眩《まぶ》しいほど白かった。

三

易州の金秀の軍は、規律は行き届いていたが、まだどこか硬かった。実戦の経験がないためだろう、と耶律休哥は思った。

「私は、この地点まで進み、陣を組むだけでよろしいのでしょうか?」

「今回は、そういうことだ」

「しかし、三千に対して二百騎とは。すべて耶律休哥殿の命令に従うよう、耶律奚低将軍からは言われています。だから、じっとしていろと言われれば、じっとしていますが」

「絶対に、動かないでくれ」

「私は、それほど信用がありませんか？」

気力は充実しているが、凡庸な男だった。戦場に、一万の軍が堅陣を組んでいる。いつ動くのか、と敵は気にせざるを得ない。だから、動かない方がいいのだ。

「一緒に、闘ったことがあったか？」

「いえ」

「ならば、信用するもしないもない。俺の言う通りにしていろ」

「軍内での立場は、耶律休哥殿と同等です」

「だから？」

金秀の眼には、はっきり憤《いきどお》りがあった。そんなものは、戦ではあまり役に立たない。

「すぐに、進発しろ、金秀。崩されない陣を組めよ。おまえが崩されたからといって、俺は助けることはできん。二百騎しかいないのだからな」

「わかりました。ひとつだけ、最後に訊きます。耶律休哥殿が破られた場合は？」

「見殺しにせよ。それが、戦だ」

耶律休哥は、二百騎のもとへ戻った。

実戦を前にしても、兵や馬は落ち着いている。実戦以上の調練を、重ねてきているのだ。

「金秀の軍より先に、進発する」

まず、北平寨を自分の眼で見ておこう、と耶律休哥は思っていた。

「馬は一頭だけ。武器は赤騎兵は剣。残りは戟《げき》と剣」

ほんとうの軽騎兵である。具足も、必要なもの以外は、まったくつけていない。

馬に乗った。『休』の旗が掲げられ、寒風の中ではためいて音をたてた。


北平寨は、小高い岩山の上にあった。

岩の斜面そのものが、城壁の役割も果している。攻めるなら、大軍で包囲して、水と糧道を断つ。それだと犠牲は出さなくても済む。ただ、時は要するだろう。

「行くぞ」

出陣の時とは違い、すべての旗は降ろさせていた。二百騎である。数の多い斥候隊と見えないこともないだろう。

耶律休哥は、二百を二つに分け、北平寨の前を二度駈けた。たやすく、挑発には乗ってこない。

軍には、放つ気というものがある。どんな大軍であろうと、弱々しい気しか放たないものもあるのだ。実戦で、ぶつかり合いながら感じることだ、としか言えなかった。

丘を二つ越えた。金秀の軍が、進軍してくるのが見えた。騎馬を両翼《りようよく》に配した、隙のない動きである。かなりの調練は積んでいるのだろう。金秀の軍もそこそこの気を放っていたが、北平寨の軍の放つ気はその比ではなかった。

北平寨は、周囲が原野である。一番近い丘まで、二里（約一キロ）はあるだろう。北から攻めるとなると、五里は草原だった。それこそ、思うさまに馬を駈けさせられる。

耶律休哥は一騎で丘の頂上に立ち、金秀の布陣を見ていた。北平寨からも、それを見ているだろう。布陣に、隙はなかった。兵の動きも、悪くない。

自分が敵ならば、どうするか。じっと待つか。それとも、奇襲か。

どういう動きをしてくるかで、北平寨を守る将の器量は、およそ見当がつく。

金秀が布陣を終えて二刻（一時間）ほど経《た》った時、北平寨から堂々と軍が出てきた。騎馬三百。歩兵は数百ずつ小さくまとまっている。

正面から、まともにぶつかり合う、という構えだった。そこから、変幻に動く。

まさに、耶律休哥が考えた通りだった。このまま一万と三千をぶつかり合わせれば、間違いなく一万が負ける。丘の上から動きを見ているだけで、耶律休哥にははっきりとわかった。

耶律休哥は、片手を挙げた。

百騎が駈け出して行く。別働隊の動きで、牽制と相手は取るだろう。だから、無視してくる。敵将はまだ若いというが、虚実の駆け引きにどこまでたけているかは、その百騎を無視するかどうかで、ある程度は測れる。

百騎が、ひとつのかたまりになって、敵の前衛へ突っこんで行った。敵に、動揺が走る。その時、百騎はすでに敵中から離脱していた。敵の騎馬隊が、素速《すばや》く対応してくる。見事なものだった。ただ、いまの攻撃を奇襲と受けとめている。まず、別働隊だけ始末しておこう、という動きだと思えた。

耶律休哥は、片手を水平にのばした。赤騎兵が、すぐ背後まで進んできた。

百騎が追われている。追ってくるのも百騎ほどで、同数のぶつかり合いには、絶対の自信を持っているということだ。それだけの動きをする、騎馬隊でもあった。百騎が、なにかが弾《はじ》けるように、五つに分かれた。追う方に、はっきりと戸惑《とまど》いが見えた。それは一瞬で、すぐに百騎は引き返そうとした。二十騎ずつに分かれた小隊が、くり返し背後から襲いかかる。五、六騎を倒したところで、敵の騎馬隊がもう百騎飛び出してきた。逃げる味方を助けようというのではなく、うるさく追いすがる敵を殲滅《せんめつ》しようという動きだ。

百騎が、逃げてくる。敵は両側から挟みこもうとしているが、完全には追いつけないでいた。

「若いな、まだ」

果敢だが、若い。裏の裏の、さらにその裏までは読もうとしていない。自らの強さに、自信も持っている。

逃げてくる味方が、再び五つに分かれようとしている。しかし追撃の圧力が厳しくて、完全には分かれきれない。

機と見たのか、敵はさらに圧力を強くした。速い馬は、横に回りかけている。それでようやく、敵のまとまりは緩《ゆる》みはじめていた。丘の下を、馬群が駈け抜ける。それを待って、耶律休哥は、片手を挙げた。一斉《いっせい》に、赤い集団が動きはじめる。

耶律休哥は、先頭に立っていた。形勢が覆《くつがえ》った。敵がはっきりとそれを知った時、すでに片方の百騎は分断し、もう一方の百騎にぶつかっていた。抵抗は、それほど強くない。赤騎兵は、一頭の巨大な蛇《へび》のように動き、敵の進む方向を遮り、次々に倒していく。

「なるほど」

ぶつかりながら、耶律休哥は呟いていた。これは、精兵である。いまはこちらの策に嵌《はま》って次々に倒されているが、まともにぶつかり合えば、こちらもかなりの犠牲を覚悟しなければならないだろう。六千が翻弄《ほんろう》され、二万がしっかりと止められた。それも当たり前だったのだ、と耶律休哥は思った。

宋軍に、こういう戦をする軍がいた、というのは、驚きだった。楊家軍の戦と似ている。しかし楊業や楊延平の戦とは少し違い、一度手合わせをした楊六郎の軍ともまた違う。

二百を打ち倒すのに、それほどの時はかからなかった。赤騎兵は、相手がまとまっているところを、蛇のように巻くと、打ち倒し、すでにまとまっているところはなくなっていた。残りの百騎が、なんとか突破して自軍に戻ろうとする敵を、のがさず打ち倒した。

陣を組んだ三千弱は、動けないでいる。金秀の一万が、その時を待っているように見えるのだろう。動かず、じっとしているだけでも、なかなかの胆力と言えた。

突破して逃げた敵は、五、六騎だろう。

耶律休哥は、そのまま赤騎兵を敵の前衛へ突っこませた。巨大な蛇が、草を掻《か》き分けて進んでいるようなものだった。

敵の大将。見えた。やはり、若い。白面の、繊細《せんさい》そうな男だ。赤騎兵に破られた、自軍の綻《ほころ》びを繕《つくろ》うことだけに、集中しているようだった。

退却するにしても、このままでは潰走である。一万が動き出したら、北平寨へ戻れる可能性はあまりなくなる。だから、陣を崩すまいとしているのだ。すでに、三千が、陣を組んだまま、少しずつ退《さ》がりはじめた。三、四百は失い、防戦一方だった。

赤騎兵を、一度ひとつにまとめた。

「旗」

耶律休哥は言った。掲げられた旗が、さらに敵を動揺させた。一部が潰走をはじめる。赤騎兵は、ひとつにまとまって、敵中を駈け抜けた。それで、敵の陣は崩れた。しかし、潰走はせず、兵をなんとかまとめていた。一丸となっていた赤騎兵が、今度は二列縦隊の巨大な蛇に変身し、敵の中を掻き分けて進む。耶律休哥は、最後尾だった。

残りの百騎は、外側から敵を崩している。

耶律休哥は、巨大な蛇の尻尾《しっぽ》となり、敵の動きをじっと見ていた。破れたところを繕いながら、退がる。大将が前衛にいて、はじめて可能なことだった。

押し続けた。北平寨まで辿《たど》り着いた敵は、すぐにその中に飛びこもうとはしなかった。門を背に、迎撃のかたちを素速く組みあげはじめる。それによって、全軍が決定的な損害を受けることなく、退却を終えた。

「見事なものだ」

耶律休哥は、全軍を退げた。こちらの損害は、二十騎というところだ。敵は、一千近くは倒しただろうか。

金秀の軍から、大歓声があがった。

耶律休哥は、金秀の軍にも撤収を命じた。

「いや、驚きました。見ているだけで、背筋が凍《こお》るようでした。特に、赤騎兵の動きは、いままで私が眼にした騎馬隊とは、まるで違っていました」

戦をはじめる前と、金秀の態度はまったく変っていた。

金秀がなんと言おうと、二十騎は失った。その中に、四騎の赤騎兵も入っている。そして、千五百は討つつもりだった敵を、一千に満たないほどしか討てなかった。

麻哩阿吉《まりあきつ》の率いる本隊は、燕京の南二十里（約十キロ）の地点で待っていた。戦闘態勢だったが、耶律休哥はそこで駐屯を命じ、五騎の供回りで燕京へ行った。

宮殿でも、耶律休哥を見て声をあげる者がいた。戦況が、どんなふうに伝えられているのか、わからなかった。

蕭太后が、謁見の間に出座してきた。

「見事でした、耶律休哥。二百騎で三千を相手にし、そのうちの一千を討ってしまうとは。私の想像を、遥《はる》かに超えていました。約束通り、独立行動権を、おまえに与えよう」

「確かに、精鋭でした。遼軍の、続けざまの敗北はわかります」

「二万が殲滅された敗北など。おまえは二百騎で闘ったではないか」

「一万二百騎です。金秀の一万がいたので、ああいう戦ができたのです。敵は、たえず一万の動きを気にしておりましたから」

蕭太后が、かすかに頷いた。

すでに四十二歳だが、とてもそんなふうには見えない。三十代の半ばで、自分とそれほど変らない歳《とし》にしか、耶律休哥には思えなかった。

「とにかく、敵は打ち破った。しかも二百で、犠牲もわずかなものであったろう」

耶律奚低が言う。二十騎を、わずかとは耶律休哥は考えていなかった。

「望みを言いなさい、耶律休哥。いまの五千を、一万に、いや一万五千に増やしますか？」

「失った兵の補充だけで、充分でございます、太后様。五千というのは、騎馬隊をまとめておける、最大の数です」

「ほかの望みでもよい。たとえば、どこに駐屯したいとか」

「応州でございます」

「楊家軍に対したいか。わかりました。いずれは、そうしましょう」

「いずれとは、いつでございましょう、太后様？」

「おまえのそういう言い方が、いつも私の気に障《さわ》ってきた。しかし、今回はいいでしょう。暑くなる前には」

「かしこまりました」

宴席への移動が告げられた。そういう席が、耶律休哥は好きではなかった。しかし、拒《こば》もうとは思わない。失った兵の補充は受けられるし、独立行動権を持って、楊家軍と対することもできるようになったのだ。

宴席が終り、耶律休哥は夜道を駐屯地まで戻った。

幕舎が張られている。篝《かがり》もかなり多く、見張りは二里（約一キロ）の地点から立てられていた。

麻哩阿吉が待っていた。

「犠牲の二十名のところには、順次、兵をくりあげておきました。赤騎兵にも、四名があがっています」

「わかった」

戦死者が出ると、部隊で兵を順次くりあげる。誰をくりあげていくかは、麻哩阿吉と事前に決めてあった。燕京からの補充の二十名は、明日にでも来るはずだ。

「大勝利、だったのですか？」

幕舎に入って、麻哩阿吉が言った。

「いや。俺の計算では、犠牲は二、三騎。そして千五百は討っていたはずだった」

「やはり、精鋭ですか？」

「相当の精鋭と言っていい。攻めに強い軍は遼にも少なくないが、心憎いほどの退却をした。あれが、精強の証《あかし》だ」

「宋軍も侮《あなど》り難い、ということですな」

「遂城《すいじょう》から、援軍の気配はなかった。急使を出した様子もない。独力で対し得るという自信があったのかな」

「北平寨は、孤立しているとも見えます。遂城からの糧道以外は」

「とにかく、しばらくここに腰を据える。それから、応州に行くことになるだろう」

「楊家軍に当たれるのは、耶律休哥軍だけということですな」

「まあいい。戦に出た兵は、明日の調練は休ませろ」

麻哩阿吉が出ていってひとりになると、耶律休哥はもう一度はじめから戦を思い浮かべた。騎馬隊も、想像した以上の動きをしていたし、歩兵は崩しても崩しても、吸い寄せられるように、ひとつにまとまろうとした。

並の軍ではなかった。あれが五千だと、相当に手強いことになったはずだ。

しばらくは、北平寨から眼を離せない。そう自分に感じさせるだけの力を、あの軍は持っていた。

四

夜が更けた。

四郎はようやく自室へ戻り、具足を取った。全身から、水のように疲労が滴《したた》り落ちていく。寝台に倒れこんだ。

眠れはしない。眼を疑うような戦場の光景が、また浮かんできた。

耶律休哥軍だった。しかし、わずか二百騎。一万の兵力が北平寨の正面に布陣していたが、結局あれは、こちらを惑わすための、人形のようなものだった。あれに気を取られて、完全に騎馬隊に備えることができなかった。

しかし、二百騎である。その内の百騎は、赤い具足で揃えていて、駈けるさまは、まるで巨大な赤い蛇のようだった。悪夢としか思えない。なんとか陣を崩さず、北平寨まで退却したが、眼の前で討たれていく兵を見ても、四郎はなにひとつできなかった。

戻ってきたのは、二千ちょっと。一千近くは、戻らなかった。戻ってきた兵も、半数近くは、どこかに傷を負っていた。

これほどの負けを、父や兄たちは認めてくれるだろうか。信じさえもしないかもしれない。無敗と言われた、楊家軍なのだ。

代州に、使者は出した。

北平寨の守りを固め、負傷者の手当てをし、武具の点検をした。それが終って、四郎は兵に兵糧をとることを許し、自室へ戻ってきたのだった。

兵たちの前で、動揺は見せなかった。その分、自室へ戻ってからの動揺は、激しかった。

なぜ、挑発に乗ってしまったのか。城門の前を駈け抜けた二百騎は、実にいい動きをしていた。その時に、『休』の旗を見ていれば、もう少し慎重になっていただろう。しかし、布陣している一万も、守りだけかためているように見えた。隙はないが、こちらの攻撃をすぐに打ち返せる陣構えでもなかったのだ。

すべてが、耶律休哥の誘いだったのか。六郎が一度ぶつかり、衝撃を隠しきれなかった男。その男とぶつかり、いまもまだ、それほど遠くないところにいる。実戦の経験は積んでいたが、はじめて畏怖《いふ》にも似たものを感じさせる、強敵だった。

代州から、使者はすぐに来なかった。

自分の敗戦がいろいろと論じられているのかもしれない、と四郎は思った。二百騎に、三千の軍が蹴散《けち》らされ、一千近い犠牲を出した。楊家軍では、許されざる敗北である。

四郎は、自裁を決意していた。軍人とはそういうものだと、幼いころから教えられていた。自分がそれほど惨《みじ》めな負け方をするとは、想像したことさえなかった。雪辱《せつじょく》の機さえ与えられることのない、敗北だろう。

使者を出して四日目に、六郎が千五百騎を率いてやってきた。旗がないのでわからなかったが、その千五百は父自身が指揮していた。自分を罰するためにやってきたのだ、と四郎は思ったが、顔を合わせた父は、軽く四郎の肩を抱いただけだった。

「一万二百の軍を相手に、さぞ苦しい闘いであったろう、四郎。戦況は使者から詳しく聞いた。出撃した是非はともかく、よく一千足らずの犠牲で、北平寨へ帰還できた。そして、よくぞおまえは死なずにいてくれた」

「父上、私は」

「なにも言うな、四郎。負けたことを恥じることもない。ただ、耶律休哥に一日《いちじつ》の長があったというだけのことだ。そのわずかな差が、戦では大敗に繋《つな》がる。それがわかっただけで、おまえはひと回り大きくなったはずだ」

「私は、二百騎に蹴散らされたのです。楊家軍の名を汚《けが》す戦をしてしまいました」

「いいか、四郎。敵は一万を超えていたのだ。金秀という将軍が指揮をしていた一万は、堅陣を組んで動かなかったというが、いるだけで充分に一万の兵力の役割を果した」

父の声は冷静で、ふだんと変るところはなかったが、その声の底に四郎はやさしさに似たものを感じ取った。

言葉が出なくなった。六郎は、じっとそばに控えている。

「耶律休哥は、それほど遠くないところに駐屯しているそうだな。楊家軍騎馬隊の千五百が応援に来た。それはすでに、耶律休哥は摑《つか》んでいるであろう」

父がなにを考えているのか、四郎にはよくわからなかった。ただ、自裁の決意を伝える機を失っていた。残った二千の兵を楊家軍に戻せば、いつでも自裁はできる。

「敗北の大きさに、打ちのめされるな、四郎。百の犠牲も千の犠牲も、負けに変りはない。おまえが戦を最後まで捨てなかったかどうかが、問題なのだ。おまえは、二千を北平寨に退却させることはできた。その点だけでは、耶律休哥に勝ったのだ」

父は、気休めを言っている。そう思ったが、父の言葉は間違いなく四郎を救っていた。

「兄上、遂城にも使者を出してあります。六千ほどの増援が出るはずです。私も、もう一度、兄上とともに耶律休哥の軍と闘ってみたいのです」

自分が、楊家軍を率いて再度戦場に出ることが許されるのか。それとも、六郎も気休めを言っているのか。

「いいか、四郎。戦には勝ちもあれば負けもある。雪辱などとは考えないことだ。同じ負け方を、二度しないようにしろ」

「私は、まだ楊家軍の指揮ができるのですか、父上？」

「北平寨の二千は、おまえが指揮をしなくて、誰がするのだ」

負けた二千。不意にそう思った。負け犬にしたのは自分で、そこから立ち直らせるのも自分ではないか。

「さて、詳しい戦況を、もう一度おまえの口から聞こうか」

父が言った。

営舎の一室で、四郎は地図を指しながら、最初からの敵の動きと、それに対する自分の用兵を説明した。

その間にも、千五百の楊家軍騎馬隊は動いているようだった。遂城からも、六千の増援が来るという使者が到着した。

戦はまだ終っていない。四郎は、そう思った。耶律休哥が、すでに終っていると考えているなら、つけ入る隙は必ずあるはずだ。

「四郎、兵たちとともに過せ。負けを、語り合うのだ」

父にそう言われた時から、四郎は兵たちの中に入った。傷を負った兵の、ひとりひとりの状態も見て回った。

「今度の敗戦は、俺の指揮の未熟さゆえだった。恥じている。そして、死んだ者たちに済まぬとも思っている」

兵は三人にひとりが死んでいたが、将校は二人にひとりだった。それだけ、将校が前面で闘ったということだ。数少なくなった将校の前で、四郎は一度頭を下げた。

「四郎将軍。われらは敗戦についてずっと語り合ってきましたが、決して四郎将軍の指揮に間違いがあったからだとは思いません。敵が狡猾《こうかつ》すぎた。そういうことだと思います。生き残った将校、全員の意見です。四郎将軍の指揮だったからこそ、二千が生還できたのだということも、戦場にいたわれわれだからこそ、よくわかります」

「そう言って貰うだけで、俺は穴にでも入りたいほどだ」

「とにかく、決められた順次で、将校に昇らせます。その者たちと、話をしてください」

戦死した将校がいれば、代りに兵が将校に昇る。その順次も細かく決めてあった。

四郎は、その将校たちと、ひと晩、夜を徹して話をした。

原野に駐屯している父に呼ばれたのは、三日目だった。

「これより、遼の遂城攻撃軍を討つ。易州に集結している数万を殲滅《せんめつ》すれば、当分は遂城は安全であろう」

「はい、父上。われらに、ぜひとも先鋒を」

「全軍で、一万足らずだ。しかも、六千は遂城の弱兵だ。当然、おまえには働いて貰わなければならんぞ、四郎」

素速く、軍が整えられた。宋軍の六千はひとかたまりで、楊家軍の三千五百は十里（約五キロ）先を先行し、部隊も細かく分けられた。

伝令の往復が、激しくなった。

「おまえは、易州の北へ回れ。馬には草鞋《わらじ》を穿《は》かせ、兵には枚《ばい》を銜《ふく》ませ、夜を徹して進み、日中は草原に潜伏するのだ」

遼との国境のそばだった。

父に言われた通り、陽が落ちてから、四郎は遼との国境を越え、闇の中を進んだ。地形は、よくわからない。星によって、方角を読む。昼間も、斥候を放ち、安全を確認すると、ゆっくりだが二千は進軍した。時には、草の中を這《は》って進む。兵は、みな無言だった。二昼夜進み、二千は易州の北に達した。

四郎が北から攻めるのが、合図になっていた。逡巡《しゅんじゅん》することなく、四郎は夜明け前に遼軍の駐屯地に攻撃をかけた。遼軍は、五万の規模であり、多くは易州の城外に駐屯している。

自領で、しかも北からの奇襲を受けた遼軍は、すぐに大混乱に陥った。同時に南から七千五百の軍が攻めているはずだった。四郎の役目は、ほかにある。混乱した遼軍の兵が、易州の城内に逃げこもうとする。それに紛《まぎ》れて、二千が城内に入った。方々に、火を放つ。城門も崩して焼き、兵舎では流言を飛ばす。城内の二万ほどの兵が、一斉に城外に出はじめた。敵の攻撃が、城内に集中してくるという流言が、易州の指揮官を動かしたようだ。

城外では、すでに楊家軍の騎馬隊が縦横に駈け回っていた。

五万が集結していると言われた易州の駐屯地も、どこにあったかわからなくなっていた。陽は、ようやく高くなっている。

「四郎、兵をまとめろ。涿州《たくしゅう》からの救援の遼軍を、途中で止めよ」

遂城攻撃軍が集結しているのは、易州と涿州という情報だった。合わせて十万にも達するという。涿州から易州への、最も近い進路を、四郎は頭に思い描いた。細かい地形はわからないが、山や丘の位置はわかる。

駈けに駈け、山が二つ連《つら》なったところに、その日の夕刻には到着した。二つの山の中腹に、一千ずつ埋伏《まいふく》させた。

涿州の救援軍が山の間を駈け抜けはじめたのは、夜明け前だった。およそ二万。一万が通り過ぎたところで、四郎は攻撃命令を出した。一千ずつ、いくらか間を置いて、逆落《さかお》としがはじまった。

周囲は、まだ闇《やみ》である。遼軍の混乱は大きかった。進軍を止められた一万と、引き返してきた一万が、ぶつかり合う。四郎は二千の軍を小さくまとめ、混乱の中を駈け回った。

夜が明けるころ、二万は涿州にむかって潰走していた。その潰走する軍を、楊家軍の騎馬隊が襲ったようだ。

「兄上、涿州まで、われらは敵を追います。あと十里（約五キロ）、涿州の方向へ進んだところで、兄上は騎馬隊を止める構えを作られるようにと、父上からの命令です」

六郎が駈けてきて言った。

徹底した戦は自分の本領のはずだったが、父の徹底の仕方は、四郎の考えを遙かに超えていた。二万を打ち払ったということを、思い返す暇さえなかった。四郎は軍を十里進め、そこで草原の中に柵《さく》を埋伏させた。綱で引けば、柵が立ちあがる。それも、鋭く削った丸太の先を斜めにしてだ。それを起こすのは、百名で充分だった。五百には、弓を持たせた。横に配置する部隊である。残りの兵には、弓隊と反対側に穴を掘らせた。不眠不休だった。すでに、夕刻である。

耶律休哥の軽騎兵二千が、楊家軍の騎馬隊を追ってくる、と伝令が知らせてきた。四郎は即座に、数十名の兵を陣の一里（約五百メートル）先に出し、楊家軍の騎馬隊に進路を示せるようにした。土煙が見えた。その時、すでに楊家軍の騎馬隊は間近に迫っていた。進路通りに駈け抜けていく。

父は最後尾にいて、四郎のそばで馬を降りた。落ち着いた眼だ、と四郎は思った。

「追ってくるのは、耶律休哥の軽騎兵二千だが、副官が指揮をしている。まあ、たやすく策には嵌《はま》るまいが、多少の打撃は与えてやれるだろう」

「耶律休哥は、いないのですか？」

「それでも、いい動きだ。見よ」

夕方の光線の中を、また土煙が迫ってきた。二千騎にしては、小さい。拡がらずに突き進んでいるのだろう。

かすかに自分を包みこんできた恐怖を、四郎は押しのけた。

片手を挙げ、振り降ろす。柵が、一斉に引き立てられた。柵にかかったのは二、三騎で、軽騎兵の反転は舌を巻くほどだった。もう一度、四郎は片手を振り降ろした。弓隊が、一斉に矢を放ちはじめる。穴を掘った方に後退したのは、数十騎だ。あとは、駈けてきた場所を違《たが》えずに、駈け戻ろうとしている。

そこに、六郎の率いる騎馬隊が、回りこんで攻撃をかけた。それでも、耶律休哥の軽騎兵の離脱は速かった。

「柵を、いくらか補強しておけ。柵の外側に篝《かがり》を焚《た》くのだ」

父が言う。三千五百の兵力でここに留《とど》まって、勝算があるのかどうか、四郎には考える余裕もなかった。

陣をそのままにして、父が撤退を命じたのは、深夜だった。易州の方ではなく、真南に下がり、宋の領内に入る。兵には、枚を銜ませていた。夜明けに、国境を越えた。

涿州にいた軍と、耶律休哥の軍が、総勢で三万、誰もいない陣を夜明け前に襲ったと、残していた斥候が報告してきた。

「今度の戦は、これでよかろう。耶律休哥の軽騎兵は、百数十騎倒しただけだが、遼軍全体には、相当の損害を与えた。しばらくは、遂城攻めもままなるまい」

　父が言った。

「四郎、耶律休哥とて鬼神ではない。確かに精強な騎馬隊ではあるが、やりようによっては翻弄もできる。勝敗は、常に紙一重《かみひとえ》だと思え。ほんのわずかなことで、行方は変る」

　四郎は頷いた。戦がはじまってからなにをしたか、よく思い出せないほどだが、不思議に耶律休哥に対する恐怖心は消えていた。

「兵を休ませろ、四郎。しかるのちに、おまえもしばらく眠れ」

「父上は、私の負けを雪《すす》ぐために、この戦をしてくださったのですか？」

「戦場での負けを雪ぐためではない。おまえの心の中にある負けを、雪ぐためだ。今度は勝ったが、紙一重の勝利だったのだぞ。外から見れば、圧勝であったろうが」

　父が、はじめて笑った。

五

　燕京の中は、大騒ぎになっていた。

耶律休哥は、呼ばれるまで出仕しなかったが、燕京の様子は手の者が伝えてくる。

笑い出したくなるほどの、見事なまでの敗戦だった。しかもそれには、涿州のそばで調練中だった、麻哩阿吉が率いる、二千の軽騎兵も加わっている。

北平寨にこだわりすぎたがゆえに、あの勝利を大きなものとして考えすぎた。あの勝利の実態は、三千の敵を二千に減らしただけのことなのだ。易州や涿州に集結していた軍には、どこか緩《ゆる》みがあったのだろう。

耶律休哥軍は、百四十騎を失っていた。

「離脱するのが、精一杯でありました。追撃中に伏兵が現われた時は、手も足も縛られたような思いに襲われました」

麻哩阿吉は、うなだれてそう報告してきた。

「騎馬隊が楊家軍だということは、わかっていたのですが」

易州を襲って大損害を与えた敵が、さらに涿州からの増援まで襲うとは、普通は考えられない。そこで打ち破られた軍は、涿州まで追撃され、調練中だった麻哩阿吉の軍を巻きこむことになったのだ。敵は、わずか千五百騎だった。迎撃し、追撃した麻哩阿吉の軍が、草原で伏兵に遭った。

「楊業自身が、指揮をしていたのだな？」

「はい、間違いないと思います」

「はじめから、俺の軍を狙《ねら》ったものだったのだろう。俺の軍だけをな」

損害百四十というのは、耶律休哥にとっては大敗と感じられるものだった。しかも、ただちに反撃した草原の陣に、敵はひとりもいなかったという。

遼軍全体では、数万の損害になっていた。遂城攻撃どころではない。禁軍数万を南下させ、燕京の守備に当たらせなければならないほどの、とんでもない敗戦である。しかし敵は、というより楊業は、耶律休哥軍だけを見て行動していた、と思える。そうとしか思えない動きだった。楊業という武将の恐ろしさを、まさに肌で感じさせられた戦であり、敗戦だった。

耶律休哥は、燕京の混乱が収まって出頭を命じられる前に、赤騎兵だけを連れて、宋の領内に入った。

遂城は、勝利で沸いていた。それは、近郊を駈け抜けただけでわかった。

北平寨は、しっかりと守りをかためていた。あえて『休』の旗を出したが、動揺している様子も見えない。むしろ一千の兵を出し、砦《とりで》を背に堅陣を組んで、迎撃しようという構えさえ見せた。こちらが百騎にすぎないことを、冷静に見てとっている。

耶律休哥が、あえて赤騎兵のみで宋の領内に入ったのは、楊家軍の騎馬隊がまだ北平寨の西五十里（約二十五キロ）の地点に留まり、駐屯しているという情報を手にしたからだった。

楊家軍の駐屯地に十里まで近づいた時、耶律休哥は、全身に粟《あわ》が生じるような強い気に襲われた。もとより、赤騎兵である。単騎で駈けているようなものだった。

耶律休哥の動きに、百騎は即座に反応する。

北へ、駈けた。山や谷の入り組んだ地形で、馬は動かしにくく、待ち伏せも受けやすいという場所だったが、本能がそれを選んでいた。

二里（約一キロ）ほど駈けた時、確かに追撃の気配を感じた。それは一度消え、また現われた。

谷が、ひとつあった。そこを見降《みお》ろす地点に立つと、むこう側の頂上に百騎ほどが現われた。『楊』の旗と、『六』の旗。楊業とその六男である。耶律休哥も、『休』の旗を掲げ、谷を挟んでむかい合った。

しばらく、見つめ合っていた。楊業の姿は、騎馬隊の中央にある。自分は、楊業の姿を見るためだけに、ここまで駈けてきたのだ、と耶律休哥は思った。楊業も、またそのために百騎だけで追ってきたのかもしれない。

親しみに似た感情に、耶律休哥は不意に包まれた。自分が闘うべき相手。自分が、乗り越えなければならない山。心の底には、畏怖《いふ》がある。久しく、抱いたことのない感情だった。耶律休哥は、馬上で姿勢を正した。それは、楊業にも伝わったようだ。『楊』の旗が、かすかに振られた。

躰の底から、ふつふつと血が沸き立つようだった。はっきりと、楊業と視線がぶつかった。それを確かめたように、楊業が馬首を返した。対岸の頂上から、吹き消したように馬群の姿がなくなった。

それでも、耶律休哥は、残像を見るように虚空《こくう》にしばらく眼をやっていた。

「赤騎兵、帰還」

耶律休哥は、声をあげた。

北へ宋の領内を駈け抜け、駐屯地に戻ると、早速宮殿からの出頭命令が届いた。

麻哩阿吉を伴い、耶律休哥は出頭した。

謁見の間には、左相、右相をはじめとする文官と、軍の中枢の将軍たちが居並んでいた。待つこともなく、蕭太后も出座してきた。

「今回の大敗を、どのようにとらえています、耶律休哥？」

「大敗は、大敗としてとらえております」

「相変らず、人を食った男ではある。しかし、耶律休哥軍二千も、加わっていたではないか。それも負けか？」

「言い訳はいたしません。調練中の私の麾下《きか》は、涿州を襲った楊家軍の騎馬隊を追いながら、追いきれませんでした」

「それは、敗戦とは言えまい。しかし、勝ちもしなかった。たった二百騎で、三千を蹴散らした、おまえの軽騎兵がです」

「二百騎で勝てることもあれば、二千騎で負けることもあるのが、戦でございます、太后様」

「そのようなことを、訊いてはいない。大敗に対する、おまえの考えを」

「誰かが、罰せられるのでありますか？」

「最初に易州で負けた金秀の罪は、見過せまい。ほかにも、易州の三人の将軍、それに涿州の将軍たちも」

「戦の勝敗は、常に紙一重でございます。今回の大敗の責任は、私にも、そして太后様にもございます」

「また、おまえの憎まれ口か、耶律休哥」

「太后様は、あえて私に問われております。ですから私も、言いたくないことを、あえて言っております」

蕭太后が、黙りこんだ。隣で麻哩阿吉が、身を硬くしているのを、耶律休哥は感じていた。謁見の間は、水を打ったようにしんとしている。

「言いなさい。言いたいことのすべてを」

「多くあるわけではございません。太后様が、北平寨のわずか三千にこだわられ、そのこだわりがあったために、私が二百騎で破ってみせると大言を吐《は》いたところから、今回の大敗ははじまっております」

蕭太后は、しばらくなにも言わなかった。眼を閉じ、眠っているように見えた。かなり長い間、その状態が続いた。

「敵を、甘く見るようになったということですか、耶律休哥。おまえが見事に勝ちすぎたために」

「それだけではございません。遼は、宋に対し、小さな戦を誘いすぎております。私の勝利も含めて、これまでの勝った戦も負けた戦も、そして犠牲の大小を問わず、すべて局地戦であります。局地戦をまったく不要とは申しませんが、それは決戦のためのものでなければならないはずです」

蕭太后が、また考えこんだ。今度は眼を閉じていないが、視線は宙を漂っていた。

居並ぶ群臣の中で、口を開こうとする者はいなかった。遂城攻撃軍を中心に、二万以上の損害を受けている。前回の敗北と合わせると、遂城攻撃軍をすぐに編制し直すのは、不可能に近い情勢になっていた。

「おまえの考えはわかりました、耶律休哥。言い方は相変らずだが、言っていることに間違いはなさそうだ。ただ、おまえが言った局地戦は、遂城近辺に宋軍の主力を集結させるためのものだったのです。北平寨の三千に関しては、確かに私はこだわりすぎた」

「あの軍は、楊家軍と非常によく連携を取っているように思えます。そして楊家軍の騎馬隊は侮《あなど》り難《がた》い力を持っております」

「それは、わかっている」

すべては、代州だった。それは誰もがわかっているが、認めたがってもいない。それが、いまの遼だった。

「禁軍の三万を、燕京まで南下させます。その一部は、易州、涿州の守りにもつかせる。それによって、なんとか国境の守りを立ち直らせるのです」

「処罰は、どういたされますか？」

「おまえの言うことにも、多少の道理はある、耶律休哥。今回の敗戦については、誰も責めないことにします」

「私の軍は、金城近辺に駐屯させていただきたい、と思うのですが。これまでの、わが国の敗戦の大きなものには、楊家軍が絡《から》んでおります。いまは、楊家軍を押えておくことが、第一だろうと思います」

「燕京の守りが、手薄にならぬか、耶律休哥？」

耶律奚低だった。いかにも考えそうなことだが、守りという方に重きを置きすぎる。

「燕京が攻められるようなら、それは決戦。しかもわが領内での決戦になる」

蕭太后の言い方は、静かだった。領内に攻めこまれてからの決戦の方が、ほんとうは有利なのだと耶律休哥は考えていた。宋は遼を攻める時は、文官との軋轢《あつれき》があるだろうし、軍内での手柄の争いもあるはずだ。そうなると、宋軍は一体ではなく、指揮も乱れがちになりかねない。遼軍は、攻めこもうと攻めこまれようと、一体でいられる。宋という厖大《ぼうだい》な兵力を擁した国とは、攻めこませるというかたちで闘った方がいい。宋の領内に攻めこめば、いくら宋軍でも一丸となって迎撃しようとする。

しかし、攻めこまれるという屈辱を、蕭太后が受け入れることができるかだった。

「とにかく、国境をかためなさい。耶律休哥は、近いうちに応州の駐屯に回します」

暑くなる前と言われているので、それほど遠い先ではない、と耶律休哥は思った。

散会すると、耶律休哥は、耶律奚低とともに別室に呼ばれた。左相と右相、それに王欽招吉がいた。

「私が思い描いた、決戦のかたちは変えざるを得ない。左相、右相は、ただちに燕雲十六州の民を増やすように。それも、若い男の民をです」

民を増やすということが、兵力を増やすという意味であることは、その場の全員がわかったはずだった。領内での決戦を、蕭太后は考えはじめている。

頭の回転も速いし、先を読む眼も持っている。現状を認識する力も抜きん出ていた。男だったら、と耶律休哥は一瞬思った。うまく思い浮かべることはできない。以前の、眩《まぶ》しいほどの美貌の名残りは、まだしっかりとあった。

「宋の悲願は、燕雲十六州の奪回です。こちらが弱体化すれば、放っておいても攻めこんでくる。それを待つという考えに、私は改めようと思う。ただ、ほんとうに弱体化するわけにはいきません」

「太后様の言われることは、わかりました。しかし、南に民を集めれば、北の生産は落ちざるを得ません」

「長い間ではない。せいぜい数年。蕭陀頼、おまえの危惧《きぐ》がわからないわけではないが、こんな時になんとかするのも、文官の仕事です」

蕭陀頼は、かすかに頷き、頭を下げた。

「耶律奚低、耶律休哥。充分に精強な軍を、編制しなさい。軽騎兵と、普通の部隊が、きちんと連携できるような五万を。至急です。それが終ってから、耶律休哥は応州へ配置します。その間に、王欽招吉は、宋の宮中に乱れを作るように。あの国は、文官と武官の連携がうまくいっていない」

名を呼ばれた王欽招吉は、恐懼《きょうく》したように頭を下げ、あげようとしなかった。

「いいですね。五万以外の軍は、国境の守備に当たり、いざという時まで、北から移した民にも武器は持たせません」

考え得るかぎり、最も賢明な方法を、蕭太后は採ろうとしている。謁見の間でのことは儀式のようなもので、はじめから考えていたことではないのか、という気もした。懐《ふところ》が深い、と耶律休哥は思った。それは、どうでもよかった。楊業とむかい合える。それがはっきりしてきた。緊張にも似たものが、耶律休哥の中にはあるだけだった。

（下巻に続く）

この作品は、二〇〇三年十二月にＰＨＰ研究所から刊行された。

著者紹介

北方謙三（きたかた　けんぞう）

1947年（昭和22年）、佐賀県唐津市生まれ。

作家。ハードボイルド小説を発表しながら、日本及び中国を舞台にした歴史・時代小説に取り組む。

おもな現代小説に、『眠りなき夜』（吉川英治文学新人賞）『友よ、静かに瞑《ねむ》れ』『過去　リメンバー』『旅のいろ』など。

歴史・時代小説に、『武王の門』『破軍の星』（柴田錬三郎賞受賞）『波王の秋』『三国志』『水滸伝』（司馬遼太郎賞受賞）など。

2003年（平成15年）に上梓した本作品で、第38回吉川英治文学賞を受賞。

PHP文庫　楊家将《ようかしょう》（上）

2006年7月19日　第1版第1刷

著者　北方謙三

発行者　江口克彦

発行所　PHP研究所

東京本部　〒102-8331　千代田区三番町3番地10

文庫出版部　☎03-3239-6259（編集）

普及一部　☎03-3239-6233（販売）

京都本部　〒601-8411　京都市南区西九条北ノ内町11

PHP INTERFACE　http://www.php.co.jp/

組版　朝日メディアインターナショナル株式会社

印刷所
製本所　凸版印刷株式会社

落丁・乱丁本の場合は弊所制作管理部（☎03-3239-6226）へご連絡下さい。
送料弊所負担にてお取り替えいたします。

ISBN4-569-66658-2